U0449797

酉阳杂俎 装怪

YOUYANG ZAZU

下 山海博物

[唐] 段成式 著

陈绪平 译注

巴蜀书社

【青龙钩】开元中，河西骑将宋青春，骁果暴戾，「手持青龙钩，直入敌阵，兵刃所及，若叩铜铁。」

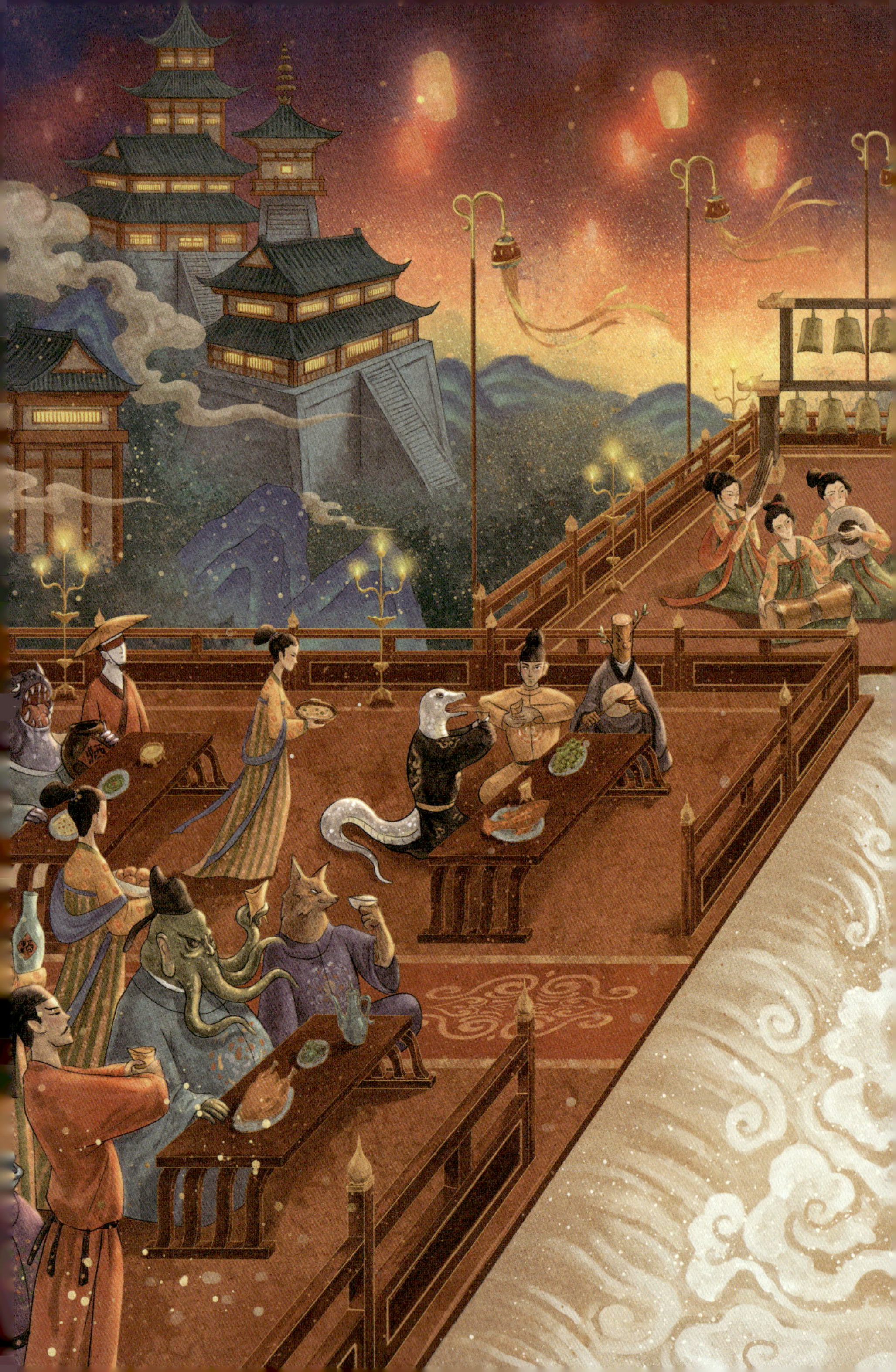

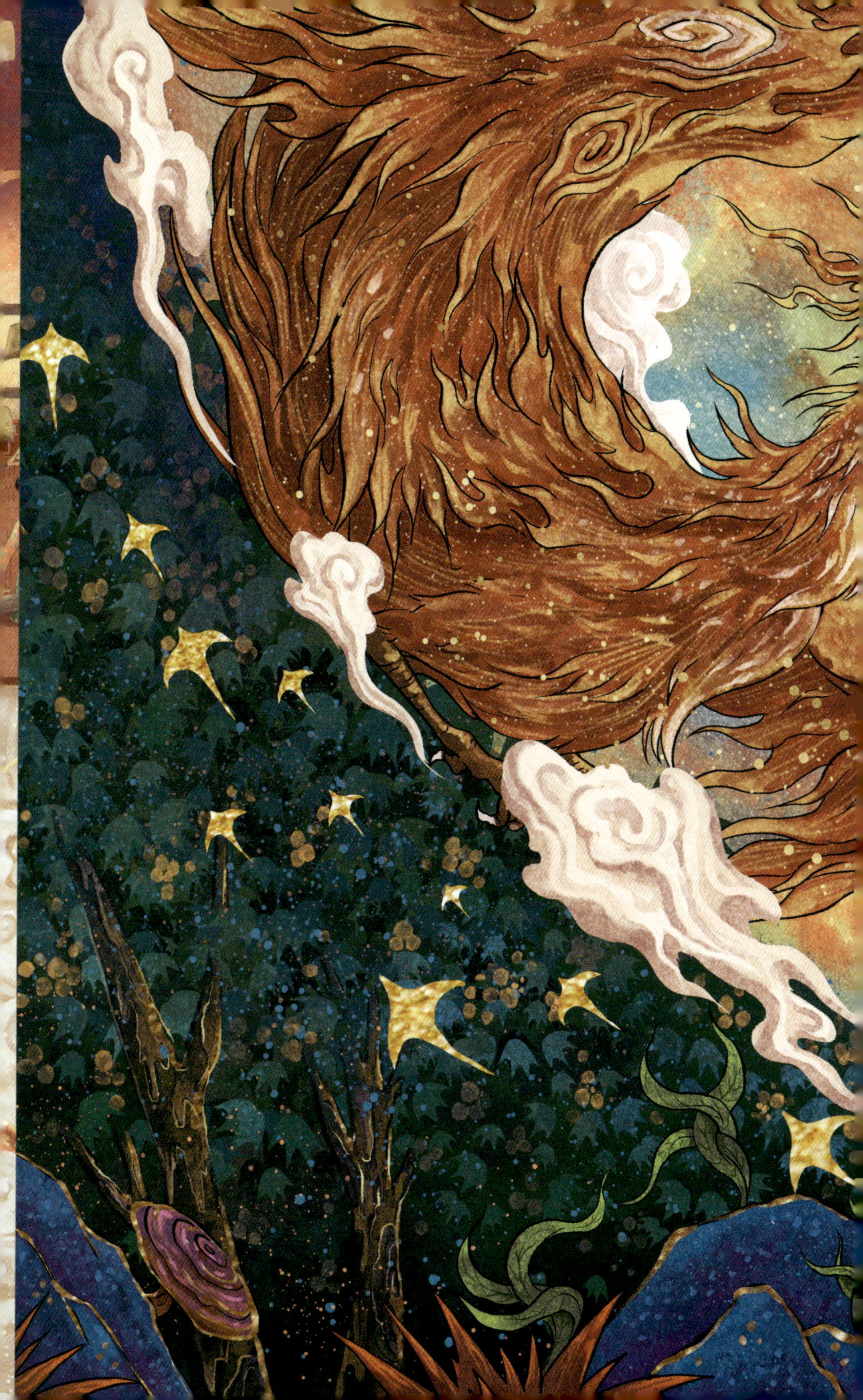

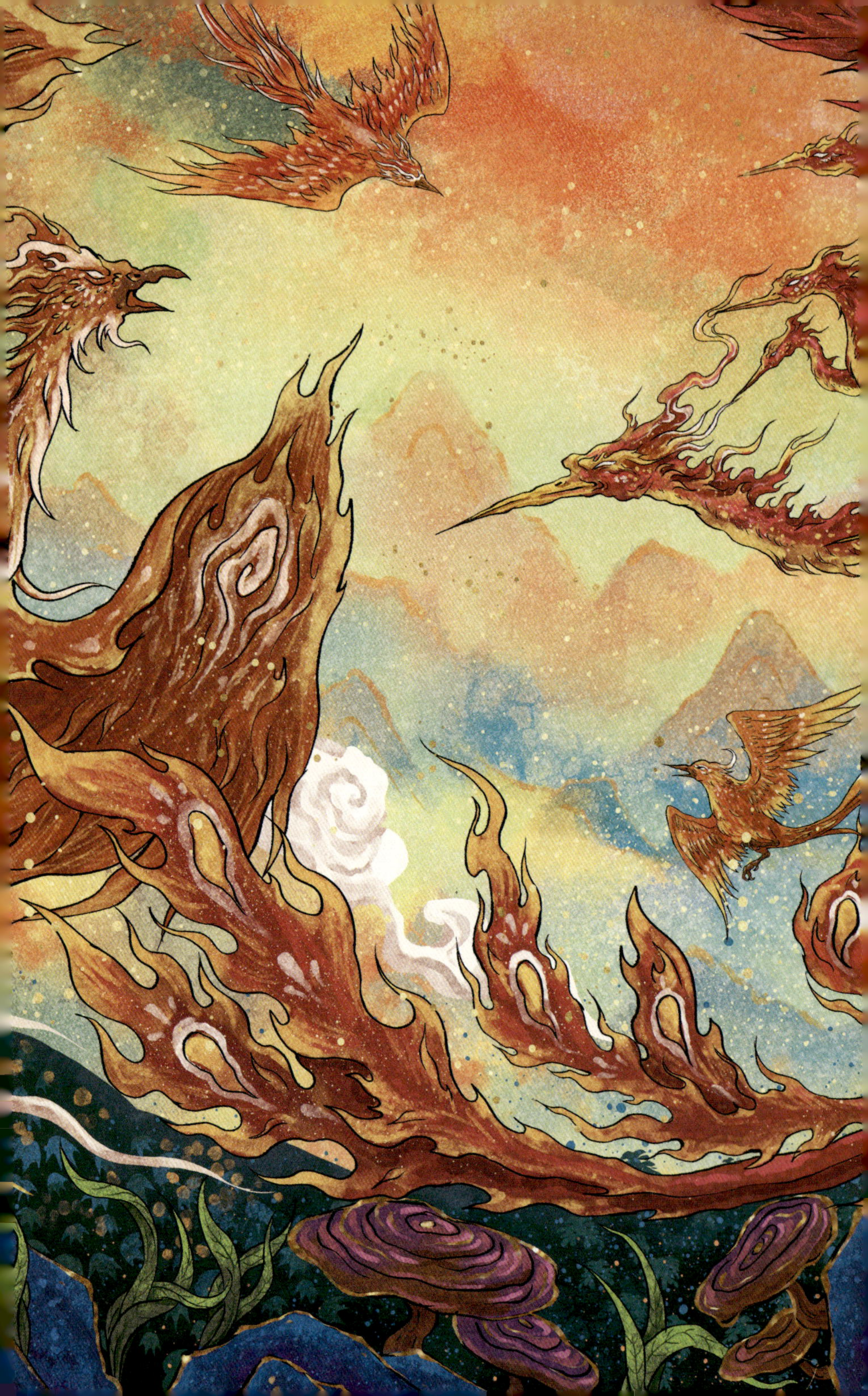

【山海博物】
天地万物，造化所生，往往倏忽出现，刹那成形，数量庞杂，难以为计。

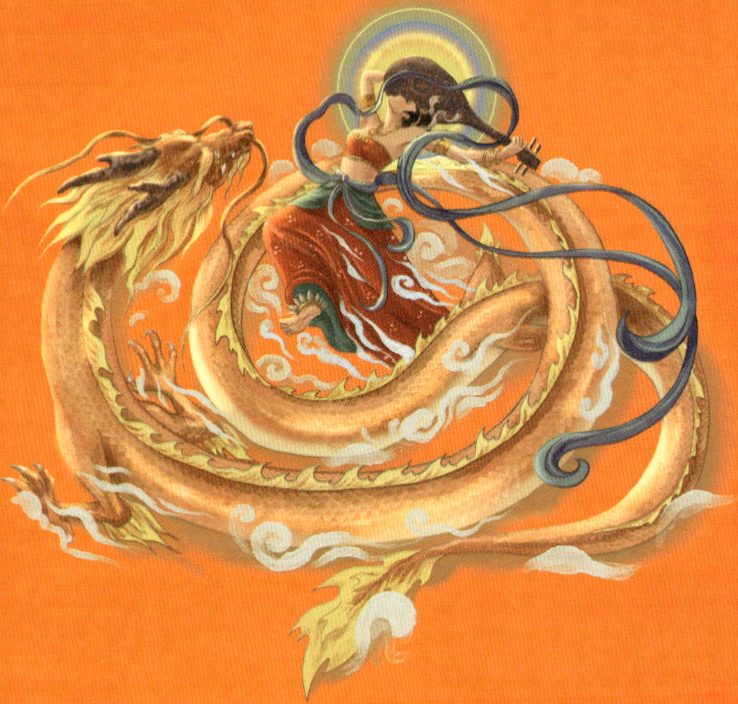

酉阳杂俎

下部 山海博物

目录

目录 下部 山海博物

卷七 野史秘事

- 贬误（考镜源流） ... 六五七
- 语资（晋唐野史） ... 六三一
- 广知（奇闻冷语） ... 六〇七
- 礼异（人事旧仪） ... 五九三
- 忠志（皇家秘史） ... 五七五

目录 下部 山海博物

卷八 市井风华

- 黥（文身简史） ……… 七五七
- 医（神医和神药） ……… 七五一
- 酒食（唐朝饮食） ……… 七二九
- 乐（箫韶九成） ……… 七二一
- 器奇（失落的神兵） ……… 七一一
- 艺绝（巧匠神技） ……… 七〇三

目录 下部 山海博物

卷九 草木鸟兽

- 支植下（奇化异木） …… 一〇〇九
- 支植上（草木晖晖） …… 九八九
- 支动（禽兽雌雄） …… 九六一
- 肉攫部（驯鹰之乐） …… 九四一
- 草篇（百草群芳） …… 九〇五
- 木篇（万木葱茏） …… 八七一
- 虫篇（昆虫与蛇） …… 八四九
- 鳞介篇（水中一族） …… 八三三
- 毛篇（走兽志异） …… 八一三
- 羽篇（百鸟奇说） …… 七九一
- 广动植（天地造化） …… 七七七

| 忠志 | 五七五 |

高祖破贼 / 太宗戏弓 / 太宗休渔 / 太宗御马 / 倾巢纵鹊 / 高宗画"敕" / 则天降生 / 则天阅檄 / 放莺钓雕 / 细柳圈 / 绣草宣台 / 彩花树 / 腊日赐脂 / 中宗梦日乌 / 蜗迹成天 / 寿安公主 / 瑞龙脑 / 安禄山锡赉 / 女娲显灵 / 天降十二宝

| 礼异 | 五九三 |

君臣礼赞 / 神主人俑 / 用节 / 北齐迎南使 / 梁国朝会 / 魏使访梁 / 梁帝赐物 / 北朝婚礼 / 乙丙戏甲 / 婚俗讲究 / 婚礼九彩 / 北朝妇人 / 人物指称

| 广知 | 六〇七 |

讳五月上屋 / 辱金 / 牡铜牝铜 / 曩釜不沸 / 钩注居之 / 饮者面色 / 面色三因 / 一方水土一方人 / 神之异名 / 叩齿召神 / 玉女之痣 / 入山忌日 / 五脏五谷 / 凡人忌 / 朔日勿怒 / 月日之忌 / 老子拔白日 / 太清外术 / 刁斗 / 百体书 / 专事专书 / 西域书体 / 博学的胡综 / 摩兜鞬 / 人不读书，其犹夜行 / 荀勖之尺 / 辅星 / 流星入牢 / 照射之法 / 雕翎 / 人有九影 / 相人影 / 金刚像不污之故 / 相寺观 / 烧蜂为琥珀 / 墨者可弃 / 佛画放光 / 钓鱼当钓鱼主 / 灵鉴善弹 / 龙螭亲家

| 语资 | 六三一 |

麒麟函 / 文人好相采取 / 士人论诗 / 君房陪饮 / 梁宴魏使 / 舜山赋诗 / 不醉不归石 / 听音观俗 / 祓禊胜地 / 寒骨白 / 忽雷驳 / 马腹避火 / 宁王极醉乐 / 宁王除恶僧 / 一行解弈 / 龙凤之形 / 肉杌黄觚儿 / 丸墨盈袖 / 燕公求解 / 李白 / 周皓逸事 / 玄览禅师 / 马燧被惑 / 苏氏择婿 / 泰山之力 / 破虱录

贬误	六五七	

题记 / 灵芝无根，醴泉无源 / 风过竹赋 / 行即是得 / 已死而惧 / 徐卷而啖 / 读药为方 / 二痴 / 崔家疾 / "薈"合沧耳 / 楼罗 / 热鏊上猢狲 / 海眼珠翠 / 今日饮酒醉 / 痴汉龙逢 / 鲁般怨 / 轮回报应 / 贵门礼法 / 连蹇 / 郑涉查语 / 梵志吐壶 / 一夕不言 / 随机应变 / 露筋驿 / 今当从父命 / 自獐而鹿 / 枭镜 / 逢蒙杀羿 / 锋秒倒箸 / 罘罳 / 燕异小差耳 / 三足乌 / 挽歌由来 / 藏钩三戏 / 弹棋 / 手版 / 貌寝原义 / 扁鹊之扁 / 六博之戏 / 礼乐在江南 / 侍中 / 婚仪 / 过头杖

市井风华

艺绝	七〇三	

笔匠 / 宝相寺菩提像 / 水画 / 知微算卦 / 高映猜钩 / 石旻猜钩

器奇	七一一	

神龙剑 / 郑云逵得剑 / 张存掘藕得剑 / 百合花下现铜镜 / 避尘金针

乐	七二一	

咸阳宫铜人 / 月华奏筌篌 / 僧超吹笳 / 善本弹琵琶 / 黄钟入蕤宾 / 王沂成曲 / 猿臂骨笛 / 相琴知吉凶

酒食	七二九	

昆仑觞 / 碧筒杯 / 青田核 / 田仓获白鳖 / 孝仪谈鲭鲊 / 何胤侈于味 / 韦琳《鲲表》/ 三群之虫 / 五味三材 / 味感适中 / 物盛料足 / 美味制法 / 赉字五色饼法 / 蔓菁蘘菹法 / 美食制作 / 鲶鱼另吃法 / 鱼肉冻胚 / 贵族美食 / 物无不堪吃 / 敕使养樱桃

医	七五一
	卢医扁鹊 / 以针贯发 / 术士那罗迩娑婆 / 道士王彦伯 / 名医张方福
黥	七五七
	元赏治恶 / 杖责天王像 / 挽镜寒鸦集 / 白舍人行诗图 / 路神通背刺天王 / 崔承宠刺蛇 / 刺血如蚛 / 逃走奴报恩 / 尹偃杖杀营典 / 崔氏好妒 / 三王子 / 蜀人刺青 / 荆州刺青 / 女妆尚靥 / 月黥钱黥 / 面戴青痣 / 越人镂身 / 刀墨之民 / 犯墨者皂巾 / 除肉刑 / 去节黥面 / 奴亡刺黥 / 未断先刻劫 / 印黥 / 日南裸人 / 一事不知，深以为耻
广动植（序）	七七七
	小序 / 总叙其一 / 总叙其二
羽篇	七九一
	凤凰 / 孔雀受孕 / 群鹳旋飞 / 乌鸣吉凶 / 乌飞翅重 / 见鹊上梁 / 双鹊补隙 / 鹊巢除魅 / 燕不入室 / 雀类沙生 / 鸽报平安 / 鹦鹉动睑 / 时乐鸟 / 杜鹃啼血 / 雏鸽取火 / 鹅颈铜铃 / 鸟牌贯镮 / 鴆鷜觅食 / 鹊生三子 / 赤头鸟 / 群鸟除害 / 大鸟奇闻 / 王母使者 / 避株鸟 / 堕羿 / 制喙为杯 / 菘节鸟 / 如枭老鹣 / 柴蒿鸟 / 兜兜鸟 / 虾蟆护 / 夜行游女 / 九头虫 / 候日虫 / 噉金鸟 / 背明鸟 / 苟岚鸟 / 鹳鵱 / 阿雏鸟 / 恶鸟训胡 / 伯劳鸟
毛篇	八一三
	狮子 / 象 / 龙象 / 白象 / 象胆 / 象恶犬声 / 象孕五载 / 虎入药 / 马记 / 相牛之法 / 宁公饭牛 / 三子随牛 / 乘牛登山 / 仙鹿 / 合浦有鹿 / 通天犀 / 明驼千里脚 / 天铁熊 / 狼狈 / 貊泽 / 猞猁 / 黄腰食虎 / 香狸 / 鹿屎 / 魊圌有处 / 猳玃窃妻 / 狒狒人语 / 在子 / 大尾羊 / 野青羊

鳞介篇	八三三
	龙尺木 / 井鱼 / 秦皇鱼 / 鲤公 / 杀鱼变天 / 河伯度事小吏 / 鮥鱼接生 / 河伯健儿 / 鲛鱼 / 食人马头鱼 / 印鱼封印 / 建州石斑鱼 / 鲵鱼上山 / 雌负雄行 / 飞鱼凌空 / 温泉鱼 / 羊头鱼 / 鲤鱼 / 玳瑁 / 鹦鹉螺 / 稻芒敬神 / 鳌胶 / 糖蟹 / 蟏蛸斗虎 / 奔鲜 / 系臂如龟 / 蛤蜊可飞 / 拥剑蟹 / 寄居蟹 / 牡蛎 / 玉珧 / 沙丸 / 千人捏
虫篇	八四九
	朽木化蝉 / 百合化蝶 / 蚂蚁 / 旷野蚁楼 / 蜘蛛 / 蜈蚣 / 蠾蝓 / 颠当 / 蝇类 / 朽瓜为鱼 / 蛣蜣 / 天牛兆雨 / 江湖异虫 / 冷蛇降暑 / 异蜂作窠 / 白蜂巢 / 毒蜂断脉 / 竹蜜蜂 / 水蛆化虻 / 水虫坏船 / 抱枪虫 / 负子虫 / 十二辰虫 / 食胶虫 / 蠍螞如蝉 / 灶马 / 谢豹 / 没盐虫 / 土虫 / 雷蜞 / 岭南矛 / 蓝蛇 / 蚺蛇吞鹿 / 蝎 / 建草除虱 / 蝗 / 野狐鼻涕
木篇	八七一
	松 / 竹 / 篃堕竹 / 笆竹 / 筋竹 / 百叶竹 / 滴汁生蕈 / 天下太平木 / 巧工解木 / 木存佛像 / 蜻蜓树 / 膨胀果 / 柑子 / 樟木 / 丹若 / 柿树七绝 / 金吉 / 脂衣柰 / 仙人枣 / 楷树 / 葍葡花 / 仙桃 / 娑罗树 / 赤白桱 / 祁连仙树 / 木五香 / 花椒 / 构树 / 黄杨木 / 大宛葡萄 / 王母葡萄 / 凌霄 / 钟藤 / 侯骚 / 蠹芥 / 酒杯藤 / 凉州白柰 / 比间造车 / 菩提道树 / 贝多树 / 龙脑香 / 辟邪树 / 无石子 / 紫矿树 / 阿虞截 / 阿蔛鞞 / 窟莽 / 婆淡 / 群汉 / 齐虚 / 昧履支 / 多骨 / 荜拨梨 / 顶勃梨咙 / 阿梨去伐 / 阿縒 / 阿勃参 / 捺袛 / 野悉蜜 / 底珍

草篇	九〇五
	截柱献芝 / 紫芝 / 参成芝 / 九子夜光芝 / 隐辰芝 / 凤脑芝 / 白符芝 / 五德芝 / 神鸟衔芝 / 罗门山石芝 / 石莲 / 金苔 / 瓦松 / 瓜忌香 / 两角菱 / 蕨苴 / 菟丝子 / 鹿活草 / 并蒂牡丹 / 无义草 / 独摇 / 胡葵 / 落苏 / 千佛芝 / 竹节芝 / 舞草 / 护门草 / 仙人绦 / 南海睡莲 / 夜明苔 / 异蒿藏鼠 / 天竺蜜草 / 老鸦筅篱 / 鸭舌草 / 胡蔓草 / 铜匙草 / 经冬不死草 / 终南山天芋 / 水韭 / 连钱草 / 无心草 / 牵牛子 / 蛮中藤子 / 油点草 / 莳田之候 / 勃逻回 / 蒟蒻 / 鬼皂荚 / 通脱木 / 毗尸沙花 / 左行草 / 迓千秋 / 江淮竹肉 / 庐山石耳 / 野狐丝 / 金钱花 / 夜舒荷 / 识梦草 / 仙人花 / 雀芋 / 望舒草 / 覇瑞红草 / 合欢草 / 芸薇 / 掌中芥 / 水网藻 / 地日草 / 挟剑豆 / 牧靡草
肉攫部	九四一
	捕鹰之法 / 网眼 / 验雏 / 变色匿形 / 雏鹰 / 雕和角鹰 / 鹘 / 鸷鸟换羽 / 白鹘 / 鹘品 / 青麻色鹘 / 白兔鹰 / 齐王获鹰 / 野叉献鹰 / 散花白 / 红色鹰 / 白唐 / 鹞烂堆黄 / 黄色鹰 / 青斑鹰 / 白唐鹰 / 赤斑唐鹰 / 青斑唐鹰 / 鉴识雌雄 / 沙里白 / 代都红鹰 / 西道白 / 房山白鹰 / 渔阳白鹰 / 东道白鹰 / 土黄鹰 / 黑皂骊鹰 / 白皂骊鹰 / 青斑鹰 / 鸦鹰荏子 / 鸷鸟飞忌 / 吸筒 / 病相

支动	九六一 木兔／鼠食盐／乌贼鱼骨／章鱼／虾姑／海术／豺狼／鸡嘴鱼身／江怪／赤沙湖鲤／负朱鱼／濮固羊／丙穴鱼／逆鳞鱼／蝇灾／玳瑁／鹅警鬼／牛尾狸／斗鸡／巴州兔／体形迥异／异虫啮蚓／赤腰蜂／河豚／木枝化蚓／鲤鱼／峡中异蝶／獐鹿无魂／郎巾／象管／四季熊胆／巨蛇泛江／西域野牛／潜牛／蒙贵／鼠／千岁燕／鹧鸪／鹊巢／勾足／壁镜／大蝎／红蝙蝠／鱼伯／寄居蟹／螺蠃／祖州鲫鱼／黄虹鱼／螃蟹／鳝鱼／琵琶鱼／金驴／圣龟／运粮驴／邓州卜者／五时鸡／鹧鸪怀南／猬／鹞子／鸥不饮泉／独角神羊／獬豸穷奇／鼠胆在肝
支植上	九八九 辛夷丁香／都胜／那提樘／月桂／溪苏／桂州山茶／贞桐／夹竹桃／黎州瘴川花／木莲花／牡桂／簇蝶花／山桂／海外那伽花／人子藤／三赖草／桂花耐日／柿盘／夏梨产地／滑州樱桃／灵寿花／石榴花／衡山无棘／蜀花鸟图／莼鱼／萝卜根／桑椹／金松／草鼓／孟娘菜／防风子／水底蘋／石竹／牡丹／同心木芙蓉／金钱花／猴郎达树／天浆／石竹生瘿／麻黄／合掌柏／碧花玫瑰／衡山石／三色石楠花／石抵松根／木兰变色／佛桑树／仙人独桓树／龙木／鱼甲松
支植下	一〇〇九 青杨木／夏州槐／蜀楷木／古文柱／色绫木／鹿木／倒生树／勴木／枕榔树／怪松／河伯下材／交让木／三枝槐／无患木／醋心树／葳蕤草／山茶花／异木花／西王母桃／阿月／橄榄子／东荒栗／猴栗／儋崖芥／儋崖瓠／童子寺竹／石桂芝／石发／塞芦／破冈山菌／石榴／南中桐花／桃枝竹／枫树

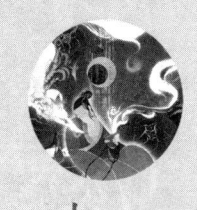

忠志

皇家秘史

「志」有记录的意思，本卷以「忠志」为题，大概是说本卷乃是「忠实于实情的记录」，其内容关涉唐朝皇帝如高祖、太宗、高宗、武则天、中宗、睿宗、玄宗、肃宗、代宗等人的奇闻轶事。

◎ 高祖破贼

唐高祖李渊年轻时勇猛异常。早在隋朝末年,他曾经只带领了十二人便打败了以山贼无端儿为首的数万之众。又在龙门一役中射完了一袋箭,共计射中敌人八十个。

高祖少神勇。隋末,尝以十二人破草贼号无端儿数万。又龙门战,尽一房①箭,中八十人。

◎ 太宗戏弓

太宗长着卷曲的胡须,曾经用胡须戏耍着张弓搭箭。他爱好用四羽大箭,这种箭要比一般的箭要长四寸,可射穿门板。

太宗虬须②,尝戏张弓挂矢,好用四羽大笴③,长常箭一扶④,射洞门阖⑤。

◎ 太宗休渔

太宗曾在西宫观看捕鱼,看见有鱼儿跃出水面,就询

---

① 房:箭袋。
② 虬须:卷曲的胡须。
③ 四羽大笴(gě):箭杆尾部扎有四根羽毛的大箭。笴,箭杆,这里代指箭。
④ 扶:古代长度单位。以一指宽为寸,四指宽为扶。
⑤ 门阖:门扇。

问这其中缘由。渔夫回答说:"这是鱼儿正在产子。"太宗于是下令收网,立即中止了这次捕鱼。

上①尝观渔于西宫②,见鱼跃焉,问其故。渔者曰:"此当乳③也。"于是中网④而止。

◎太宗御马

骨利干国向太宗进献了一百匹宝马,其中十匹马尤其雄骏,太宗为这十匹马御赐了名字。其中有一匹马名叫决波騟,它靠近后蹄的部位长有尖骨。它奔跑起来,可以一下子跳过三道门槛,并且还不会失足绊倒,太宗对它尤为喜爱。隋代皇家内府中藏有一件用玉石雕成的猿猴像,猿猴两臂相交连贯,好像连环一样,被用来装饰在这匹宝马的辔头上。后来,有一次太宗骑着它与侍臣出游,因厌恶这件装饰品,便用马鞭将其击碎了。

骨利干国⑤献马百匹,十匹尤骏,上为制名。决波騟⑥者,

---

① 上:这里指李世民。
② 西宫:即弘义宫。
③ 乳:产子。
④ 中网:半途收网。
⑤ 骨利干国:古国名,敕勒诸部之一。
⑥ 騟(yú):紫色马。

近后足有距①，走历门三限②不踬③，上尤惜之。隋内库④有交臂玉猿，二臂相贯如连环，将表其辔。上后尝骑与侍臣游，恶其饰，以鞭击碎之。

◎倾巢纵鹊

贞观年间，突然出现了白喜鹊在寝殿前的槐树上筑巢的怪事，那巢好像是由两个半圆合拢在一起的，像极了腰鼓的形状，十分有特点，大臣们都认为是祥瑞，因此都向太宗叩拜祝贺。太宗说："我常笑话隋炀帝喜欢祥瑞。我告诉你们，国家真正的祥瑞在于得到有贤能的人才，像这种事情有什么值得祝贺的呢！"于是命人将鹊巢毁掉，并把白喜鹊放生到野外。

贞观中，忽有白鹊构巢于寝殿前槐树上，其巢合欢⑤如腰鼓。左右拜舞称贺。上曰："我常笑隋炀帝好祥瑞，瑞在得贤，此何足贺！"乃命毁其巢，鹊放于野外。

◎高宗画"敕"

高宗刚学走路的时候，想要把玩笔墨，于是他身边的侍从就在他面前放上一张纸，他就在这张纸上胡乱涂画。

---

① 距：本指雄鸡跗跖骨后突出如趾的尖骨，这里指马足相应部位的尖骨。
② 限：门槛。
③ 踬（zhì）：绊倒。
④ 内库：皇宫中的府库。
⑤ 合欢：这里是相聚、连结的意思。

却在纸的一角处，乱画形成一个看上去很像是草书的"敕"字。太宗知道后，赶紧让人把纸烧掉，并嘱咐此事万万保密，不许对外声张。

高宗初扶床①，将戏弄笔，左右试置纸于前，乃乱画满纸，角边画处，成草书"敕"字。太宗遽令焚之，不许传外。

◎则天降生

武则天出生的那个晚上，所有雌野鸡都叫个不停。并且在她的右手中指处有一根黑色的毛，此黑毛向左盘卷起来就像一颗黑色的棋子，舒展开来，竟有一尺多长。

则天初诞之夕，雌雉②皆雊③。右手中指有黑毫，左旋如黑子，引之，长尺余。

◎则天阅檄

骆宾王代徐敬业起草了一篇檄文（《代李敬业传檄天下文》，一作《讨武曌檄》），文中严词声讨大周（武则天）的各种罪过。当则天读到"蛾眉不肯让人""狐媚偏能惑主"两句时，只是颔首微笑。看到"一抔之土未干，六尺之孤安在"时，非常不愉快地对宰相说："宰相怎么连这样

---

① 扶床：扶床学步，谓年幼。床，与今之床意思不同，是专供人坐卧的坐具。
② 雉（zhì）：野鸡。
③ 雊（gòu）：野鸡鸣叫。古人认为野鸡鸣叫是一种变异之兆。

的人才都没选拔提举呢。"

骆宾王①为徐敬业作檄②,极疏大周③过恶。则天览及"蛾眉不肯让人","狐媚偏能惑主",微笑而已。至"一抔之土④未干,六尺之孤⑤安在",不悦,曰:"宰相何得失如此人。"

◎ 放鸢钓雕

在景龙年间,中宗召集学士们陪同他一起狩猎,狩猎的队伍摆出吐蕃人打猎的阵型,即前方后圆的队伍形状。恰好有两只大鹰在空中飞翔,中宗抬头仰望(感觉没办法打下来)。这时吐蕃人放挫啼看出了中宗的心思,便说:"微臣能猎取这两只鹰。"于是在风筝上系着死老鼠,并和捕鸟的网连在一起。然后把风筝放飞,去诱捕大雕。两只大雕果然在风筝上相互攻击,争夺死老鼠。有只野兔突然在马前跃起,被中宗举挝打死了。中宗称赞放挫啼说:"聪明!"群臣齐呼:"万岁!"

---

① 骆宾王:字观光,婺州义乌(今属浙江)人,"初唐四杰"之一。曾任临海县丞。光宅元年(684)随徐敬业起兵反武则天,兵败后下落不明。
② 檄(xí):檄文。早期写在木简上,是官府用以征召、晓谕或声讨的文书。特别用于声讨敌人和叛逆之人。
③ 周:唐朝时,武则天临朝执政,改国号周。
④ 一抔(póu)之土:这里代指高宗乾陵。弘道元年(683)唐高宗崩,次年八月葬于乾陵,九月李敬业扬州起兵,故称"抔土未干"。
⑤ 六尺之孤:指未成年的孤儿。这里特指幼君。

中宗景龙中，召学士①赐猎，作吐陪②行，前方后圆也。有二大雕，上仰望之。有放挫啼③曰："臣能取之。"乃悬死鼠于鸢④足，联其目，放而钓焉，二雕果击于鸢盘。狡兔起前，上举挝击毙之。帝称："那庚⑤！"从臣皆呼"万岁！"

◎细柳圈

三月三日这天，中宗赐给侍臣细柳圈，据说随身携带可以防范毒虫。

三月三日⑥，赐侍臣细柳圈，言带之免虿⑦毒。

◎绣草宣台

寒食节这天，中宗赐给侍臣帖彩毬、绣草宣台。

寒食日⑧，赐侍臣帖彩毬、绣草宣台。

---

① 学士：职官名。六朝学士主掌典礼、编纂、撰述诸事。到唐中宗时，于修文馆置大学士、学士、直学士等。到玄宗开元年间始置学士院，官员称翰林学士，专门起草皇帝诏命等。
② 吐陪：即吐蕃。
③ 放挫啼：吐蕃人名。
④ 鸢（yuān）：鸟状的风筝。
⑤ 那庚：吐蕃语的音译词，意思大致与汉语的"聪明"相当。
⑥ 三月三日：上巳节。
⑦ 虿（chài）：蝎子一类的毒虫。
⑧ 寒食日：即寒食节。

◎彩花树

立春这天,中宗赐给侍臣彩花树。

立春日,赐侍臣彩花树。

◎腊日赐脂

腊日这天,皇帝赐给北门学士口脂、蜡脂,并把它们装在碧镂牙筒里。

腊日①,赐北门学士②口脂③、蜡脂④,盛以碧镂牙筒⑤。

◎中宗梦日乌

中宗曾梦见一只飞翔的三足乌被数十只蝙蝠追逐而跌落到地上。中宗从梦中惊醒,立刻召见万回和尚进宫来询问吉凶,万回说:"皇上您这是要到天上去了。"第二天,中宗果然就驾崩了。

---

① 腊日:古代于腊月祭祀祖先神灵。后以腊月八日(释迦牟尼成道日)为祭祀日,又称"腊八"。
② 北门学士:唐高宗时诏令弘文馆直学士刘祎之、著作郎元万顷等参加修撰,并于翰林院草制,以分宰相之权;其人常从皇宫北门出入,故时称"北门学士"。
③ 口脂:唇膏,可防寒冻燥裂。
④ 蜡脂:与口脂同类的护肤用品。
⑤ 碧镂牙筒:碧玉镶嵌的象牙筒。镂,雕刻。

上尝梦日乌①飞,蝙蝠数十逐而坠地。惊觉,召万回②,僧曰:"大家③即是上天时。"翌日④而崩。

◎蜗迹成天

睿宗曾经巡阅内务府库藏明细,看到一条金色的鞭子,它有四尺长。其中几节被蛀虫啃蚀坏了,其形状很像盘卧的龙。鞭子的手把处有一个牙牌,题写着"象耳鞭"字样。有人说这原本是隋朝皇家府库的旧物。睿宗皇帝还是冀王身份的时候,寝室墙壁上在蜗牛爬过的地方,痕迹呈现出一个"天"字。对此,当时还是冀王的睿宗感到十分惊慌,赶紧命人把痕迹擦抹掉。过了几天,又出现了相同的痕迹。睿宗即位以后,就用玉雕刻并铸上黄金,造成蜗牛的形状,分别摆放在佛道二教的神像前。

睿宗尝阅内库,见一鞭,金色,长四尺,数节有虫啮⑤处,状如盘龙,靶⑥上悬牙牌⑦,题"象耳皮⑧",或言隋宫库旧物也。上为冀王时,寝斋壁上蜗迹成"天"字,上惧,遽扫之。经数日如初。及即位,雕玉、铸黄金为蜗形,分置于释道像前。

---

① 日乌:古神话说太阳神鸟是一只三足乌。
② 万回:唐代高僧,俗姓张,虢州阌乡(今河南灵宝西北)人。
③ 大家:亲近侍从或后妃对皇帝的称呼。
④ 翌(yì)日:第二天。
⑤ 啮(niè):咬。
⑥ 靶:刀剑等物体上便于手拿的部分。
⑦ 牙牌:用象牙或骨角制成的记事牌。
⑧ 皮:或作"鞭"字。

◎寿安公主

玄宗曾经在宫中的小名叫阿瞒，又名为鸦。寿安公主是曹野那姬生的。公主才九个月就出生了（不合十月孕育的常态，故认为这样的女子长大后结婚会和男人犯冲），所以一直没有让她出嫁。玄宗让她穿着道服，主持宫中焚香膜拜等香火仪式。公主的小名叫虫娘，玄宗叫她师娘。玄宗当太上皇的时候，有一次代宗向他请安问候，玄宗说："你在东宫声誉名望很高。"又指着虫娘说："这是我女儿，你以后赐与她一个名号吧。"后来代宗到灵武时，让苏澄迎娶了虫娘，并亲自封她为寿安公主。

玄宗，禁中^①尝称阿瞒，亦称鸦。寿安公主，曹野那姬^②所生也。以其九月而诞，遂不出降^③。常令衣道服，主香火。小字虫娘，上呼为师娘^④。为太上皇时，代宗起居^⑤，上曰："汝在东宫，甚有令名。"因指寿安："虫娘是鸦女，汝后与一名号。"及代宗在灵武，遂令苏澄尚^⑥之，封寿安焉。

---

① 禁中：天子办公和居住的地方。
② 曹野那姬：开元年间曹国进贡的胡旋女，能歌善舞，得以进入后宫，受到皇帝的宠爱。
③ 出降：公主下嫁。因帝王至尊，故称"降"。
④ 师娘：女巫。寿安公主身着道服，主香火，故称"师娘"。
⑤ 起居：向尊长请安问候。
⑥ 尚：专指娶公主为妻。

◎瑞龙脑

天宝末年,交趾国进贡的龙脑香,其形状就跟蝉、蚕之类的差不多。波斯人说这种香要在非常古老的龙脑树上才有,皇宫里的人管它叫"瑞龙脑"。玄宗只赏赐给了杨贵妃十枚,香气就弥漫了十多步远。夏天,玄宗和宁王下棋,让贺怀智一个人单独弹奏琵琶,贵妃则站在一边观棋。玄宗眼看要输了,贵妃就故意把康国的小狗放在座位旁边。小狗爬上棋盘,打乱了棋局,玄宗非常愉悦。这时,微风吹来,贵妃的领巾被吹走,落到了贺怀智的头巾上,过了好一阵,贺怀智转身的时候贵妃的头巾才掉到地上。贺怀智回家以后,闻到自己全身香气浓郁,于是就取下头巾珍藏在锦囊中。玄宗从蜀地回到皇宫,追思怀念贵妃不能自已,于是贺怀智就献上自己那块珍藏多年的头巾,详细禀明了当年的事。玄宗打开锦囊,流着泪说:"这是瑞龙脑的香气呀。"

天宝末,交趾①贡龙脑②,如蝉蚕形,波斯言老龙脑树节方有。禁中呼为瑞龙脑。上唯赐贵妃十枚,香气彻十余步。上夏日尝与亲王棋,令贺怀智独弹琵琶,贵妃立于局前观之。上数枰子将输,贵妃放康国猧子③于坐侧。猧子乃上局,局子乱,上大

---

① 交趾:古地名。在今越南河内西北。
② 龙脑:龙脑树树干所含油脂的结晶,今称樟脑。
③ 猧(wō)子:小狗。

悦。时风吹贵妃领巾于贺怀智巾上，良久，回身方落。贺怀智归，觉满身香气非常，乃卸幞头[1]贮于锦囊中。及上皇复宫阙，追思贵妃不已，怀智乃进所贮幞头，具奏他日事。上皇发囊，泣曰："此瑞龙脑香也。"

◎ 安禄山锡赍

安禄山得到的恩宠无人能够企及，因此获得的赏赐也是不计其数。御赐的东西种类名称繁多，如有：桑落酒、阔尾羊窟利、马酪、音声人两部、野猪鲊、鲫鱼并鲙手刀子、清酒、大锦、苏造真符宝舆、余甘煎、辽泽野鸡、五术汤、金石凌汤一剂及药童昔贤子到宅煎制、蒸梨、金平脱犀头匙箸、金银平脱隔馄饨盘、平脱着足碟子、金花狮子瓶、熟线绫接靴筒、金大玛瑙盘、银平脱破觚、八角花鸟屏风、银凿镂铁锁、帖白檀香床、绿白平细背席、绣鹅毛毡及令瑶令光到宅铺设、金鸾紫罗绯罗立马宝、鸡袍、龙须夹帖、八斗金渡银酒瓮、银瓶平脱掏魁织锦筐、银笊篱、银平脱食台盘、油漆食盒。另外，杨贵妃还赐给安禄山金平脱装具玉盒、金平脱铁面碗。

安禄山恩宠莫比，锡赍无数[2]。其所赐品目有：桑落酒、阔

---

① 幞（fú）头：束发的头巾。
② 锡赍（cì jī）：赏赐。"锡"通"赐"。赍，赏赐。

尾羊①、窟利②、马酪③、音声人两部、野猪鲊④、鲫鱼并鲙手刀子⑤、清酒⑥、大锦、苏造真符宝舆、余甘煎⑦、辽泽野鸡、五术汤、金石凌汤⑧一剂及药童昔贤子⑨就宅煎、蒸梨、金平脱⑩犀头匙箸、金银平脱隔馄饨盘、平脱着足叠子⑪、金花狮子瓶、熟线绫⑫接鞠⑬、金大脑盘、银平脱破觚、八角花鸟屏风、银凿镂铁锁、帖白檀香床、绿白平细背席、绣鹅毛毡兼令瑶令光就宅张设⑭、金鸾紫罗绯罗立马宝、鸡袍、龙须⑮夹帖、八斗金渡银酒瓮、银瓶平脱掏魁织锦筐、银笊篱⑯、银平脱食台盘、油画食藏。又贵妃赐禄山金平脱装具玉合⑰、金平脱铁面碗。

---

① 阔尾羊：或是因尾部阔大而命名的一种羊。
② 窟利：一种肉制品，或为肉干。
③ 马酪（lào）：马奶酒。
④ 鲊（zhǎ）：经过腌制等方式所得鱼类制品。
⑤ 鲙（kuài）手刀子：厨师所用刀具。鲙手，厨师。
⑥ 清酒：滤掉渣滓之后的美酒。
⑦ 余甘煎：一种汤剂。余甘即余甘子，味苦回甘，故名"余甘"，主风虚热气。
⑧ 金石凌汤：一种中药汤剂。
⑨ 昔贤子：应为药童名字。
⑩ 平脱：古代漆器工艺。把镂成花纹图案的金银薄叶，用胶漆贴在所制器物表面，重新上漆，加工细磨，使花纹脱露。这种工艺在唐代最盛。
⑪ 叠子：碟子。
⑫ 熟线绫：一种特制丝织品。
⑬ 鞠（yào）：靴筒。
⑭ 绣鹅毛毡兼令瑶令光就宅张设：或因绣鹅毛毡特别之故，须令瑶令光二人到宅铺设。
⑮ 龙须：草名，又名"龙刍"，茎可编席。
⑯ 笊（zhào）篱：杓形漉器，一般用竹篾编成。
⑰ 装具玉合：盛纳行装的玉质器具。装具，行装。合，盛物的器具，即盒子。

◎女娲显灵

当肃宗快要到灵武附近的一个驿站的时候,天色已是黄昏时分,有一个身材高大的妇人,手里拎着两条鲤鱼在营门前大声嚷嚷道:"皇帝在哪里?"众人认为她是个疯子,就迅速报告给肃宗,并暗中监视她的一举一动。妇人喊完后,停留在一棵大树下。有一名军人靠近察看,看到她的胳膊上有鳞片。过了会儿天色变黑了,那妇人不知去向。等到肃宗灵武即位,回到京城长安,虢州刺史王奇光向肃宗奏报关于女娲坟的事,说:"天宝十三载,一日天下大雨,天地间一片昏暗,女娲坟忽然沉没。本月一日晚上,黄河上有人听到了风雷声,天亮后看到女娲坟从水中冒出来。女娲坟上长着两棵一丈多高的柳树,树下有巨石。"随奏表一起的还有图样进呈。肃宗刚收复京城,就派祭祀人员前往女娲坟祭祀。到那里目睹了实际情形,于是大家都怀疑之前遇到的那位身材高大的妇人便是女娲。

肃宗将至灵武一驿,黄昏,有妇人长大①,携双鲤咤②于营门曰:"皇帝何在?"众谓风狂③,遽白上,潜视举止。妇人言已,止大树下。军人有逼视,见其臂上有鳞。俄天黑,失所在。及上即位,归京阙,虢州刺史王奇光奏女娲坟云:"天宝十三载,大雨

---

① 长大:高大。
② 咤(zhà):发怒声。
③ 风狂:疯狂。

晦冥①，忽沉。今月一日夜，河上有人觉风雷声，晓见其坟涌出，上生双柳树，高丈余，下有巨石。"兼画图进。上初克复，使祝史②就其所祭之。至是而见，众疑向妇人其神也。

◎ 天降十二宝

在代宗登基这天，天空中有五彩祥云呈现，有一道黄气围绕着太阳。先前，楚州献上十二件国宝，于是肃宗下诏令代宗监理国事。诏书说："上天降宝，献自楚州。神明生天道之符，完璧定妖灾之气。"最初，楚州一个叫"真如"的尼姑，突然有一天被人接引到天上，天帝对她说："人间若发生灾难，就用这些宝物去消除。"宝物共有十二个，楚州刺史崔侁全部上表进献。第一件是玄黄，形状像笏板，长八寸，有孔，可以避免人间发生战乱和瘟疫。第二件是玉鸡，羽毛像白玉，帝王以孝治天下，这件宝物就会出现。第三件是谷璧，是白玉，形状像谷粒，上面没有雕刻的痕迹，帝王得到它，国家就会五谷丰登。第四件是西王母白环，有两枚，谁存有此白环，番邦都会归顺他。第五件是碧色宝。第六件是如意宝珠，有鸡蛋大小。第七件是红靺鞨，有大的栗子那么大。第八件是琅玕珠，有两颗，大小比寻常的珠子要稍微大些，有颗直径甚至超过一寸三分。第九件是玉玦，形状看上去跟玉环差不多，但缺少四分之一。第十件是玉印，有半个手掌那么大，纹理像

---

① 晦冥：昏暗。
② 祝史：负责祭祀的官员。

鹿，深陷印中。第十一件是皇后采桑钩，粗细跟筷子差不多，其末端弯曲。第十二件是雷公石，斧头形状，上面没有孔。把这些宝物放在太阳底下，每一件都是白气连天。

代宗即位日，庆云①见②，黄气抱日。初，楚州献定国宝一十二，乃诏上监国③。诏曰："上天降宝，献自楚州。神明生历数④之符，合璧定妖灾之气。"初，楚州有尼真如，忽有人接去天上，天帝言："下方有灾，令此宝镇之。"其数十二，楚州刺史崔侁表⑤献焉。一曰玄黄，形如笏⑥，长八寸，有孔，辟人间兵疫。二曰玉鸡，毛白玉也，王者以孝理天下则见。三曰谷璧⑦，白玉也，如粟粒，无雕镂之迹，王者得之，五谷丰熟。四曰西王母白环，二枚，所在处，外国归伏。五曰碧色宝。六曰如意宝珠，大如鸡卵。七曰红靺鞨⑧，大如巨栗。八曰琅玕珠⑨，二枚，逾常珠，有逾径一寸三分。九曰玉玦⑩，形如玉环，四分缺一。

---

① 庆云：五彩祥云，又名"景云""卿云"。
② 见：通"现"。
③ 监国：监，监管。监国，是指古代君王因为外出、病重等缘故，由太子代理国是，即为"监国"。
④ 历数：天道。也指帝王相继的次序。
⑤ 表：给皇帝的奏章。
⑥ 笏（hù）：臣子上朝拿的手板，以玉、象牙或竹片制成，上面可以记事。
⑦ 谷璧：古时子爵诸侯所执之玉。
⑧ 靺鞨（mò hé）：靺鞨族所居之地出产的一种宝石。靺鞨族，古代少数民族，分布在今黑龙江、松花江流域。
⑨ 琅玕（láng gān）：似玉的美石。
⑩ 玦（jué）：一种环形而有缺口的玉佩。

十曰玉印，大如半手，理如鹿形，啗①入印中。十一曰皇后采桑钩，细如箸，屈其末。十二曰雷公石，斧形，无孔。诸宝置之日中，皆白气连天。

---

① 啗（dàn）：或为"陷"字之误。

礼异

人事旧仪

「异」乃灵异之异,是特殊、不常见的意思。本篇记载西汉至南北朝时期的朝觐、丧礼、外交、婚礼,以及种种称谓,故称「礼异」。此部分内容不常见,以资考证之用耳。

◎ 君臣礼赞

西汉时，当皇帝接见丞相时，谒者唱礼说："皇帝为丞相起立。"而当御史大夫觐见皇帝时，皇帝说"谨谢"。

西汉，帝见丞相，谒者①赞曰："皇帝为丞相起。"御史大夫见，皇帝称"谨谢"。

◎ 神主人俑

汉朝所用神主，用桔树皮缠绕，放置在家中，用绵絮张开遮挡在外面。不外出时，就放在玄堂上面。坟墓之上，用竹笼制作一个无头人俑，坐姿就像生前那样。

汉木主②，缍以桔木皮，置牖③中，张绵絮以障外。不出时，玄堂④之上，以笼为俑⑤人，无头，坐起如生时。

◎ 用节

但凡出使用到节信都是有讲究的，诸侯用玉节，大夫掌管边邑用的是角节。出使山地国家要用虎节，出使平原国家用人节，出使水乡之国要用龙节。出入门禁关卡用符

---

① 谒（yè）者：职官名。秦汉时，谒者职掌接待宾客及赞礼。
② 木主：为死者所立木制牌位，也作"神主"。
③ 牖（yǒu）：窗户。
④ 玄堂：玄，黑色。这里指坟墓。
⑤ 俑：用于殉葬的木偶或陶人。

节，交易用玺节，道路通行用旌节。古时候平安无事用璧，而起事用圭，事成有功才用璋。边境兵戎用珩，将有战事用璩，城池被围困用环，发生灾乱用琮。天有大旱用珑，珑是一种祈雨的节。重大丧事则用琮。

凡节①，守②国③用玉节，守都鄙④用角节。使山邦用虎节，土邦用人节，泽邦用龙节。门关⑤用符节⑥，货贿⑦用玺节⑧，道路用旌节⑨。古者安平用璧，兴事用圭，成功用璋，边戎用珩，战斗用璩，城围用环，灾乱用隽。大旱用龙，龙，节也。大丧⑩用琮⑪。

◎北齐迎南使

北齐在迎接南朝的使者时，是由太学博士和监舍负责接待工作。两名传诏官骑马带着符节走在前面引路，两名驾驭羊车的吏员提刀跟在传诏官后面。一位是监舍，一位

---

① 节：凭证。古时使臣执以示信之物。
② 守：掌管。
③ 国：诸侯国。
④ 都鄙：距王城四百至五百里的边邑，作为王之子弟及公卿大夫的封地。
⑤ 门关：门禁和关卡。
⑥ 符节：出入城门关卡的凭证，刻有文字，分成两半，各取其一，使用时相合以为验证。
⑦ 货贿：货物，资财。代指市商。
⑧ 玺节：印章。
⑨ 旌节：使者所持之节。节为竹，以旄牛尾作饰，为信守的象征。
⑩ 大丧（sāng）：帝、后或其世子的丧礼。也指父母之丧。
⑪ 琮（cóng）：玉质礼器，方柱形，也有长筒形的，中有圆孔。

是典客令，他们都戴着进贤冠。他们后面跟着十多名身着红衣、骑着马、擎着伞的太学生，一位身着火红色衣衫的武官在使节车前引导。另有身着火红色衣衫骑着马、戴着平巾帻的武官六人，他们这六人专门负责协助主、副使者各自乘车的安全事宜，车后跟着备用的马。铁甲武士一百余人，仪仗队也有一百余人，队伍上用到的饰品裁剪的就好像衣带，白色羽毛装饰的旗帜中间竖着长矛，仪仗队披着装饰的头发，身穿火红色袍服，所戴的帽子共有五种颜色，颜色随头发而定，拿着用木材制作的长矛、刀、戟，及用彩色绘画制成的虾蟆旗。

北齐迎南使，太学博士、监舍迎使。传诏二人骑马荷信①在前，羊车②二人捉刀在传诏后。监舍一人，典客令一人，并进贤冠。生③朱衣骑马罩伞十余，绛衫④一人，引从使车前。又绛衫骑马、平巾帻⑤六人，使主、副各乘车，但马⑥在车后。铁甲者百余人。仪仗百余人，剪彩如衣带，白羽间为稍，髶⑦发绛袍，帽凡五色，袍随髶色，以木为稍、刃、戟⑧，画彩为虾蟆幡。

---

① 荷信：带着符节。
② 羊车：皇宫内乘坐的小车。羊，驾车之马其大如羊，故名。这里指驾驭羊车的人。
③ 生：太学生。
④ 绛衫：此指身穿绛衫的直阁将军之侍从。绛，深红色。
⑤ 平巾帻（zé）：魏晋时武官所戴头巾，因帻上平如屋顶，故名。帻，头巾。
⑥ 但马：一作"诞马"，没有装备乘具的马，用以备缺。
⑦ 髶（èr）：先驱骑马者披着头发的装束。
⑧ 戟（jǐ）：合矛与戈为一体的长柄兵器。

◎ 梁国朝会

梁国正旦朝会，邀请北朝的使者来参加，北朝使者乘车到阙下，进入端门，门的上端题写着"朱明观"。二重门叫应门，门下有一面大画鼓。三重门叫太阳门，太阳门的左边有一座高楼，楼上悬着一口大钟；太阳门的右边是朝堂，大门开启，朝堂的左右两边也有两面大画鼓。北朝使者进门后，敲击钟磬，走到马道北面、悬钟内道西北面后站立。然后引导宣城王等人进门，再次敲击钟磬，在道路东北面站立。大钟悬挂处的东西两厢都站着近臣。马道以南、近道以东，有茹茹和昆仑的来宾，道西近道有高句丽和百济的来宾，还有参加朝会的三千多名官员。等到众人位置站定之后，梁朝皇帝从东堂走出来，因为斋戒不住在宫中，而是在外住宿，所以梁朝皇帝不是从上阁中出来。击磬鸣鼓，乘舆清道戒严，侍从簇拥着皇帝走上东面台阶，在幄幕内面向南方坐下。幄幕是绿油顶，盖黑色裙幕，十分高大，用绳子系在四根柱子上。梁朝皇帝倚着黑漆曲几坐定之后，大臣们依次从西门进来，他们都身穿着朝服，戴着博山远游冠，冠缨末梢用翠羽和珍珠作为装饰，按两人一组排列，带着佩剑，脚穿黑色双层底鞋。刚进入时，由两人在前面引导，然后两人并排随行，后面跟着一人托着牙箱和班剑箱；另外二十人身着省服，在最后面还跟随着一百多人。到宣城王前面几步远的地方，北面设置了重席作为君臣、宾客行礼的位置，这次是行再拜礼，礼毕，然后依次退出。又引导王公上前献玉，梁朝皇帝不用起身答谢。

梁正旦①，使北使乘车至阙②下，入端门③，其门上层题曰"朱明观"。次曰应门，门下有一大画鼓。次曰太阳门，左有高楼，悬一大钟，门右有朝堂，门辟，左右亦有二大画鼓。北使入门，击钟磬，至马道北、悬钟内道西北立。引其宣城王等数人后入，击磬，道东北面立。其钟悬外东西厢，皆有陛臣④。马道南、近道东有茹昆仑客⑤。道西近道有高句丽、百济客，及其升殿之官⑥三千许人。位定，梁主从东堂中出，云斋在外宿，故不由上阁来。击磬鼓，乘舆⑦警跸⑧，侍从升东阶，南面幄内坐。幄是绿油天皂裙，甚高，用绳系着四柱。凭⑨黑漆曲几。坐定，梁诸臣从西门入，着具服、博山、远游冠，缨末以翠羽、真珠为饰，双双佩带剑，黑舄⑩。初入，二人在前导引，次二人并行，次一人擎牙箱⑪、班剑箱⑫，别二十人具省服，从者百余人。至宣城王前数

---

① 正旦：正月初一。魏晋南北朝时，每年正旦举行朝会，各国间有时还会派使者到贺，称为"贺正旦使"。
② 阙：王宫或祠庙门前两边的高建筑物，左右各一，中间为通道，又名"观"。
③ 端门：宫殿南面正门。端，正也。
④ 陛臣：皇帝的近臣。陛，宫殿的台阶。
⑤ 昆仑客：指我国西南地区的少数民族。
⑥ 升殿之官：参与朝会并可登殿的官员。
⑦ 乘舆：专指皇帝乘坐的车。
⑧ 警跸（bì）：帝王出入时清道戒严。
⑨ 凭：倚，靠。
⑩ 舄（xì）：加木底的双层底鞋。
⑪ 牙箱：装牙旗的器具。
⑫ 班剑箱：盛班剑的器具。

步，北面有重席①为位，再拜②，便次出。引王公登要，献玉，梁主不为兴③。

◎ 魏使访梁

魏朝使者李同轨、陆操二人一起出使到梁朝，进入乐游苑西门内的青油幕下。梁朝皇帝提前准备好了接待使者的仪仗队，他乘坐銮舆从南门进入。陆操等人站在东面对梁朝皇帝行"再拜礼"，梁朝皇帝向北进入林光殿。过不久，引导台使进殿。梁朝皇帝在黑色的帷帐中，坐北朝南。嘉宾及百官全都坐定后，派中书舍人殷灵宣圣谕、慰问大家，双方都有言辞答谢。在中庭设有钟悬，同时还安排有各种散乐杂技的表演。众人在殿上流杯池中饮酒，一起端着酒杯向皇帝敬酒，皇帝的杯子上写着"御杯"二字，其余则是题写着官员各自姓氏的杯子，杯子流到谁的面前谁就端起来喝掉。还模仿前人的做法，让酒杯随着水流而转，从首座一直到末座，首尾相连而不断。

魏使李同轨、陆操聘④梁，入乐游苑西门内青油幕下。梁

---

① 重（chóng）席：古人席地而坐，以席之层叠多寡分别尊卑，天子之席五重，公三重，大夫双重。
② 再拜：连拜两次，是较为隆重的礼仪。
③ 兴：起身。
④ 聘：访问，出使。

主^①备三仗^②,乘舆从南门入,操等东面再拜,梁主北入林光殿^③。未几,引台使^④入。梁主坐皂帐,南面。诸宾及群官俱坐定,遣书舍人殷灵宣旨慰劳,具有辞答。其中庭设钟悬^⑤及百戏^⑥。殿上流杯池中行酒^⑦,具进梁主者,题曰"御杯",自余各题官姓之杯,至前者即饮。又图象旧事,令随流而转,始至讫于座罢,首尾不绝也。

◎梁帝赐物

梁朝皇帝经常让传诏童赏赐群臣岁旦酒、辟恶散和却鬼丸这三样东西。

梁主常遣传诏童^⑧赐群臣岁旦酒^⑨、辟恶散^⑩、却鬼丸三种。

---

① 梁主:即为梁武帝萧衍。
② 三仗:即勋仗。仗,仪仗。
③ 林光殿:在乐游苑内。
④ 台使:南朝对朝廷使者的称呼。台,台城,晋宋间谓朝廷禁省为台,故称。
⑤ 钟悬:古代乐器的悬挂形式根据地位高低而有不同,帝王悬挂四面,象征宫室四壁,称之为钟悬,又称"宫县(xuán)"。
⑥ 百戏:各种散乐、杂技的通称,如扛鼎、吞刀、履火等。
⑦ 流杯池中行酒:即所谓"流觞曲水"。古时人们常于佳日在曲折回环的水边宴集,在上水处放置酒杯,杯随水流,停于何人面前,其人即取杯而饮的一种宴会上饮酒行乐的活动方式。
⑧ 传诏童:出入宣谕诏旨的侍童。
⑨ 岁旦酒:椒酒、柏酒。
⑩ 辟恶散:药名,或为"敷于散"。辟恶,避除邪恶。散,研成细末的药。

◎ 北朝婚礼

北朝的婚礼，用青布帐幕来布置新房，安设在大门内或者门外，并称之为青庐。新人就在这里举行交拜成婚的礼仪。迎娶新娘的时候，男方带领一百多人或十几个人，或奢或简配上车队去。到了女方家门口，大家一起大喊："新娘子，快出来！"一直喊到新娘子上车为止。女婿拜门这天，女方亲戚宾客中的妇女都汇集在一起，手拿棍子敲打新女婿，并以此为乐，但也导致有的新郎官被弄得疲惫不堪。

北朝婚礼，青布幔为屋，在门内外，谓之青庐，于此交拜。迎妇，夫家领百余人或十数人，随其奢俭挟车，俱呼："新妇子，催出来！"至新妇登车乃止。婿拜阁①日，妇家亲宾妇女毕集，各以杖打婿为戏乐，至有大委顿②者。

◎ 乙丙戏甲

法律规定：甲娶妻，乙和丙一起戏弄甲。旁边有个柜子，乙和丙将其比作监狱，然后抬起甲放进柜子里，并盖上柜盖，甲因此窒息而死。乙、丙应被处以鬼薪之刑。

律：有甲娶，乙、丙共戏甲，旁有柜，比之为狱，举置柜

---

① 拜阁：即拜门，指新婚夫妇回拜岳家。
② 委顿：颓丧，疲困。

中，覆之，甲因气绝。论当鬼薪[1]。

◎婚俗讲究

近代婚礼：到了迎接新娘的时候，往石臼里装入三升粟米，用一张席子把井口盖起来，用三斤麻堵住窗户，放三支箭在门上。新娘上车，新郎骑着马环绕婚车三圈。女子出嫁之后的第二天，女方家要煮肉粥。新娘在上车前，要用围裙遮住面部。新娘进入夫家大门，除公婆之外的家人都要从旁开的小门走出去，再从大门进来，说是要踩踏新娘的足迹，沾沾喜气。新娘进门之后，先要祭拜猪栏神和灶神。娶亲时，夫妻二人要相互对拜，或一起拴结镜纽。另外，男方家的亲友要闹洞房捉弄新娘子。如果是在腊月娶亲，新娘不能见婆婆。

近代婚礼：当迎妇，以粟三升填臼[2]，席一枚以覆井，枲[3]三斤以塞窗，箭三只置户上。妇上车，婿骑而环车三匝。女嫁之明日，其家作黍臛[4]。女将上车，以蔽膝[5]覆面。妇入门，舅姑[6]以下，悉从便门[7]出，更从门入，言当躏[8]新妇迹。又妇入门，

---

[1] 鬼薪：秦汉时的一种刑罚，因其初为宗庙采供柴薪而得名。
[2] 臼（jiù）：舂米的器具。
[3] 枲（xǐ）：麻，纤维可织布。
[4] 黍臛（huò）：杂以黍米的肉羹。
[5] 蔽膝：用以护膝的围裙。
[6] 舅姑：夫家的父母，俗称公公、婆婆。
[7] 便门：正门之外的小门。
[8] 躏（lìn）：踩，踏。

先拜猪樴①及灶。娶妇，夫妇并拜，或共结镜纽②。又娶妇之家，弄③新妇。腊月娶妇，不见姑。

◎ 婚礼九彩

婚事彩礼，有合欢、嘉禾、阿胶、九子蒲、朱苇、双石、绵絮、长命缕、干漆。这九种东西各自的说辞是不一样的：胶、漆，寓意婚姻牢固；绵絮，寓意情意绵绵；蒲、苇，寓意双方能屈能伸，能和睦相处；嘉禾，寓意分享福气；双石，寓意两情忠坚不渝。

婚礼纳彩④，有合欢⑤、嘉禾、阿胶、九子蒲、朱苇、双石、绵絮、长命缕⑥、干漆。九事皆有词：胶、漆，取其固；绵絮，取其调柔；蒲、苇，为心，可屈可伸也；嘉禾，分福也；双石，义在两固也。

◎ 北朝妇人

北朝妇女常常在冬至当天送亲友鞋袜和靴子。正月里，她们送亲友箕帚、长生花。立春那天送春书，用青缯制作

---

① 猪樴（zhí）：猪圈。这里指猪栏神。
② 纽：器物上可以提携或系带的部分。
③ 弄：戏弄。
④ 纳彩：古代婚制，男方在媒人通辞得到允许之后，呈送求婚礼物，称为"纳彩"。
⑤ 合欢：又名"夜合欢""合昏"，植物名。其叶夜间成对相合，象征男女相爱和睦。
⑥ 长命缕：端午节时，结成各种形状用以避邪的五彩带。

春幡，春幡由木雕的龙像或是虾蟆来衔着。五月送五时图、五时花，用来装饰在帷帐上面；同时这天，还送长命缕和宛转绳，再将其编织成人像随身带着。夏至，送扇子和胭脂袋。至于她们为什么要送这些东西，那是各有各的说辞。

北朝妇人，常以冬至日进履袜及靴。正月进箕帚①、长生花②。立春进春书③，以青缯为帜④，刻龙像衔之，或为虾蟆。五月进五时⑤图、五时花，施帐之上。是日，又进长命缕、宛转绳，皆结为人像带之。夏至日，进扇及粉脂囊。皆有辞。

◎ 人物指称

秦汉以来，对天子的尊称是"陛下"，对皇太子的尊称是"殿下"，对将军的尊称是"麾下"，对使者的尊称是"节下""毂下"，对享二千石的长史官员的尊称是"阁下"，对父母的尊称是"膝下"，平辈之间互称为"足下"。

秦汉以来，于天子言"陛下"，于皇太子言"殿下"，将言

---

① 箕帚（jī zhǒu）：打扫用的工具。
② 长生花：花名。可入药。
③ 春书：春帖子。剪帖在宫中门帐上的书有诗句的帖子，类似于现在的贺年卡片。
④ 青缯（zēng）为帜：指制作春幡。缯，丝织品。古时于立春那天挂春幡，以象征春的来临。或是剪彩做成小旗，插在头上，或挂在树枝上为戏。
⑤ 五时：立春、立夏、大暑、立秋、立冬。

"麾下"，使者言"节下""毂①下"，二千石②长史言"阁下"，父母言"膝下③"，通类相言称"足下"。

---

① 毂（gǔ）：车轮中心的圆木，代指车辆。这里是指使者出行使用的车子。
② 二千石：汉代内自九卿郎将，外至郡守尉的俸禄等级，都是二千石。
③ 膝下：人年幼时，常依于父母膝下承欢，后来"膝下"就用作尊呼父母。

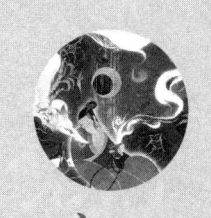

广知

奇闻冷语

本篇内容所涉极广博，概言之有民俗、炼丹、名物、生物、禁忌、物性、物理、数学、图籍、书法、绘画、技艺等，故名其篇目「广知」。

◎ 讳五月上屋

民俗忌讳五月上屋顶。传说在五月里，人的灵魂会脱离肉体，人如果爬上屋顶，看到自己的影子，魂魄就会离人而去。

俗讳五月上屋，言五月人蜕，上屋见影，魂当去。

◎ 辱金

金子如果曾在坟墓里埋过，或是做过钗钏头饰、夜壶等，陶弘景称之为被沾污过的金子，这种金子是不能和其他金属合炼的。

金曾经在丘冢，及为钗钏、溲器，陶隐居谓之辱金，不可合炼。

◎ 牡铜牝铜

炼铜的时候，让一名童男和一名童女共同参与用水浇铜，铜就会自然分成两段。凸起的是雄铜，凹陷的是雌铜。

炼铜时，与一童女俱，以水灌铜，铜当自分为两段。有凸起者牡铜也，凹陷者牝铜也。

◎ 爨釜不沸

做饭时，如果水总是烧不开，那是因为有个像小猪一样的东西在锅底，把它弄走就好了。

爨釜不沸者，有物如豚居之，去之无也。

◎钩注居之

灶如果无缘无故就潮湿，那是因为有种名叫钩注的红虾蟆住在灶里，把它赶走就好了。

灶无故自湿润者，赤虾蟆名钩注居之，去则止。

◎饮者面色

喝酒的人，肝气弱的面色发青，心气弱的则面色泛红。

饮酒者，肝气微则面青，心气微则面赤也。

◎面色三因

脉旺，发怒时脸色会发青；骨旺，发怒时脸色会发白；血旺，发怒时脸色会发红。

脉勇，怒而面青；骨勇，怒而面白；血勇，怒而面赤。

◎一方水土一方人

山区多生男孩，湖泽地带多生女孩。水乡多出哑巴，常年大风的地方多出聋子。草木茂密的地方多驼背，土少石多的地方多出强壮的人。危险偏僻之地多出患大脖子病的人，炎热地区多出残疾人，寒冷地区多出长寿的人。峡谷地区多出肢体麻木的人，丘陵地区多出瘦弱的人。平原地区多出仁厚的人，闭塞的山区多出贪婪的人。

山气①多男，泽气多女。水气多喑，风气多聋。木气多伛，石气多力。阻险气多瘿②，暑气多残，寒气多寿。谷气多痹，丘气多尪③。衍④气多仁，陵⑤气多贪。

◎神之异名

人身之神以及各大器官之神名称另有异名的是：脑神又名觉元，头发神又名玄华，目神又名虚监，鼻神又名冲龙玉，舌神又名始梁。

身神及诸神名异者：脑神曰觉元，发神曰玄华，目神曰虚监，鼻神曰冲龙玉，舌神曰始梁。

◎叩齿召神

学道的人就要学会叩齿。叩齿是用来召唤众神的方式。左齿相叩叫天钟，用来应对突然遇见的凶恶不吉利的事。右齿相叩叫作天磬，如果经过山泽邪僻之地遇见山神大巫

---

① 气：古代的哲学概念。这里指万物的根本属性。
② 瘿（yǐng）：长在颈上的大瘤子。
③ 尪（wāng）：瘦弱。
④ 衍：低而平坦之地。
⑤ 陵：大土山。

就用这种叩齿法。中央上下相叩名叫天鼓，存思念道时就要叩鸣。叩鸣之数是三十六，或者三十二，或者二十七，或者二十四，或者十二。

夫学道之人，须鸣天鼓①，以召众神也。左相叩为天钟，卒遇凶恶不祥叩之。右相叩为天磬，若经山泽邪僻威神大祝叩之。中央上下相叩名天鼓，存思②念当道鸣之。叩之数三十六，或三十二，或二十七，或二十四，或十二。

◎玉女之痣

玉女以黄玉为痣，大小如同黍米，长在鼻子上。没有这种痣的，是鬼派遣来试探人的。

玉女以黄玉为痣，大如黍，在鼻上。无此痣者，鬼使也。

◎入山忌日

进山的忌日，大月忌三日、十一日、十五日、十八日、二十四日、二十六日、三十日；小月忌一日、五日、十三日、十六日、二十六日、二十八日。

入山忌日，大月忌三日、十一日、十五日、十八日、

---

① 鸣天鼓：道家养生之法。一是指双手掩耳，以手指叩击后脑勺，一是指牙齿上下相叩。这里说的是后者。
② 存思：或称"存想"，道家关于意念的修炼，其特点是思念体内或体外的事物，或想象中的神。

二十四日、二十六日、三十日；小月忌一日、五日、十三日、十六日、二十六日、二十八日。

◎ 五脏五谷

凡是梦见五脏，就会得到五谷：梦见肺得麻，梦见肝得麦，梦见心得黍，梦见肾得菽，梦见脾得粟。

凡梦五脏，得五谷：肺为麻，肝为麦，心为黍，肾为菽，脾为粟。

◎ 凡人忌

凡是学仙的人，不可以朝向北方理发、脱衣服、吐口水，以及大小便。

凡人不可北向理发、脱衣及唾、大小便。

◎ 朔日勿怒

每月初一这天不要生气。

月朔日勿怒。

◎ 月日之忌

三月三日，不要吃各种草心。四月四日，不要砍伐树木。五月五日，不要见血。六月六日，不要动土。七月七日，不要去想坏的事情。八月四日，不要买鞋。九月九日，不要揭起床席。十月五日，不要责罚人。十一月十一日，可以沐浴。十二月三日，可以斋戒。这些禁忌，三官之神都是知晓的。凡是修行，不要叩头。叩头则倾倒九天之神，使泥丸倾覆，天帝会在上丹田号叫，太乙神会在中丹田哭泣。只要心存叩头的念头就行了。

三月三日，不可食百草心。四月四日，勿伐树木。五月五日，勿见血。六月六日，勿起土。七月七日，勿思忖恶事。八月四日，勿市履屣。九月九日，勿起床席。十月五日，勿罚责人。十一月十一日，可沐浴。十二月三日，可戒斋。如此忌，三官所察。凡存修①，不可叩头。叩头则倾九天②，覆泥丸③，天帝号于上境，太乙泣于中田④。但心存叩头而已。

◎老子拔白日

老子拔白的日期有：正月四日、二月八日、三月十二日、四月十六日、五月二十日、六月二十四日、七月二十八日、八月十九日、九月十六日、十月十三日、十一月十日、十二月七日。

---

① 存修：持戒修行。
② 九天：中央与八方之天。
③ 泥丸：即上丹田，在头顶正中。
④ 中田：即中丹田，其位置有两种说法，或说在两乳之间，或说在心之下、脐之上。

老子拔白[①]日：正月四日、二月八日、三月十二日、四月十六日、五月二十日、六月二十四日、七月二十八日、八月十九日、九月十六日、十月十三日、十一月十日、十二月七日。

◎太清外术

《隐诀》记载的太清外术：将活人的头发挂在某棵果树上，乌鸦等鸟儿就不敢啄食这棵树上的果实。瓜有两个根蒂和两个尾蒂的，吃了这种瓜以后会死人。房檐水滴在菜上有毒，堇黄花和赤芥有毒，吃了会死人。瓠瓜，牛踩踏了其瓜苗，瓠子就苦。大醉之后不能躺在黍秆上，如果出汗就会掉眉发。孕妇吃干姜会让胎儿消融。十月吃打过霜的菜会使人面部没有光泽。三月不能吃腌菜。蓑衣结可以治疗蜈蚣疮。井口边的草主治小儿夜间哭闹，将其草放在母亲睡的席垫之下，不要让她知道。船底的青苔可以治疗流行性传染病。寡妇睡的藁草席里面的草节，可以治疗小儿霍乱。自缢用的绳子可治疗癫狂。孝子的衣襟灰可以美白。东边家门鸡栖的木头烧成灰，可以治疗失语症。菜板垢能腐蚀鞋底。古棺木板用来制作琴底，可以调和阴阳，通神明。鱼有睫毛且眼睛闭上，腹内有自连珠，两只眼睛不同，鱼鳞连成片，白鳍，腹部下有红字，长得像这样的鱼吃了都会死人。鳖的眼睛是白色的，腹部有五字、十字的，不能吃。蟹腹部有毛的，吃了会死人。蛇用桑柴去烧，就会露出蛇足。兽尾分叉，鹿的花斑像豹子，羊的心脏有

[①] 拔白：道教术语。指拔去白发白须。

窍，都会毒死人。五月以后，服用马夜眼这种药会死人。狗悬着蹄子，这种狗的肉有毒。吃了白马马鞍下的肉会伤人的五脏。乌鸦死以后眼睛不闭上，鸭子的眼睛是白色的，乌鸦有四只距，蛋有八字，吃了都会死人。凡是鸟儿飞到人家中，口中必定有异物，应当为它拔除异物然后放飞。水的脉不能断，井水如果沸腾则不能饮用。酒浆照不见人影的，不能喝。蝮和青蜂是最毒的两种蛇；蛇发怒时，蛇毒集中在头部和尾部。凡是坟墓、深井里的气体，在夏秋季节有毒，要先拿根鸡毛扔下去，如果鸡毛垂直下落的则没有毒气；如果回旋下落的则人不能下去，应当先用几斗醋浇下去，才能进入。颇梨是千年的冰化成的。琉璃、玛瑙，应先用自然灰煮过使之变软，之后才可以雕刻；自然灰出自南海；玛瑙是鬼的血液化成的。

《玄中记》说：枫树的树脂埋入地下就变成了琥珀。《世说新语》说：琥珀是桃胶埋入地下化成的。《淮南子》说：菟丝是琥珀的苗。

《隐诀》言太清外术：生人发挂果树，乌鸟不敢食其实。瓜两鼻两蒂，食之杀人。檐下滴菜有毒，堇黄花及赤芥杀人。瓠，牛践苗则子苦。大醉不可卧黍穰上，汗出眉发落。妇人有娠食干姜，令胎内消。十月食霜菜，令人面无光。三月不可食陈菹。莎衣结治蠼螋疮。井口边草主小儿夜啼，着母卧荐①下，勿令知

---

① 荐：席垫。

之。船底苔疗天行①。寡妇藁荐草节，去小儿霍乱。自缢死绳主颠狂。孝子衿灰，傅面皯②。东家门鸡栖木作灰，治失音。砧垢能蚀人履底。古榇板③作琴底，合阴阳，通神。鱼有睫及目合，腹中自连珠，二目不同，连鳞，白鬐，腹下丹字，并杀人。鳖目白，腹下五字、十字者，不可食。蟹腹下有毛，杀人。蛇以桑柴烧之，则见足出。兽歧尾，鹿斑如豹，羊心有窍，悉害人。马夜眼④，五月以后，食之杀人。犬悬蹄，肉有毒。白马鞍下肉食之，伤人五脏。乌自死目不闭，鸭目白，鸟四距⑤，卵有八字，并杀人。凡飞鸟投人家，口中必有物，当拔而放之。水脉不可断，井水沸不可饮。酒浆无影者，不可饮。蝮与青蜼⑥，蛇中最毒；蛇怒时，毒在头尾。凡冢井间气，秋夏中之杀人，先以鸡毛投之，毛直下无毒，回旋而下不可犯，当以醋数斗浇之，方可入矣。颇梨⑦，千岁冰所化也。琉璃、玛瑙，先以自然灰煮之令软，可以雕刻；自然灰生南海；玛瑙，鬼血所化也。

《玄中记》言：枫脂入地为琥珀。《世说》曰：桃沈⑧入地所化也。《淮南子》云：兔丝，琥珀苗也。

---

① 天行：流行性传染病。
② 皯（gǎn）：通"䶮"。皮肤黑。
③ 古榇（chèn）板：古墓中的棺木。
④ 马夜眼：马四肢皮肤角质块，可入药。古时认为马有此能夜行，故名"夜眼"。
⑤ 距：爪子后面突出像脚趾的部分。
⑥ 青蜼（kuí）：一种毒蛇。
⑦ 颇梨：即玻璃。
⑧ 桃沈：桃胶。

◎刁斗

鬼书有"业缘所杀",刁斗本为古时候的器物。

鬼书有业煞,刁斗出于古器。

◎百体书

百体中,有悬针书、垂露书、秦望书、汲冢书、金鹊书、虎爪书、倒薤书、偃波书、幡信书、飞白书、籀书、缪篆书、制书、列书、日书、月书、风书、署书、虫食叶书、胡书、篷书、天竺书、楷书、横书、芝英隶、钟隶、鼓隶、龙虎篆、麒麟篆、鱼篆、虫篆、鸟篆、鼠篆、牛书、兔书、草书、龙草书、狼书、犬书、鸡书、震书、反左书、行押书、楫书、藁书、半草书。

◎专事专书

召书奏书使用虎爪书,制诰使用偃波书,因为这两种书体无法仿学,可以防止伪造。谢章诏板用蚋脚书,节信用鸟书,朝贺用填书,也用于有关婚姻的文书。

召奏用虎爪书,诰下用偃波书,为不可学,以防诈伪。谢章①诏板用蚋脚书②,节信③用鸟书,朝贺用填书,亦施于婚姻。

---

① 谢章:谢表。
② 蚋(ruì)脚书:即蚊脚书。
③ 节信:使臣执以示信之文。

◎ 西域书体

西域书体，有驴唇书、莲叶书、节分书、大秦书、驮乘书、牸牛书、树叶书、起尸书、石旋书、覆书、天书、龙书、鸟音书等，共有六十四种。

西域书，有驴唇书、莲叶书、节分书、大秦书、驮乘书、牸牛书、树叶书、起尸书、石旋书、覆书、天书、龙书、鸟音书等，有六十四种。

◎ 博学的胡综

胡综博学多知。孙权为吴主时，挖到一只铜匣，长二尺七寸，用琉璃做的匣盖，又有一柄白玉如意，手把的地方都刻着龙虎形状和蝉形，没有人能明白其中的缘由。派人去问胡综，胡综回答说："当年秦始皇因为金陵有天子之气，所以就将金陵各处的山头铲平了，并且处处埋藏宝物以阻挡王气。这大概就是当时埋的吧？"

胡综博物。孙权时，掘得铜匣，长二尺七寸，以琉璃为盖，又一白玉如意，所执处皆刻龙虎及蝉形，莫能识其由。使人问综，综曰："昔秦皇以金陵有天子气，平诸山阜，处处辄埋宝物，以当王气。此盖是乎？"

◎ 摩兜鞭

邓城西边一百多里处有个地方名叫榖城，是当年榖伯绥所建之国。城门有个石人，石人的腹部刻着："摩兜鞬，摩兜鞬，鞬慎言。"刻写这句话的用意大概跟太庙的金人缄口铭差不多。

邓城西百余里有榖城，榖伯绥之国。城门有石人焉，刊其腹云："摩兜鞬，摩兜鞬，鞬慎言。"疑此亦同太庙金人缄口铭。

◎ 人不读书，其犹夜行

历城北边二里处有一个莲子湖，环湖一周是二十里。湖中盛产莲花，红花绿叶相互映衬，乍一看像是濯锦一般。加之有渔船穿行于莲叶之间，渔网疏疏落落散布湖中，远远望去就像蛛网和流杯一样。北魏袁翻曾经在湖上宴饮集会，参军张伯瑜请教袁翻说："先前我用湖水制作血羹，怎么也制不成。"袁翻说："取洛水来制作，一定能做成。"于是照袁翻的话去做，果然制成了。当时清河王对此感到非常奇怪，就问袁翻："这究竟是什么缘故呢？"袁翻说："请想想湖名。"清河王笑着表示理解了，而实际上并没有弄明白，等到宴集散了，对主簿房叔道说："湖名的事，我是真的没弄懂。"房叔道回答说："藕能化血，这个湖名为莲子，所以让您想想湖名。"清河王叹息说："人不读书，就像夜里摸黑走路一样。即便是头发花白的老人的见识也是没法跟读书的少年文士相比的。"

历城北二里有莲子湖，周环二十里。湖中多莲花，红绿间明，乍疑濯锦。又渔船掩映，罟罾疏布，远望之者若蛛网浮杯也。魏袁翻曾在湖宴集，参军张伯瑜咨公言："向为血羹[1]，频不能就。"公曰："取洛水，必成也。"遂如公语，果成。时清河王怪而异焉，乃咨公："未审何义得尔？"公曰："可思湖目。"清河笑而然之，而实未解，坐散，语主簿房叔道曰："湖目之事，吾实未晓。"叔道对曰："藕能散血，湖目莲子，故令公思。"清河叹曰："人不读书，其犹夜行。二毛[2]之叟，不如白面书生。"

◎荀勖之尺

梁朝主客郎中陆缅对魏使尉瑾说："我到邺城，看见双阙很高，装饰得也是非常华丽。我们这里的石阙也不比你们的差。我家里有一把荀勖所造的尺子，用铜制成，铭文是金字，是我家的传家宝物。以前昭明太子喜欢搜集古玩，就将其带进宫里去了。这双阙建成之后，用铜尺量了一下，足有六丈高。"尉瑾对答说："我国都城的双阙，本为高薄云天的华阙。贵国地势低洼，按理推断双阙是不会有多高的。"魏肇师接着说："荀勖的那把尺子是积黍排列制作而成，用来调乐律，阮咸讽刺说是调出的乐声偏低，音域不广。后来用标准的玉尺进行调校，发现铜尺跟玉尺相较之下，的确是太短了。"

梁主客[3]陆缅谓魏使尉瑾曰："我至邺，见双阙极高，图饰

---

[1] 血羹：用动物血制作的凝固状食物。故下文解释制作血羹不成的原因是"藕能散血"。
[2] 二毛：头发花白。
[3] 主客：主客郎中。职官名。

甚丽。此间石阙亦为不下。我家有荀勖所造尺，以铜为之，金字成铭，家世所宝此物。往昭明太子好集古器，遂将入内。此阙既成，用铜尺量之，其高六丈。"瑾曰："我京师象魏①，固中天之华阙。此间地势过下，理不得高。"魏肇师曰："荀勖之尺，是积黍所为，用调钟律，阮咸讥其声有湫隘之韵。后得玉尺度之，过短。"

◎辅星

传说看不见辅星的人，便会在不久后死去。我的亲朋故友经常在修行坊聚会，其中有一位亲友就看不见辅星，果然不到一年就去世了。

旧说不见辅星②者，将死。成式亲故常会修行里，有不见者，未周岁而卒。

◎流星入牢

相传能够识别人星的人就不会患疟疾，可在我的亲友熟人当中，认得人星的都患过疟疾。俗话又说不想看天牢星，如果看见流星飞入天牢星，就要披散头发坐着哭，一直等到流星飞出天牢星，这样才可以免灾。《金楼子》说："我认为夜观天象很辛苦，要受夜间霜露之苦，又害怕看

---

① 象魏：宫廷外的阙门。古代宫廷门外两边各有一台，上作楼观，上圆下方，门在两旁，中央为道，称作"象魏"。
② 辅星：星名。北斗第四星旁的一颗小星。

到流星飞入天牢。"我这才知道民俗忌讳这个其实已经很久了。

相传识人星不患疟,成式亲识中,识者悉患疟。又俗不欲看天狱星[1],有流星入,当被发坐哭之,候星却出,灾方弭。《金楼子》言:"余以仰占辛苦,侵犯霜露,又恐流星入天牢。"方知俗忌之久矣。

◎照射之法

荆州陟屺寺僧那,擅长照射,经常给别人讲他照射的方法,他说:"凡是目光很长而晃动的是鹿,贴在地上闪烁不定的是兔,目光低伏不动的是老虎。"又说:"夜晚和老虎搏斗时,一定会看见三只老虎一齐扑过来,左右两边的是虎威,应当刺中间的那只。老虎死后,虎威钻入地下,找到后可以避除各种邪祟。老虎刚死的时候,要记住它的头部枕卧的地方,等到漆黑无月的夜晚再去那里挖掘。开始挖掘时,会有老虎来,在周围怒吼扑腾,此时不要怕,这只是老虎的魂魄而已。向下挖两尺深,会得到形如琥珀的东西,这是老虎的目光沉没入地而形成的。"

荆州陟屺寺僧那,善照射,每言射之法:"凡光长而摇者鹿,帖地而明灭者兔,低而不动者虎。"又言:"夜格虎时,必见三虎并来,夹者虎威,当刺其中者。虎死,威乃入地,得之可却百

---

[1] 天狱星:天牢星。

邪。虎初死，记其头所藉处，候月黑夜掘之。欲掘时，而有虎来，吼掷前后，不足畏，此虎之鬼也。深二尺，当得物如虎珀，盖虎目光沦入地所为也。"

◎ 雕翎

还有这样的说法：雕的羽翎可以驱走其他鸟类的羽毛。雕翎也非常适宜拿来做箭。制箭的方法是：在距离箭栝三寸处钻一小孔，要钻透箭杆；另外刻镂一条风槽，有一粒米那么深，从箭栝一直到那个小孔，这样就不需要羽毛做箭翎了。

又言：雕翎能食诸鸟羽。复善作风羽。风羽法：去栝①三寸，钻小孔，令透笴；及镂②风渠，深一粒，自栝达于孔，则不必羽也。

◎ 人有九影

道士郭采真说："人影的数目最多可以达到九个。"我曾经试着数了一下，最多六七个罢了，其余的影子是散乱不能分辨的。郭采真说："逐渐增加蜡炬，就可以辨别。"又说：九个影子各有各的名称，影神一名为右皇，二名为魍魉，三名为泄节枢，四名为尺鬼，五名为索关，六名为魄奴，七名为灶图□□（先前九影之名抄在麻面纸上，下

---

① 栝：通"筈（guā）"。箭尾扣弦处。
② 镂（sōu）：刻镂。

面两个字被白鱼蛀蚀掉了），八名为亥灵胎，九……（被白鱼全部蛀食看不清）。

道士郭采真言："人影数至九。"成式常试之，至六七而已，外乱莫能辨。郭言："渐益炬，则可别。"又说：九影各有名，影神一名右皇，二名魍魉，三名泄节枢，四名尺凫，五名索关，六名魄奴，七名灶图[①]（旧抄九影名在麻面纸中，向下两字鱼食不记），八名亥灵胎，九（鱼全食不辨）。

◎ 相人影

宝历年间，有位王山人，在人的本命日这天，五更时分点燃灯烛用来占相人影，并以此推断吉凶。他说人影越深越好，人影越深就越是富贵长寿；人影不能照在水里、井里或是浴盆里，古人避免这类照影也就是因为这些影子浅的缘故。古代蠼螋、短狐、踏影蛊等都以攻击人影为害。近来有擅长以针灸人影为人治病的。

宝历中，有王山人，取人本命日，五更张灯，相人影，知休咎。言人影欲深，深则贵而寿；影不欲照水、照井及浴盆中，古人避影亦为此。古蠼螋、短狐[②]、踏影蛊，皆中人影为害。近有人善灸人影治病者。

---

① 图：音yāo。
② 短狐：即蜮（yù）。传说为水中的一种怪物，能含沙射人影，使人得病。

◎ 金刚像不污之故

在京城的佛寺里,往往会有很多神像,但鸟雀不会弄污神像。凤翔山人张盈擅长养生延年,他说:"有些佛寺的金刚像,飞鸟不会聚集在上面,并不是因为佛像的灵验,而是因为取土的地方和塑像的时间偶然和日辰的旺相两相符合。"

都下佛寺,往往有神像,鸟雀不污者。凤翔山人张盈,善飞化甲子①,言:"或有佛寺金刚鸟不集者,非其灵验也,盖由取土处及塑像时,偶与日辰旺相相符也。"

◎ 相寺观

又说:占视寺院道观朝阳的神像,可以知晓寺观的贫富。以前洛阳修梵寺有两座金刚像,鸟雀不在神像上面聚集。元魏时,天竺僧人菩提达摩说得到了金刚的真像。

又言:相寺观当阳像,可知其贫富。故洛阳修梵寺有金刚二,鸟雀不集。元魏时,梵僧菩提达摩称得其真相也。

◎ 烧蜂为琥珀

有人说:"龙血入地化为琥珀。"《南蛮记》中说:"南宁州的沙土中有一种折腰蜂,沙岸崩塌,蜂就会飞出来。当

---

① 飞化甲子:养生延年。

地人烧炼此蜂，用来制成琥珀。"

或言："龙血入地为琥珀。"《南蛮记》："宁州沙中有折腰蜂，岸崩则蜂出。土人烧治，以为琥珀。"

◎墨者可弃

李洪山人擅长书画符箓，且博学广见，他曾对我说："有了裂纹的瓷器和陶器，最好丢弃。以前遇见一位道士，说雷蛊和鬼怪经常隐藏在这些裂纹里。"

李洪山人善符箓，博知，尝谓成式："瓷瓦器墨者可弃。昔遇道者，言雷蛊及鬼魅多遁其中。"

◎佛画放光

近来佛教壁画里有天藏菩萨、地藏菩萨，在明亮的地方仔细观察，规彩耀眼，就好像是壁画里能放出光芒一样。有人讲用曾青和壁鱼粉给佛像着色，眼睛凑近看佛像，佛像就会放光。又壁画中的僧人及鬼神，其眼睛会随着看的人的移动而转动，只要画像点睛时恰到妙处就会达到这种效果。

近佛画中有天藏菩萨、地藏菩萨，近明谛观之，规彩①铄

---

① 规彩：佛像顶上圆轮状的光彩。

目，若放光也。或言以曾青[①]和壁鱼[②]设色，则近目有光。又往往壁画僧及神鬼，目随人转，点眸子极正则尔。

◎钓鱼当钓鱼主

秀才顾非熊说："钓鱼应当钓那只有鱼群环绕的。鱼群失去了它们的首领后，这些普通鱼儿是不会离开的，一会儿就可以将其全部钓上来。"

秀才顾非熊言："钓鱼当钓其有旋绕者。失其所主，众鳞不复去，顷刻可尽。"

◎灵鉴善弹

慈恩寺和尚广升说：贞元末年，阆州的和尚灵鉴擅长射弹子。他制作弹丸的配方是，用洞庭湖沙岸下的土三斤、炭灰三两、瓷粉一两、榆皮半两、泔水沉淀两勺、紫矿二两、细沙三分、藤皮纸五张、渴拓汁半合，将九种原料混和在一起，再捣三千杵，一齐动手团成弹丸，放在阴凉处晾干。郑汇担任阆州刺史时，他有位本家叫郑寅，喜欢读书饮酒，郑汇很器重他。后来郑寅当了盗贼，事情败露被处死了。先前郑寅经常到灵鉴和尚那里去较量射弹子，郑寅指着一个树节，树节距离有几十步远，说："如果射中，得奖励五千。"郑寅一弹就命中树节，弹丸又反弹回来，没

[①] 曾青：即铜矿砂，可作颜料。
[②] 壁鱼：即白鱼，研细后为银色粉末。

有破裂。轮到灵鉴出手了，一弹射出，深陷树节之中，弹丸也破碎了。

慈恩寺僧广升言：贞元末，阆州僧灵鉴善弹。其弹丸方，用洞庭沙岸下土三斤，炭末三两，瓷末一两，榆皮半两，泔淀二勺，紫矿二两，细沙三分，藤纸五张，渴拓汁半合，九味和捣三千杵，齐手丸之，阴干。郑汇为刺史时，有当家①名寅，读书善饮酒，汇甚重之。后为盗，事发而死。寅常诣灵鉴角②放弹，寅指一树节，其节目③相去数十步，曰："中之，获五千。"一发而中，弹丸反射不破。至灵鉴，乃陷节碎弹焉。

◎ 龙蜥亲家

王彦威尚书在汴州的第二年，夏天大旱。当时袁王傅季玘路过汴州，王尚书为他举行宴会，席间王尚书和季玘说起天旱之事，季玘喝醉了，说道："想要下雨太简单了。去找四只蜥蜴和两口能装百余斗的大瓮，每口瓮都装上水，放两只蜥蜴进去，用木盖盖上，再用泥封严实，分别放置在人多的地方。瓮的前后放置香案，点上香，选十多个十岁以下的儿童，让他们拿根小青竹竿，不分昼夜地轮流击打水瓮，一刻也不能停。"王尚书照他的话去做，一天两夜之后，果然大雨如注。传说龙和蜥蜴之间是亲家的关系。

---

① 当家：本家。
② 角：较量。
③ 节目：枝干结节。

王彦威尚书在汴州之二年,夏旱。时袁王傅季玘过汴,因宴,王以旱为言,季醉,曰:"欲雨甚易耳。可求蛇医①四头,十石瓮二枚,每瓮实以水,浮二蛇医,以木盖密泥之,分置于闹处。瓮前后设席烧香,选小儿十岁以下十余,令执小青竹,昼夜更击其瓮,不得少辍。"王如言试之,一日两夜,雨大注。旧说,龙与蛇师为亲家焉。

---

① 蛇医:即蜥蜴。下文之"蛇师"意思同此。

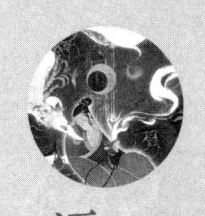

语资

晋唐野史

本篇主要记载名人逸事、历史掌故,以及南北朝时各国之间交往时宾主酬酢的情形。

◎ 麒麟函

历城县魏明寺中有一方韩公碑,是魏太和年间造的。魏公曾让人广泛抄录州境之内的碑文,并说就数这块碑的碑文词义最好,经常藏一本在他的枕头里,所以家人把这个枕头叫作麒麟函。韩公名讳为麒麟。

历城县魏明寺中有韩公碑,太和中所造也。魏公曾令人遍录州界石碑,言此碑词义最善,常藏一本于枕中,故家人名此枕为麒麟函。韩公讳麒麟。

◎ 文人好相采取

庾信作诗时曾用了《西京杂记》中的典故,旋即自己又涂改了,说:"这是吴均的话,恐怕不能用。"魏朝崔肇师说:"古人假托他人的很多,但是《鹦鹉赋》,在祢衡、潘尼二人的文集中都有收录,《弈赋》,曹植、左思所写的正好相同。古人的用意,怎么能这样呢?"徐君房说:"文人本来就喜欢相互借用,一字不差,实在让后人很难分辨。"魏朝尉瑾说:"《九锡》有人说是王粲所作,《六代》也有人说是曹植所作。"庾信说:"我江南地区的才士现在也没什么人了。举世推崇的温子升,在邺下文坛独领风骚,我曾读过他的文章,也足以和其远名相匹配。近来得到魏收所写的几卷碑文,文辞丰赡超迈,确实是高才之士呀。"

庾信作诗用《西京杂记》事,旋自追改,曰:"此吴均语,恐不足用也。"魏肇师曰："古人托曲者多矣，然《鹦鹉赋》，祢衡、潘尼二集并载，《弈赋》，曹植、左思之言正同。古人用意，何至于此？"君房曰："词人自是好相采取，一字不异，良是后人莫辨。"魏尉瑾曰："《九锡》或称王粲，《六代》亦言曹植。"信曰："我江南才士，今日亦无。举世所推如温子升，独擅邺下，尝见其词笔，亦足称是远名。近得魏收数卷碑，制作富逸，特是高才也。"

◎士人论诗

梁朝派黄门侍郎明少遐、秣陵令谢藻、信威长史王缵冲、宣城王文学萧恺、兼散骑常侍袁狎、兼通直散骑常侍贺文发，宴请魏朝使者李骞、崔劼。双方寒暄完后，明少遐咏李骞赠给他的诗："萧萧风帘举，依依然可想。"李骞说："比不上'灯花寒不结'，最切近眼前事。"明少遐的赠答诗里有这一句。崔劼问少遐："今年异常寒冷，江淮一带恐怕要结冰吧？"少遐说："这里虽然有薄冰，但也不影响行船，不像黄河，一旦结出牢固的冰就可以承载车马。"接着开玩笑说："当河冰上面有狸的脚印的，人就可以在冰上行走了。"崔劼说："狸字应为狐字，这字弄错了。"少遐说："对。狐性多疑，鼩性多预，狐疑犹预的说法因此就传下来了。"崔劼说："鹊做窝可以避风，雉可以启示官员不行恶政，这是鸟类的一项长处；狐疑鼩预，这算得上是兽类的一项短处吧。"

梁遣黄门侍郎明少遐、秣陵令谢藻、信威长史王缵冲、宣城王文学萧恺、兼散骑常侍袁狎、兼通直散骑常侍贺文发,宴魏使李骞、崔劼,温凉①毕,少遐咏骞赠其诗曰:"萧萧风帘举,依依然可想。"骞曰:"未若'灯花寒不结',最附时事。"少遐报诗中有此语。劼问少遐曰:"今岁奇寒,江淮之间,不乃冰冻?"少遐曰:"在此虽有薄冰,亦不废行,不似河冰一合,便胜车马。"狎曰:"河冰上有狸迹,便堪人渡。"劼曰:"狸当为狐,应是字错。"少遐曰:"是。狐性多疑,鼬性多预②,狐疑犹预,因此而传耳。"劼曰:"鹊巢避风,雉去恶政,乃是鸟之一长;狐疑鼬预,可谓兽之一短也。"

◎君房陪饮

梁朝的徐君房陪魏使尉瑾饮酒,自己一饮而尽,笑着说:"痛快!"尉瑾说:"先前您在邺城饮酒,不曾干过杯。自从到了武州,每次举杯都滴酒不剩。"君房说:"我的酒量其实很小,也是习惯。慢慢学着喝,酒量就大起来了,并不是一开始就像现在这样的。"庾信说:"您是年龄增长,酒量也随之见长啊,如此一来,您这酒量将无法估计。"魏崔肇师说:"徐君的年纪随着心情而变轻,酒量随着情境而增大。不知年过四旬时又将如何分轻重?"

梁徐君房劝魏使尉瑾酒,一吸即尽,笑曰:"奇快!"瑾曰:

---

① 温凉:寒暄。
② 预:迟疑不绝。

"乡[1]邺饮酒,未尝倾卮。武州已来,举无遗滴。"君房曰:"我饮实少,亦是习惯。微学其进,非有由然。"庾信曰:"庶子年之高卑,酒之多少与时升降,便不可得而度。"魏肇师曰:"徐君年随情少,酒因境多,未知方十复作若为轻重?"

◎ 梁宴魏使

梁朝宴请魏国的使者,魏崔肇师举起酒杯对陈昭说:"今日宴散之后,很快便将和您分别,山长水阔,只要想到这些,心中就很是凄然不舍。"陈昭说:"我钦慕您的盛名贤德,同样无法忘怀。您这次来建康,我还未能倾尽心意,就又要分别了,实在太让人感伤叹惜啊!"过了一会儿,换用鹦鹉杯行酒,徐君房还没喝完,就把鹦鹉杯传给了肇师。肇师说:"这海螺曲折盘旋,螺尾伸得很长。并不单单是为了赏玩,也要用来罚酒取乐,您今天真不能推辞。"庾信说:"徐庶子就是喜欢耍花招。"于是让人把鹦鹉杯再满上。徐君房对庾信说:"相煎何须太急?"肇师说:"这是依理行事,不是豆萁相煎。"徐君房于是将酒一饮而尽。庾信对尉瑾、肇师说:"刚才我家送来几坛美酒,泥封未开,不知道味道如何。我不敢先尝,恭敬地献给诸位。"肇师说:"您每次有珍稀佳肴,我就叨扰,总让您破费,我真是惭愧,惭愧啊!"

梁宴魏使,魏肇师举酒劝陈昭曰:"此席以后,便与卿少时

---

[1] 乡:通"向"。从前。

阻阔，念此甚以凄眷。"昭曰："我钦仰名贤，亦何已也。路中都①不尽深心，便复乖隔，泫叹如何！"俄而酒至鹦鹉杯，徐君房饮不尽，属肇师。肇师曰："海蠡②蜿蜒，尾翅皆张。非独为玩好，亦所以为罚，卿今日真不得辞责。"信曰："庶子好为术数③。"遂命更满酌。君房谓信曰："相持何乃急？"肇师曰："此谓直道而行，乃非豆萁之喻。"君房乃覆碗。信谓瑾、肇师曰："适信家饷致醽醁④酒数器，泥封全，但不知其味若为。必不敢先尝，谨当奉荐。"肇师曰："每有珍旨⑤，多相费累，顾更以多惭。"

◎舜山赋诗

魏国的仆射收苾临代郡，七月七日登上舜山，流连眺望，对崔主簿说："我去过的地方多了，见过的山川沃野、险地要塞天下名州，没有一处能超过这里。只是不知东阳一带又会怎样？"崔主簿回答说："青州早有古名，齐州历史悠久，两州的山川地形大体相似，曾听别人评论过，其他地方的山川都比不上。"仆射于是命人准备纸笔作诗。当时正值易代之际，官府物资匮乏，找不到笔，魏公就提起仆役的杖具，在厅堂北边的墙壁上写诗，诗云："述职无风政，复路阻山河。还思麾盖日，留谢此山阿。"

---

① 中都：京城。这里指梁朝都城建康（今南京）。
② 海蠡（lí）：即海螺。
③ 术数：计谋。
④ 醽醁（líng lù）：美酒名。
⑤ 旨：美味。

魏仆射收临代，七月七日登舜山，徘徊顾眺，谓主簿崔曰："吾所经多矣，至于山川沃壤，衿带形胜，天下名州，不能过此。唯未审东阳①何如？"崔对曰："青②有古名，齐得旧号，二处山川，形胜相似，曾听所论，不能逾越。"公遂命笔为诗。于时新故之际，司存缺然，求笔不得，乃以伍伯③杖画堂北壁为诗曰："述职无风政④，复路阻山河。还思麾盖日，留谢此山阿。"

◎不醉不归石

舜祠东边有块大石头，宽三丈多，上面刻了"不醉不归"四个字。魏收说："这算不上前人留下的德泽。"于是让人把字迹铲去。

舜祠东有大石，广三丈许，有凿"不醉不归"四字于其上。公曰："此非遗德。"令凿去之。

◎听音观俗

梁朝宴请魏使李骞、崔劼。音乐响起，梁中书通事舍人贺季说："音乐实在是感人至深。"崔劼说："当年申喜听到他人唱歌，心怀感动，结果发现歌者竟是自己的母亲。音乐的感召力量实在是精微绝妙。"梁尚书主客郎王克说："能通过音乐观察一国民风，才是真正精通音乐的人。"崔

---

① 东阳：齐鲁之地。
② 青：青州。
③ 伍伯：役卒。多为舆卫前导或执杖行刑。
④ 风政：美政，政绩。

劼说:"延陵季札当年受聘于上国,真有闻乐音而观风俗之美。"贺季说:"您说这句话,是想挑战吗?"李骞说:"愿执马鞭弓箭,斗胆与您周旋。"贺季说:"在下不敢退避三舍。"崔劼说:"数奔之事,本人早表谢意。"贺季说:"车辙已乱,军旗已倒,这种事情不是我们所能左右的。"崔劼说:"平阴一战,败兆早显。"王克说:"我正要居楚之馆,食楚之谷,表彰军功。"李骞说:"主将受伤,军队溃败,这种事情到底找谁?"于是众人大笑而作罢。音乐快要结束时,有几十匹马从旁边奔驰而过,后面跟着宦官。李骞说:"宦官竟然也一同赶马,这难道不是越职吗?"贺季说:"仅仅只是装扮相似罢了。"崔劼说:"如果遇到当年的袁绍,恐怕他就不能幸免了。"

梁宴魏使李骞、崔劼。乐作,梁舍人贺季曰:"音声感人深也。"劼曰:"昔申喜听歌怆然,知是其母,理实精妙然也。"梁主客王克曰:"听音观俗,转是精者。"劼曰:"延陵昔聘上国,实有观风①之美。"季曰:"卿发此言,乃欲挑战?"骞曰:"请执鞭弭②,与君周旋。"季曰:"未敢三舍。"劼曰:"数奔③之事,久已相谢。"季曰:"车乱旗靡,恐有所归。"劼曰:"平阴之役,先鸣已久。"克曰:"吾方欲馆谷而旌武功。"骞曰:"王夷师熸,将以谁属?"遂共大笑而止。乐欲讫,有马数十匹驰过,末有阉人。

---

① 观风:考察民间的风尚,知晓时政得失。
② 鞭弭(mí):指代武器。
③ 数奔:多次逃跑。也是化用晋人语。

骞曰:"巷伯①乃同趣②马,讵非侵官③?"季曰:"此乃貌似。"劼曰:"若值袁绍,恐不能免。"

◎ 祓禊胜地

历城房家园是北齐博陵君房豹的园林。园中杂树葱茂,泉石幽深,是历城每年祓禊的胜地。曾经有人折其园中的梧桐枝,房公说:"为什么损伤我的凤条?"此后再也没人敢折断他的树枝了。房公对参军尹孝逸说:"当年石季伦的金谷园山石池泉,不一定比我这园子好。"孝逸回答说:"我曾到过洛阳西边,游历石崇的故园,两相比较,的确如您刚才所言。"孝逸曾经想回邺城,文友们在这里饯行留宿。孝逸作诗云:"风沦历城水,月倚华山树。"当时人拿这两句诗和谢灵运的"池塘生春草,园柳变鸣禽"相提并论。

历城房家园,齐博陵君豹之山池。其中杂树森竦,泉石崇邃,历中祓禊④之胜也。曾有人折其桐枝者,公曰:"何谓伤吾凤条?"自后人不复敢折。公语参军尹孝逸曰:"昔季伦金谷山泉,何必逾此。"孝逸对曰:"曾诣洛西,游其故所,彼此相方,诚如明教。"孝逸尝欲还邺,词人饯宿于此。逸为诗曰:"风沦历城水,月倚华山树。"时人以此两句比谢灵运"池塘"十字焉。

---

① 巷伯:即宦官。
② 趣(qū):跑。
③ 侵官:越犯他人的职守。
④ 祓禊(fú xì):三月上巳,到水滨洗濯,去除宿垢,称"祓禊"。

◎寒骨白

单雄信小时候,学堂前面种有一棵枣树。等他长到十八岁,将这棵枣树砍了做成一杆枪,长一丈七尺,枪杆粗得两手捏不拢,枪头有七十斤重,枪名叫作寒骨白。他曾和秦王在战场上仓促相遇,秦王用大白羽箭射中枪头,迸出火光,因为这事,后来这杆枪被尉迟敬德折断了。

单雄信幼时,学堂前植一枣树。至年十八,伐为枪,长丈七尺,拱围不合,刃重七十斤,号为寒骨白。尝与秦王卒相遇,秦王以大白羽射中刃,火出,因为尉迟敬德拉折。

◎忽雷驳

秦琼骑的战马名叫忽雷驳,秦琼常给它喝酒。每到月明之夜,他就会骑着忽雷驳试跑,忽雷驳能够腾越竖列的三顶黑帐篷。后来秦琼去世,这匹马哀鸣嘶叫,绝食而死。

秦叔宝所乘马号忽雷驳,常饮以酒,每于月明中试,能竖越三领黑毡。及胡公卒,嘶鸣不食而死。

◎马腹避火

徐敬业十多岁时,喜欢射弹丸。英公常说:"这孩子面相不善,将给我家带来灭族之灾。"敬业射箭时挽弓盈贯,有如满月,骑马飞奔,一转眼就无影无踪,就连老骑手都追不上他。英公曾经打猎,让敬业进入树林驱赶野兽,并乘着风势放火，想要烧死他。敬业知道无处逃避，于是就把马杀了，剖开马肚子，藏身于马腹。等山火烧过，他竟浑身鲜血地站在那里。英公对此大为惊奇。

徐敬业年十余岁，好弹射。英公每曰："此儿相不善，将赤吾族①。"射必溢镝②，走马若灭，老骑不能及。英公尝猎，命敬业入林趁兽，因乘风纵火，意欲杀之。敬业知无所避，遂屠马腹，伏其中。火过，浴血而立。英公大奇之。

◎宁王极醉乐

唐玄宗经常派人暗中监视诸王。宁王曾经在夏天满头大汗地用皮革绷鼓面，所读的书是《龟兹乐谱》。玄宗知道后，高兴地说："皇帝的兄弟，就应该这样纵情娱乐才是呢。"

玄宗常伺察诸王。宁王尝夏中挥汗鞔鼓，所读书乃《龟兹乐谱》也。上知之，喜曰："天子兄弟，当极醉乐耳。"

◎宁王除恶僧

宁王曾在鄠县境内打猎，搜索树林时，忽然发现草丛中有一个柜子，锁得十分牢固。宁王命人打开来看，原来

---

① 赤吾族：诛杀我全族。
② 溢镝（dí）：盈贯，拉弓时满到弓背与弓弦的距离和箭同样长度。溢，超出。镝，箭头。

里面锁着一位少女。问她从哪里来,她说:"我姓莫,我父亲也曾做过官,和叔伯住在村庄里。昨晚遇到明火执仗的强盗,其中有两个是和尚,他们把我劫持到了这里。"少女姿容温婉妩媚,不胜娇羞。宁王又惊又喜,让她坐在车的后座。当时正好有猎人捕获一头活熊,宁王就让人把活熊放进先前那个柜子里,并照旧锁上。当时玄宗正挑选绝色美女,宁王想到莫氏少女也是缙绅之家的女子,于是当天就上表,详细陈奏了她的来历。玄宗下旨让莫氏充任后宫才人。过了三天,京兆府上奏:鄠县的一家饭店,有两个和尚花一万钱把饭店整租了一天一夜,说要做法事,但只是抬了一个柜子进店。深夜,只听见毕毕剥剥的声音。天大亮了,店家见两个和尚还没打开房门,觉得有些蹊跷,就让人卸下门板,进去一看,只见一头熊冲着人跑了出来,那两个和尚已经死了,被熊吃得骨头全都露了出来。玄宗听了奏报后大笑,写信给宁王说:"宁哥处置这两个和尚的办法真高明。"莫才人能唱秦地歌曲,当时人称"莫才人啭"。

宁王尝猎于鄠县界,搜林,忽见草中一柜,扃锁甚固。王命发视之,乃一少女也。问其所自,女言:"姓莫氏,父亦曾作仕,叔伯庄居。昨夜遇光火贼,贼中二人是僧,因劫某至此。"动婉含嚬①,冶态横生。王惊悦之,乃载以后乘。时慕莘者方生获一熊,置柜中,如旧锁之。时上方求极色,王以莫氏衣冠子

---

① 含嚬(pín):少女娇羞之态。

女，即日表上之，具其所由。上令充才人。经三日，京兆奏：鄠县食店有僧二人，以钱一万独赁店一日一夜，言作法事，唯舁①一柜入店中。夜久，膼膊②有声。店户人怪日出不启门，撤户视之，有熊冲人走出，二僧已死，骸骨悉露。上知之，大笑，书报宁王云："宁哥大能处置此僧也。"莫才人能为秦声，当时号莫才人啭焉。

◎一行解弈

一行公本不会下棋，一次在燕公宅中参加宴会，观看国手王积薪下了一局棋后，便能和王积薪对弈而不相上下。一行笑着对燕公说："这下棋的关键在于争先手罢了。如果念诵我的四句计算口诀，那么人人都可以成为国手。"

一行公本不解弈，因会燕公宅，观王积薪③棋一局，遂与之敌，笑谓燕公曰："此但争先耳。若念贫道四句乘除语，则人人为国手。"

◎龙凤之形

晋朝的鸠摩罗什和人下棋，捡走对手的死子之后，棋盘上的空白处总是会呈现出龙凤之形。有人说王积薪和玄宗对弈，对局完毕清点盘面，也都会呈现出龙凤的图形。

---

① 舁（yú）：抬。
② 膼（bì）膊：拟声词。
③ 王积薪：唐开元年间翰林待诏，善围棋，为当时国手。

晋罗什与人棋，拾敌死子，空处如龙凤形。或言王积薪对玄宗棋，局毕，悉持出。

◎肉机黄𩩉儿

黄𩩉儿长得矮小丑陋，却机灵聪明，玄宗经常倚靠着他行走，向他询问宫外的事情，随时都有赏赐给他，称他为肉机。一天黄𩩉儿进宫迟到了，玄宗责怪他。他回奏说："今天下雨，道路泥泞，来的时候又碰到抓捕盗贼的官员和我抢道，我把他掀下了马。"说完下阶叩头请罪。玄宗说："外面没有奏报，你不用害怕。"仍旧倚靠着他行走。一会儿，京兆府上表论奏此事，玄宗立即喝命将其拉出去杖责处死。

黄𩩉①儿矮陋机惠，玄宗常凭之行，问外间事，动有锡赉，号曰肉杌②。一日入迟，上怪之。对曰："今日雨淖，向逢捕贼官与臣争道，臣掀之坠马。"因下阶叩头。上曰："外无奏，汝无惧。"复凭之。有顷，京兆上表论，上即叱出，令杖杀焉。

◎丸墨盈袖

王勃每次作碑颂时，先磨几升墨水，然后拉被子盖着脸躺下。过一阵忽然起身，一气呵成，根本不用涂改，当时人们称之为打腹稿。他小时候，梦见有人送给他很多丸

---

① 𩩉：音 pián。
② 杌（wù）：凳。

墨，把衣袖都装满了。

王勃每为碑颂，先磨墨数升，引被覆面而卧。忽起，一笔书之，初不窜点[1]，时人谓之腹稿。少梦人遗以丸墨盈袖。

◎燕公求解

张燕公曾经读王勃的《益州夫子庙碑》，从"帝车"开头到"太甲"这四句，完全读不懂，就向一行请教。一行说："北斗建午，七曜在南方，有这种祥瑞，无位圣人将会出世。""华盖"一句以下，一行也不知道具体意思。

燕公尝读其《夫子学堂碑颂》，头自"帝车"至"太甲"四句，悉不解，访之一公，一公言："北斗建[2]午，七曜[3]在南方，有是之祥，无位圣人当出。""华盖"以下，卒不可悉。

◎李白

李白名扬海内，玄宗在便殿召见他。玄宗见李白器宇轩昂，气质不凡，有仙风道骨，不知不觉忘记了自己的天子之尊，于是命他换鞋。李白就把脚伸给高力士，吩咐道："脱靴。"高力士也不觉失去了威势，赶紧帮李白脱下靴子。等到李白退出，玄宗指着李白远去的身影对高力士说："这

---

[1] 窜点：删改涂抹。
[2] 建：北斗斗柄所指。
[3] 七曜（yào）：这里指北斗七星。

人天生就是一副穷酸相。"李白前后三次拟作《词选》，都不如意，把稿子全烧了，唯留下《恨赋》《别赋》。后来安禄山造反，李白作《胡无人》，其中有诗句说"太白入月敌可摧"。等到安禄山快死时，果然太白星侵蚀月亮。众人都说李白给杜甫的诗只有"饭颗山头"这么一句。我偶然读到李白还有一首诗《祠亭上宴别杜考功》，现在把这诗的开头和结尾几句抄在这里："我觉秋兴逸，谁言秋兴悲？山将落日去，水共晴空宜。……烟归碧海夕，雁度青天时。相失各万里，茫然空尔思。"

李白名播海内，玄宗于便殿召见，神气高朗，轩轩然若霞举①。上不觉亡万乘之尊，因命纳履。白遂展足与高力士，曰："去靴。"力士失势，遽为脱之。及出，上指白谓力士曰："此人固穷相②。"白前后三拟《词选》，不如意，悉焚之，唯留《恨、别赋》。及禄山反，制《胡无人》，言"太白入月敌可摧"。及禄山死，太白蚀月。众言李白唯戏杜考功"饭颗山头"之句。成式偶见李白《祠亭上宴别杜考功》诗，今录首尾曰："我觉秋兴逸，谁言秋兴悲？山将落日去，水共晴空宜。……烟归碧海夕，雁度青天时。相失各万里，茫然空尔思。"

◎ 周皓逸事

司徒薛平曾经送太仆卿周皓赴任，在众多随行吏员中

---

① 霞举：道士修炼成仙之后就会云霞托举而飞升。这里是指李白有仙风道骨。
② 穷相：穷酸相，小家子气。

走在最后的是一位老人，八十多岁，身穿绯袍。周皓单独问他："您在这官府里多长时间了？"老人回答说："我本来的职业是治疗跌打损伤的医者，天宝初年，高力士将军的义子被人打脱了下颔骨，我为他正骨治好了，高将军赏给我上千万的钱，又特奏皇上赐我绯袍。"周皓听了，点了点头示意老人离开。只有薛司徒觉察周皓脸色不好，等到客人散完，独自留下来和周皓闲聊，对周皓说："先前您询问穿绯衣的老吏，我隐约觉得您不大开心，是有什么事吗？"周皓很吃惊地说："薛公您的心思竟如此细密！"于是让仆人退下，邀请薛司徒留宿，对他说："这事说来话长，等我慢慢道来。我年轻时喜欢结交豪门子弟，一起寻花问柳，收留亡命之徒，寻访城中名妓，就好像苍蝇猛叮臭肉，没有弄不到手的。当时靖恭坊有个名妓，名叫夜来，年轻貌美顾盼生姿，歌舞绝伦，贵家公子倾家荡产也要去请她。我当时和几个朋友都很有钱，极想占有她。有一天，她的鸨母对我说：'某天是夜来的生日，岂能冷冷清清呢？'我和夜来长期交往，搜求了价值几十万的奇珍异宝送给她，在她家里聚会宴饮。席上的乐师贺怀智、纪孩孩，都是当时的乐坛高手。门锁刚落下，忽然听见打门声，我不允许开门。过了许久，外面的人弄坏门锁闯了进来。其中有一位身穿紫裘的年轻人，带着几十名骑马的随从，大声指责怒骂鸨母，原来他是高力士将军的义子。鸨母和夜来哭泣下拜，四座的客人也都准备离开。我当时血气方刚，并且倚仗自己能扛鼎的的力气，想到他的随从太多打不过，就冲上前避开随从，撸起袖子痛揍他，把他打趴下了，然后趁机突围而出。当时都亭驿有个叫魏贞的,有一副侠义心肠,喜欢收留异士,我因和他有交情,就去投奔他,魏贞当即就把我藏在内室。当时官府急切追捕我,魏贞担心我的行踪暴露,就连夜置办行装,让我带上几根金条,并对我说:'汴州的周简老是位义士,又和您是本家,现在您可以去投奔他,一定要谦和恭顺,可千万不能怠慢。'周简老大约是大侠一类的人物,读了魏贞的信,很高兴。我于是就认他为叔父,向他详细讲述了事情的前因后果。周简老让我住在一条船上,告诫我不要随便出去,为我提供的日常用品极为丰厚。过了一年多,有一天我忽然听到船上有哭泣声。我悄悄窥视,只见一位少妇,身穿白色的丧服,容貌美艳,简老正在宽慰她。那天晚上,简老忽然来到我的住处,问我:'您成婚了吗?我有一位表妹,嫁给某人,那人现在死了,他们夫妻俩又没有孩子,现在表妹无依无靠,可以侍奉您。'我拜谢了他。当晚,他的表妹就嫁给了我。简老有两个女儿,一个儿子,都住在船上。有一天简老忽然对我说:'事情已经过去了。您相貌普通,也没有什么特异之处,一定不会有人认出来的,不妨去江淮一带漫游。临行,简老还赠我一百多串钱,我痛哭流涕和他告别。简老不久后就去世了。我现在官位高了,简老的表妹也还在,儿女也都成家了,一晃四十多年过去了,没人知道这些陈年旧事。刚才那位老吏提起往事,我不由心生惭愧。没想到您观察人这么仔细。"有人亲耳听到薛司徒说起这事。

薛平司徒尝送太仆卿周皓上，诸色人吏中，末有一老人，八十余，着绯。皓独问："君属此司多少时？"老人言："某本艺正伤折，天宝初，高将军郎君被人打，下颔骨脱，某为正之，高将军赏钱千万，兼特奏绯。"皓因颔遣之，唯薛觉皓颜色不足，伺客散，独留从容①，谓周曰："向卿问着绯老吏，似觉卿不悦，何也？"皓惊曰："公用心如此精也！"乃去仆，邀薛宿，曰："此事长，可缓言之。某少年常结豪族为花柳之游，竟蓄亡命，访城中名姬，如蝇袭膻，无不获者。时靖恭坊有姬字夜来，稚齿巧笑，歌舞绝伦，贵公子破产迎之。予时与数辈富于财，更擅之。会一日，其母白皓曰：'某日夜来生日，岂可寂寞乎？'皓与往还，竟求珍货，合钱数十万，会饮其家。乐工贺怀智、纪孩孩，皆一时绝手。扃方合，忽觉击门声，皓不许开。良久，折关而入。有少年紫裳，骑从数十，大诟其母，即将军高力士之子也。母与夜来泣拜，诸客将散。皓时血气方刚，且恃扛鼎，顾从者不相敌，因前让其怙势，攘臂②殴之，踣于拳下，遂突出。时都亭驿有魏贞，有心义，好养私客，皓以情投之，贞乃藏于妻女间。时有司追捉急切，贞恐踪露，乃夜办装具，腰白金数挺③，谓皓曰：'汴州周简老，义士也，复与郎君当家，今可依之，且宜谦恭不怠。'周简老盖大侠之流，见魏贞书，甚喜。皓因拜之为叔，遂言状。简老命居一船中，戒无妄出，供与极厚。居岁余，忽听船上哭泣声。皓潜窥之，见一少妇，缟素甚美，与简

---

① 从容：此指交谈，聊天。
② 攘臂：撸起袖子，伸出胳臂。
③ 挺：量词，根。

老相慰。其夕，简老忽至皓处，问：'君婚未？某有表妹，嫁与甲，甲卒，无子，今无所归，可事君子。'皓拜谢之。即夕，其表妹归皓。有女二人，男一人，犹在舟中。简老忽语皓：'事已息。君貌寝[1]，必无人识者，可游江淮。'乃赠百余千[2]，皓号哭而别，简老寻卒。皓官已达，简老表妹尚在，儿娶女嫁，将四十余年，人无所知者。适被老吏言之，不觉自愧。不知君子察人之微也。"有人亲见薛司徒说之也。

◎ 玄览禅师

大历末年，禅师玄览住在荆州陟岯寺，他道行高深，风骨异秉，一般人无法接近他。张璪曾经在寺中斋堂墙壁上画了一幅古松图，符载写有赞语，卫象又题了诗，也算当时的三绝了，玄览却用白灰全部涂掉了。有人问他为什么要这样做，他说："没必要把我的墙壁弄得跟长了疥疮似的。"僧那是他的外甥，是寺里的一大祸害，上房揭瓦掏鸟，在墙上打洞薰鼠，玄览却不曾责罚过他。有弟子义诠持戒苦修，身着布衣，日食一餐，玄览也不曾称赞过他。有人对此表示不理解，玄览就在竹子上题了一首诗，诗云："大海从鱼跃，长空任鸟飞。欲知吾道廓，不与物情违。"一天晚上，忽然有位梵僧推门而入，说："和尚快做道场！"玄览说："我从来不刻意做什么事情。"梵僧看了他很久，转身出门并反手关上门，门锁就像根本没开过一样。玄览

---

[1] 貌寝：这里是相貌平常的意思。
[2] 千：一千钱为一串。

笑着对身边弟子说:"我要回去了!"随即洗浴完毕,倚靠着几案坐化了。

大历末,禅师玄览住荆州陟岯寺,道高有风韵,人不可得而亲。张璪尝画古松于斋壁,符载①赞之,卫象诗之,亦一时三绝,览悉加垩②焉。人问其故,曰:"无事疥③吾壁也。"僧那即其甥,为寺之患,发瓦探鷇④,坏墙薰鼠,览未尝责。有弟子义诠,布衣一食,览亦不称。或怪之,乃题诗于竹曰:"大海从鱼跃,长空任鸟飞。欲知吾道廓,不与物情⑤违。"忽一夕,有梵僧拨户⑥而进,曰:"和尚速作道场。"览言:"有为之事,吾未尝作。"僧熟视而出,反手阖户,门扃如旧。览笑谓左右:"吾将归欤!"遂遽浴讫,隐几⑦而化。

◎马燧被惑

仆射马燧建功立业之后,颇有些居功自傲,经常流露出陶侃般想要篡逆的野心,故意称呼田悦为钱龙,这些举动至今受到正义之士的非议。当时有人揣测到他的谋逆心思,就先在军中散布歌谣说:"斋钟动了,和尚不上堂。"一个多月以后,散布歌谣的人改头换面后去拜见马燧,说

---

① 符载:应作"符载",蜀人。中唐诗人。
② 垩(è):白色粉末涂料,主要成分是碳酸钙。
③ 疥:疥疮。这里是弄脏的意思。
④ 鷇(kòu):雏鸟。
⑤ 物情:物理人情,世情。
⑥ 拨户:或作"排户",推开门。
⑦ 隐几:倚靠几案。

自己擅长看相，果然马燧立即接见了他。那人请求屏退左右侍从，然后对马燧说："您的面相不是臣子之相，但是有个地方略有阻碍。若有价值几千万的宝物，就可以将阻碍打通。"马燧先是不相信，那人说："您难道没听到歌谣吗？说的就是您呀！斋钟动，是说时机到了。和尚，说的是您。不上堂，不自己去取。"马燧听了这番话就真被迷惑住了，立即为那人备好肪玉、纹犀和珍珠等宝物。那人带着这些宝物一去不返。后来马燧病重，才后悔不已。

马仆射既立勋业，颇自矜伐，常有陶侃之意，故呼田悦为钱龙，至今为义士非之。当时有揣其意者，乃先著谣于军中，曰："斋钟动也，和尚不上堂。"月余，方异其服色谒之，言善相，马遽见。因请远左右，曰："公相非人臣，然小有未通处。当得宝物直数千万者，可以通之。"马初不实之，客曰："公岂不闻谣乎？正谓公也。斋钟动，时至也。和尚，公之名。不上堂，不自取也。"马听之始惑，即为具肪玉①、纹犀②及贝珠焉。客一去不复知之。马病剧，方悔之。

◎苏氏择婿

信都有个姓苏的普通百姓，要为两个女儿挑选佳婿。张文成前去求亲，苏某说："您虽然有钱，但不能求得富贵，官到五品就会死。"当时魏知古才进士及第，苏某说：

---

① 肪玉：羊脂玉。
② 纹犀：犀角。

"这人虽然又黑又瘦,但以后必定显贵。"就把大女儿嫁给了他。这大女儿头发有七尺长,乌黑光亮,有如漆染,看相的人说这是大富大贵之兆。后来魏知古果然当上了宰相,苏某的大女儿被册封为夫人。

信都民苏氏有二女,择良婿。张文成往相,苏曰:"子虽有财,不能富贵,得五品官即死。"时魏知古方及第,苏曰:"此虽黑小,后必贵。"乃以长女妻之。女发长七尺,黑光如漆,相者云大富贵。后知古拜相,封夫人云。

◎泰山之力

唐明皇泰山封禅,张说时任封禅使。张说的女婿郑镒,本来是九品官。按照惯例,举行封禅以后,自三公以下的官员都晋升一级。只有郑镒凭张说的关系由九品一下子升到五品,同时加赐绯服。在朝廷举行的酒宴上,玄宗看见郑镒官位连升好几级,觉得奇怪,就问郑镒,郑镒无言以对。黄幡绰在一旁说:"这是泰山的力量啊!"

明皇封禅泰山,张说为封禅使。说女婿郑镒,本九品官。旧例,封禅后,自三公以下皆迁转一级。惟郑镒因说骤迁五品,兼赐绯服。因大脯①次,玄宗见镒官位腾跃,怪而问之,镒无词以对。黄幡绰曰:"此乃泰山之力也!"

---

① 脯:通"酺(pú)"。命令特许的大聚饮。

◎破虱录

我曾在一个晚上举办了一场宴会，当时有位叫玉壶的妓女忌食烤鱼，她只看了一眼烤鱼就花容失色。于是，我便询问在座的妓女都厌恶什么，有个叫蓬山的害怕老鼠，有个叫金子的特别害怕虱子。席中的客人于是就争相谈论关于虱子、老鼠的典故，多至一百多条。我把这些都记录下来编成了《破虱录》。

成式曾一夕堂中会，时妓女玉壶忌鱼炙，见之色动。因访诸妓所恶者，有蓬山忌鼠，金子忌虱尤甚。坐客乃竞征虱拏鼠事，多至百余条。予戏摭①其事，作《破虱录》。

---

① 摭（zhí）：拾取。

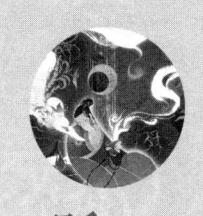

贬误

考镜源流

贬误篇均为考辨文字野史传说等内容，凡引《淮南子》《论衡》《座右方》等典籍共五十多种，条分缕析。

◎题记

有种小游戏，是在棋盘上各摆五子，较量快慢，名叫蹙融。我读《座右方》一书，该书称其为"蹙戎"。又曾读到王充的《论衡》，该书称秦穆公之穆为"缪"（音谬）。又常常看见读书人遇见他人准备行装要出行时，一定会说"车马有行色"。在台、省当值的也自称"寓直"。以上之类，实在可笑。于是我把那些该抛弃的错得离谱的言辞抄录在这里。

小戏中，于弈局一枰各布五子，角①迟速，名蹙融，予因读《座右方》，谓之"蹙戎"；又尝览王充②《论衡》之言秦穆为"缪"（音谬）；及往往见士流遇人促装③，必谓之曰"车马有行色"；直台、直省④者云"寓直⑤"：实为可笑。乃录宾⑥语甚误者，著之于此。

◎灵芝无根，醴泉无源

太和初年，我在浙西观察使赞皇公李德裕幕府任职。曾有一次参加私人宴会，夜深时分，赞皇公谈及当朝词人

---

① 角：较量，争斗。
② 王充：东汉思想家、文学批评家，著有《论衡》。
③ 促装：整理行装准备出发。
④ 直台、直省：在台、省当值。
⑤ 寓直：寄寓别处署衙当值。
⑥ 宾：通"摈"。排斥，抛弃。

的优劣，说世人所说的"灵芝无根，醴泉无源"，是张曲江所写的词，其实这句话出自虞翻的《与弟求婚书》，只是把"芝草"换成"灵芝"罢了。后来我偶然得到一本《虞翻集》，书中果然如赞皇公所说。开成初年，我在集贤殿书院任职，很看了些以前没见过的书，也开始阅读王充的《论衡》，王充自述说"充细族孤门"，有人嘲笑他门第寒薄，他回答说："鸟中没有生来就是凤凰的，兽类中也没有生来就是麒麟的，人也没有生来就是圣贤的。若是一定要凭祖上才可以仿效圣贤，那么甘泉也该有古源，嘉禾也该有宿根了。"

予太和初，从事浙西赞皇公①幕中。尝因与曲宴②，中夜，公语及国朝词人优劣，云世人言"灵芝无根，醴泉无源"，张曲江③著词也，盖取虞翻《与弟求婚书》，徒以"芝草"为"灵芝"耳。予后偶得《虞翻集》，果如公言。开成初，予职在集贤④，颇获所未见书，始览王充《论衡》，自云"充细族孤门"，或啁⑤之，答曰："鸟无世凤凰，兽无种麒麟，人无祖圣贤。必当因祖，有以效贤号，是则甘泉有故源，而嘉禾有旧根也。"

---

① 赞皇公：即李德裕，赵州赞皇（今属河北）人。宰相李吉甫之子。
② 曲宴：私人饮宴。
③ 张曲江：即张九龄，韶州曲江（今广东韶关）人。唐玄宗时名相，开元二十四年（736）为李林甫所谮，遭罢相。
④ 集贤：即集贤殿书院。负责收藏和校理典籍的机构。
⑤ 啁（cháo）：通"嘲"。调笑。

◎风过竹赋

范传正中丞考进士,省试所作《风过竹赋》极为工丽,广为文人雅士所传诵。然而其中是竹字头的"箫",而不是艾萧的"萧"。《荀子》说:"像风吹过箫,瞬间就起伏变化。"意思一样。"草上之风必偃",这句话传到现在已经讹误了。我读《淮南子》说:"把棋子撒在地上,圆的棋子滚向低洼的地方,方的棋子则停在高的地方,根据各自的形状去到合适的位置,人与人之间也当是如此,哪有上下之分呢!这就如同风吹过箫管,忽然鸣响,发出的声音清浊相应。"高诱注说:"清,商音;浊,宫音。"

范传正①中丞举进士,省试《风过竹赋》,甚丽,为词人所讽。然为从竹之"箫",非萧艾②之"萧"也。《荀子》云:"如风过箫,忽然已化。"义同。"草上之风必偃",相传至今已为误。予读《淮南子》云:"夫播棋丸于地,圆者趣洼,方者止高,各从其所安,夫人又何上下焉!若风之过箫也,忽然感之,可以清浊应矣。"高诱注云:清,商;浊,宫也。"

◎行即是得

据说,释道钦住在径山的时候,有人来向他问道,他随口就能作答,也能达到教旨的极致。忠州刺史刘晏曾向

---

① 范传正:南阳顺阳(今河南淅川南)人,贞元十年(794)进士及第。
② 萧艾:艾蒿。

他乞请心偈，他让刘晏捧着香炉来恭听，可说来说去只有一句"诸恶莫作，诸善奉行"。刘晏说："这句话三尺孩童都知道。"释道钦说："三尺孩童都知道，但百岁老人不能行。"到现在这句话都被当作名言流传。我读的梁元帝《杂传》说道："晋惠帝末年，洛阳沙门耆域，是位得道高僧。长安人和耆域在长安寺吃饭，流沙人和耆域在石人前吃饭，两地相隔几万里远，却在同一天看见他。沙门竺法行曾稽首请他开示，耆域升座说道：'守口摄意，心莫犯戒。'竺法行对他说：'得道的人应当传授平常人没说过的道理，你说的这句话，八岁的小沙弥都能背诵。'耆域笑着说：'就连八岁的小沙弥都能背诵，百岁老人却不能践行。唉！人们都知道敬重得道的人，却不知道践行便是得道。'"

相传云，释道钦①住径山，有问道者，率尔②而对，皆造宗极。刘忠州晏③尝乞心偈，令执炉而听，再三称"诸恶莫作，诸善奉行"。晏曰："此三尺童子皆知之。"钦曰："三尺童子皆知之，百岁老人行不得。"至今以为名理。予读梁元帝《杂传》云："晋惠末④，洛中沙门耆域⑤，盖得道者。长安人与域食于长安寺，流沙⑥人与域食于石人前，数万里同日而见。沙门竺法行尝稽首乞

---

① 释道钦：吴郡昆山（今属江苏）人。俗姓朱，年二十八出家，大历三年（768）唐代宗召至京师，亲加瞻礼，赐号国一禅师。
② 率尔：轻遽的样子。
③ 刘忠州晏：即刘晏，曹州南华（今山东东明东北）人。曾贬忠州刺史。
④ 晋惠：即司马衷，字正度。晋武帝司马炎第二子。太熙元年（290）即位。
⑤ 耆域：天竺僧人。
⑥ 流沙：沙漠。

言，域升高坐曰：'守口摄①意，心莫犯戒。'竺语曰：'得道者当授所未听，今有八岁沙弥②亦以诵之。'域笑曰：'八岁而致诵，百岁不能行。嗟乎！人皆敬得道者，不知行即是得。'"

◎ 已死而惧

据传说，晋国公韩滉在润州时，一天夜晚和同僚下属登上万岁楼喝酒。酒兴正浓时，晋国公却放下杯子，很不高兴，对手下说："你们听到有妇人在哭吗？应当就在附近的某个地方？"他的手下回答说在某条街。第二天一早，晋国公命属吏把啼哭的妇人抓来讯问。过了两晚，案子仍未审完。属吏害怕被晋国公问罪，就一直守在妇人丈夫的尸体旁边。忽然有一只很大的绿苍蝇飞来停留在尸体的头部，于是将死者的发髻解开来察验，果然是这个妇人和邻居私通，将她丈夫灌醉后把丈夫钉死了。属吏觉得晋国公太神奇了，就向晋国公询问究竟，晋国公说："我察觉她的哭声，哭得很急却感觉不到悲哀，就像那种外在很强大而内心却很害怕的心理。"王充《论衡》记载：郑国的子产早晨出门，听见妇人的哭声，就拉着仆人的手仔细地听。过了一会儿，派官吏去捕捉审问，果然是个亲手杀死丈夫的妇人。另一天，他的仆人问："夫子怎么知道是那妇人杀了他丈夫？"子产说："大凡正常人对于自己所爱的人，只要知道他生病了就会忧虑，要去世了就会特别害怕担心，去

---

① 摄：收摄。
② 沙弥：已受十戒但尚未受具足戒的出家男子。

世了则会悲痛不已。现在这个妇人哭死去的亲人却让人听出心有恐惧，就知道这其中定有奸情。"

相传云，韩晋公滉①在润州，夜与从事登万岁楼。方酣，置杯不悦，语左右曰："汝听妇人哭乎？当近何所？"对在某街。诘朝，命吏捕哭者讯之。信宿，狱不具。吏惧罪，守于尸侧。忽有大青蝇集其首，因发髻验之，果妇私于邻，醉其夫而钉杀之。吏以为神。吏问晋公，晋公云："吾察其哭声，疾而不悼，若强而惧者。"王充《论衡》云：郑子产晨出，闻妇人之哭，拊仆之手而听。有间，使吏执而问之，即手杀其夫者也。异日，其仆问曰："夫子何以知之？"子产曰："凡人于其所亲爱，知病而忧，临死而惧，已死而哀。今哭已死而惧，知其奸也。"

◎ 徐卷而啖

据传说，德宗临幸东宫，太子亲手割羊脾，洗完手后用饼擦拭。太子察觉到皇上的脸色有异常，就慢慢卷起擦手的饼吃掉。司空李德裕著《次柳氏旧闻》一书，又说这是肃宗时的事情。刘悚《传记》记载："太宗让宇文士及割肉，士及用饼擦手，太宗一直看他。士及假装没注意，慢慢地卷起饼吃了。"

---

① 韩晋公滉：即为韩滉，京兆长安（今陕西西安）人。韩滉擅长绘画，其《五牛图》流传至今。

相传云，德宗①幸东宫，太子亲割羊脾，水泽手，因以饼洁之。太子觉上色动，乃徐卷而食。司空赞皇公著《次柳氏旧闻》，又云是肃宗。刘𫗧《传记》云："太宗使宇文士及②割肉，以饼拭手，上屡目之。士及佯不悟，徐卷而啖。"

◎读药为方

相传，张文仲医术十分高明。有位果毅都尉，因身患重病而气虚心悸，一说话肚子里就咕咕作响，便请文仲为他医治，文仲说："这种病古方没有记载。"文仲思考了很久后说："我明白了。"就拿来《神农本草》让他读，读到其中六七味药时肚子都没响，于是文仲就把这些药配成方子来治疗，很快就好了。据刘𫗧《传记》记载：有个患应声病的人，请求医官苏澄为他治疗。苏澄说："这种病不见记载。我撰写的《本草》收录全天下各种药物，可以说很全面了。"让病人试着读，那人一发声，喉咙里就有个声音应和。当读到某一味药时，反复读都没有应和的声音，当读到其他药时，再次应和的声音又出现了。苏澄就以那些药为主配了药方。那人服药后，他的病就好了。

---

① 德宗：即为李适，代宗长子，大历十四年（779）即帝位。
② 宇文士及：京兆长安（今陕西西安）人。隋朝左卫大将军宇文述第三子，先仕隋，后入唐，封郢国公。

相传云，张上客①艺过十全②。有果毅③，因重病虚悸，每语腹中辄响，诣上客请治，曰："此病古方所无。"良久，思曰："吾得之矣。"乃取《本草》令读之，凡历药名六七不应，因据药疗之，立愈。据刘悚《传记》：有患应病者，问医官苏澄。澄言："无此方。吾所撰《本草》，网罗天下药，可谓周。"令试读之，其人发声辄应。至某药，再三无声，过至他药，复应如初。澄因为方，以此药为主。其病遂差。

◎二痴

现在的人说："借书、还书，都是呆子。"据杜预在给他儿子的信里说："知道你很想读书上学，现在趁有车回去顺带给你捎一套书，你可以抄录好收起来。最好放在另外一间屋子里，不要把书借给他人。古话说：'把自己的书借给别人是呆子，借书读后又送还的人也是呆子。'"

今人云："借书、还书，等为二痴。"据杜荆州④告耽云："知汝颇欲念学，今因还车致副书，可案录受之。当别置一宅中，勿复以借人。古谚云：'有书借人为痴，借人书送还为痴也。'"

◎崔家疾

世人把让人瘦弱的病称作崔家病。据《北史》记载，

---

① 张上客：即为张文仲，洛阳人。武则天时为侍御医。上客，尊客，贵客。
② 十全：指医术高明。
③ 果毅：即果毅都尉，职官名。
④ 杜荆州：即杜预，京兆杜陵（今陕西西安）人。

北齐李庶没有长胡须，当时人称他为天阉。博陵崔谌，是崔暹的哥哥，曾经嘲笑李庶说："何不用锥子在下巴上刺出几十个小孔，然后再把身边胡须多的人的美须拔下来栽上？"李庶说："这个办法还是你们家先试试看，如果栽种眉毛成功了，我再按照这个法子栽种胡须吧。"崔家当时有麻风病，会掉眉毛，所以李庶反过来以此嘲笑他。民间称滹沱河为崔家墓田。

世呼病瘦为崔家疾。据《北史》，北齐李庶无须，时人呼为天阉①。博陵崔谌，暹之兄也，尝调之曰："何不以锥刺颐，作数十孔，拔左右好须者栽之？"庶曰："持此还施贵族，艺②眉有验，然后艺须。"崔家时有恶疾③，故庶以此调之。俗呼滹沱河④为崔家墓田。

◎ "䭿"合沧耳

民间喜欢在大门上画虎头，并写上"䭿"字，说这是阴间里鬼的名字，可以预防瘟疫。我读《汉旧仪》，书中说傩神能驱除瘟疫和恶鬼，又在门口树立桃人，门上挂上苇索，画上沧耳、老虎等。原来"䭿"字是沧、耳两个字组合而成的。

---

① 天阉：天生没有生育能力的男性。
② 艺：种植。
③ 恶疾：痛苦难治、使人恶心的疾病。古时多指麻风病，会导致人眉毛脱落。
④ 滹（hū）沱河：源出山西，流入河北，是海河水系主要河流之一。

俗好于门上画虎头，书"覸[1]"字，谓阴刀鬼名，可息瘅疬也。予读《汉旧仪》，说傩逐疫鬼，又立桃人、苇索、沧耳、虎等。"覸"为合沧耳也。

◎楼罗

我在秘书省任职时，曾听同僚说，民间有"楼罗"一词，原是因天宝年间考进士的士子们分为东西两棚，各自都在结党造声势，稍微鄙贱者经常在酒楼相聚吃毕罗，故而有了这个说法。我读梁元帝《风人辞》说："城头网雀，楼罗人着。"由此可知"楼罗"这个说法很早就有了。梁元帝的诗又写作"城头网张雀，楼罗会人着"。

予在秘丘[2]，尝见同官说，俗说楼罗[3]，因天宝中进士有东西棚，各有声势，稍伧[4]者多会于酒楼食毕罗，故有此语。予读梁元帝《风人辞》云："城头网雀，楼罗人[5]着[6]。"则知"楼罗"之言，起已多时。一云"城头网张雀，楼罗会人着"。

◎热鏊上蜥蜴

人们都说曹著看不上普通无才的人，还特别喜欢评论

---

[1] 覸（jiàn）：人死为鬼，鬼死为覸，鬼见了都害怕。
[2] 秘丘：此指秘书省。段成式以父荫入官，为秘书省校书郎。
[3] 楼罗：也作"喽啰"，机灵，伶俐。
[4] 伧（cāng）：粗俗，鄙陋。
[5] 楼罗人：这里或指城头列队的士兵。
[6] 着：中，恰好合上。

他人，曾经评论一位高官为"热鏊上猢狲"，其实这是老话了。《朝野佥载》记载："魏光乘喜欢评论他人。姚崇个子高走路快，就被他称为'趁蛇鹳鹊'。侍御史王旭身材矮且又黑又丑，就被他称为'烟薰地术'。杨仲嗣性情急躁轻率，就被他称为'热鏊上猢狲'。"

世说曹著轻薄才，长于题目①人，尝目一达官为"热鏊②上猢狲"，其实旧语也。《朝野佥载》云："魏光乘好题目人。姚元之③长大行急，谓之'趁蛇鹳鹊'。侍御史④王旭短而黑丑，谓之'烟薰木蛇'。杨仲嗣躁率，谓之'热鏊上猢狲'。"

◎海眼珠翠

成都石笋街，夏天下大雨时常常会下一些各色的小珠子。民间说此地正是海眼的位置，不知道这种说法的原因。成都和尚惠嶷说："古史上说，成都少城是用金璧珠翠来装饰的，桓温嫌这太过奢侈，就把他烧了，应该就在此处。如今在雨中捡到的小珠子，有好些是带孔的，莫非就是装饰少城的翠珠？"开成初年，我读《三国典略》说："梁朝大同年间下暴雨，宫殿前有各色珠子。梁武帝对此很高兴，虞寄因此写了一篇《瑞雨颂》呈上。梁武帝对他哥哥虞荔说：'这篇颂写得清雅秀拔，虞寄就是你家陆云呀。'"

---

① 题目：品评。
② 鏊（ào）：一种平底锅。
③ 姚元之：即姚崇，本名元崇，避唐玄宗讳改名崇。一代名相，封梁国公。
④ 侍御史：职官名。通常省称"侍御"。

蜀石笋街，夏中大雨，往往得杂色小珠。俗谓地当海眼，莫知其故。蜀僧惠嶷曰："前史说，蜀少城饰以金璧珠翠，桓温①恶其大侈，焚之，合在此。今拾得小珠，时有孔者，得非是乎？"予开成初，读《三国典略》："梁大同中骤雨，殿前有杂色珠。梁武有喜色，虞寄因上《瑞雨颂》。梁武谓其兄荔曰：'此颂清拔，卿之士龙②也。'"

◎今日饮酒醉

民间喜欢开玩笑的人说："从前有个人破产了，仍然赊酒来喝，很少有清醒的时候。他的朋友在他家门上题了两句诗：'今日饮酒醉，明日饮酒醉。'邻居读了疑惑不解，便问：'今日饮酒醉，这什么意思？'"现在的读书人都知道这事。《谈薮》记载：北齐高祖曾经宴请朝臣，酒喝得酣畅之际，让每人唱一首歌。武卫将军斛律丰乐唱道："早上也喝醉酒，晚上也喝醉酒。天天喝醉酒，国事都不理会。"高祖说："丰乐不谄媚，是个正直的人。"

俗好剧语③者云："昔有某氏，破产贳酒，少有醒时。其友题其门阃云：'今日饮酒醉，明日饮酒醉。'邻人读之不解，曰：'今日饮酒醉，是何等语？'"于今青衿之子④无不记者。《谈薮》云：

---

① 桓温：谯国龙亢（今安徽怀远西北）人。晋明帝时为荆州刺史，率兵伐蜀，永和三年（347）攻克成都。
② 士龙：即为陆云，字士龙。陆云与其兄陆机名重当时，并称"二陆"。
③ 剧语：开玩笑的话。
④ 青衿之子：学生。

北齐高祖尝宴群臣，酒酣，各令歌。武卫斛律丰乐①歌曰："朝亦饮酒醉，暮亦饮酒醉。日日饮酒醉，国计无取次。"帝曰："丰乐不谄，是好人也。"

◎痴汉龙逄

相传玄宗曾命身边的侍从将伶人黄幡绰丢进水池中。黄幡绰从水里爬上来，说："刚才见到屈原了，他取笑我说：'你遇到的是圣明的君王，怎么也到这水里来啦？'"据《朝野佥载》记载：散乐高崔嵬善于装痴卖傻，皇帝命人把他的脑袋没到水底，过了一会儿，他浮出水面大笑。皇帝问他，他说："臣在水里见到了屈原，他对臣说：'我是因为楚怀王无道，而你因为什么事也到水里来了？'"皇帝幡然醒悟，站起身来，赐给他一百段布帛。又《北齐书》记载：显祖暴虐无道，朝廷内外都心怀怨恨。曾有一位叫李集典御丞当面直谏，说显祖比桀、纣还残暴。显祖命人把他捆起来扔进水里，沉了很长时间，又命人把他拉上来，问他："我和桀、纣相比怎么样？"李集仍说："他们远远不如你。"就这样多次把他扔进水中又拉出来，李集回答的还是那句话。显祖大笑道："天下竟然有这样痴傻的家伙，现在知道龙逄、比干也不算优秀的人。"于是解开绳子放了他。大概这类故事的本源即起于此。

---

① 斛律丰乐：即为斛律羡，字丰乐，朔州（今内蒙古和林格尔北）勃勒部人。

相传玄宗尝令左右提优人黄幡绰①入池水中。复出，幡绰曰："向见屈原笑臣：'尔遭逢圣明，何尔至此？'"据《朝野佥载》：散乐②高崔嵬善弄痴③，大帝令没首水底，少顷，出而大笑。上问之，云："臣见屈原，谓臣云：'我遇楚怀④无道，汝何事亦来耶？'"帝不觉惊起，赐物百段。又《北齐书》：显祖无道，内外各怀怨毒。曾有典御丞⑤李集面谏，比帝甚于桀、纣。帝令缚致水中，沉没久之。后令引出，谓曰："我何如桀、纣？"集曰："向来弥不及矣。"如此数四，集对如初。帝大笑曰："天下有如此痴汉，方知龙逢⑥、比干非是俊物。"遂解放之。盖事本起于此。

◎鲁般怨

现在的人只要看见房屋修造得精巧美观，就一定会说这是鲁般的奇巧手艺。甚至长安和洛阳的寺庙，也往往假托为鲁般所建造的，这些说法根本不去详细考察古代。据《朝野佥载》记载：鲁般是肃州敦煌人，具体的生卒年不详，技艺如同自然天成一般。他在凉州建造佛塔时，制作了一只木老鹰，只要敲击楔三下，乘着木老鹰就可以回家

---

① 黄幡绰：唐玄宗时伶人。
② 散乐：本指周代民间乐舞，包括俳优歌舞杂奏等，因不在官乐之内，故称为散。
③ 弄痴：以扮傻来供他人娱乐。
④ 楚怀：即楚怀王。
⑤ 典御丞：职官名。
⑥ 龙逢：即为关龙逢。传说中夏代的贤臣，夏桀无道，关龙逢屡次上谏，终被杀。

了。没多久，不常在家的鲁般，其妻子却怀孕了，他父母责问她，妻子就说明了情况。后来鲁般的父亲偷偷拿到木老鹰，一连敲了十几下，于是就一直飞到了吴会。吴人以为他是妖怪，就杀了他。鲁般又另造了一只木老鹰，乘着它飞到吴地，把父亲的尸体运了回来。鲁般怨恨吴人杀死了他的父亲，就在肃州城南制造了一位木仙人，木仙人举起手指向东南方，结果吴地大旱了三年。吴地请人占卜，结果说："这是鲁般干的。"吴地人就派人带着几千件礼物去肃州向鲁般道歉。鲁般就将木仙人的那只手断掉了，当天吴地就下了大雨。本朝初年，吴地人还时时祈祷木仙保佑。六国时期，公输般也曾制造了一只木老鹰来侦察宋国。

今人每睹栋宇巧丽，必强谓鲁般①奇工也。至两都寺中，亦往往托为鲁般所造，其不稽古如此。据《朝野佥载》云：鲁般者，肃州燉煌人，莫详年代，巧侔②造化③。于凉州造浮图，作木鸢，每击楔三下，乘之以归。无何，其妻有妊，父母诘之，妻具说其故。父后伺得鸢，击楔十余下，乘之，遂至吴会。吴人以为妖，遂杀之。般又为木鸢乘之，遂获父尸。怨吴人杀其父，于肃州城南作一木仙人，举手指东南，吴地大旱三年。卜曰："般所为也。"赍物具千数谢之。般为断一手，其日吴中大雨。国初，土人尚祈祷其木仙。六国时，公输般亦为木鸢以窥宋城。

---

① 鲁般：即为鲁班，也称公输班。姬姓，公输氏，名班，春秋时鲁国巧匠，后来被土木工匠尊为祖师。
② 侔（móu）：等，齐，与……相等，相齐。
③ 造化：大自然的创造化育。

◎ 轮回报应

据说杯渡和尚入梁，梁武帝召见他，正当他进宫时，武帝在下棋喊杀，宫中守门人误以为是武帝下令杀人，就把杯渡杀了。浮休子说：梁朝有磕头师，德行高尚且有神异，梁武帝很敬重他。有一次命中使召见磕头师，中使在殿阶下启奏说："磕头师到了。"武帝正在下棋，正要杀对方一棋子，就随口应道："杀！"中使立即把人带出去斩杀了。武帝下完棋，命磕头师进见，中使回奏："刚才陛下下令将其杀掉，已经遵旨照办了。磕头师临死时说：'我无罪。前世做沙弥时，不小心锄死了一条蚯蚓。皇帝前世正是那条蚯蚓，所以我今天遭此报应。'"

俗说沙门杯渡①入梁，武帝召之，方弈棋呼杀，阍者②误听，杀之。浮休子云：梁有磕头师，高行神异，武帝敬之。尝令中使召至，陛奏："磕头师至。"帝方棋，欲杀子一段，应声曰："杀！"中使人遽出斩之。帝棋罢，命师入，中使曰："向者陛下令杀，已法之矣。师临死云：'我无罪。前生为沙弥，误锄杀一蚓。帝时为蚓，今此报也。'"

◎ 贵门礼法

我的门吏陆畅是江东人，他说话常常出差错，轻视他

---

① 杯渡：也作"杯度"，晋宋时僧人，不知姓名，常乘木杯渡水，因以得名。
② 阍者：宫中守门人。

的人于是在他的话里添油加醋地讥讽他。我还是小孩子的时候，曾听人说，陆畅早先娶董溪之女，每天早上，侍女们捧着洗脸盆，用银匜子装着藻豆，陆畅因为不认识藻豆，就和着水吃了。他的朋友问："你做了富贵人家的女婿，都有哪些好玩的事？"陆畅说："贵族家礼节很让人头疼，每天都让我吃炒面粉，简直让人受不了。"近来阅览《世说新语》，书中记载王敦刚娶公主时，在厕所看见漆箱里放着干枣，这本来是用来塞住鼻孔除臭味的，王敦以为厕所也摆放果品，于是就将其几乎吃个精光。上完厕所出来，侍女端着金漆盘，里面盛着洗手的水，琉璃碗里盛着藻豆。王敦就把洗手的水藻豆倒进琉璃碗里，连豆带水都喝完了，侍女们见状都捂着嘴偷笑。

予门吏陆畅①，江东人，语多差误，轻薄者多加诸以为剧语。予为儿时，尝听人说，陆畅初娶董溪②女，每旦，群婢捧匜③，以银奁盛藻豆④，陆不识，辄沃水服之。其友生问："君为贵门女婿，几多乐事？"陆云："贵门礼法，甚有苦者，日俾予食辣麨⑤，殆不可过。"近览《世说新书》，云王敦⑥初尚⑦公主，如

---

① 陆畅：湖州（今属浙江）人，元和元年（806）登进士第。
② 董溪：董晋之子。唐德宗时，董晋曾为门下侍郎、同平章事。
③ 匜（yí）：古代舀水、注水的用具。
④ 藻豆：一种洗沐用品。
⑤ 麨（chǎo）：米麦炒熟后磨成的粉。
⑥ 王敦：东晋琅琊临沂（今山东临沂北）人。丞相王导的堂兄，娶晋武帝之女襄城公主为妻。
⑦ 尚：娶帝王之女为妻，是仰攀婚姻的意思。

厕，见漆箱盛干枣，本以塞鼻，王谓厕上下果[1]，食至尽。既还，婢擎金漆盘贮水，琉璃碗进藻豆。因倒著水中，既饮之，群婢莫不掩口。

◎连蹇

焦赣《易林·乾卦》说："道路坎坷多斜坡，胡人称作连蹇。按其他外族翻译则为又哑又聋，无法交流沟通。"据梁元帝《易连山》，书中每卦都引《归藏》《斗图》《立成》《委化》《集林》及焦赣《易林》，其中乾卦卦辞和焦赣《易林》的卦辞相同，大概是流传过程中出现的错误。

焦赣[2]《易林·乾卦》云："道陟[3]多阪[4]，胡言连蹇[5]。译喑[6]且聋，莫使道通。"据梁元帝《易连山》，每卦引《归藏》《斗图》《立成》《委化》《集林》及焦赣《易林》，乾卦卦辞与赣《易林》卦辞同，盖相传误也。

◎郑涉查语

我在其他文章里记载了郑涉喜欢说些奇怪的话，他经常说："天公映冢，染豆削棘，不若致余富贵。"他讲的这

---

[1] 下果：摆放果品。
[2] 焦赣：即为焦延寿，字赣，梁（今河南开封一带）人。西汉经学家。
[3] 陟：登高。
[4] 阪（bǎn）：山坡，斜坡。
[5] 连蹇：坎坷，艰难。
[6] 喑（yīn）：哑，不能说话。

些话到现在依然被当作奇语。佛教《本行经》记载,有穿藏阿逻仙说:"磨棘画羽,为自然义。"郑涉的话大概是从这里化用而来的。

予别著郑涉好为查语,每云:"天公映冢,染豆削棘,不若致余富贵。"至今以为奇语。释氏《本行经》云,自穿藏阿逻仙言:"磨棘画羽,为自然义。"盖从此出也。

◎梵志吐壶

《续齐谐记》记载:"许彦在绥安山赶路,途中看见一位二十多岁的书生躺在路边,说他脚痛,想进到许彦的鹅笼里捎他一段路。许彦把这当成开玩笑就答应了,书生就进了鹅笼,笼子也没有变大,书生和两只鹅在笼中并排坐着,许彦挑着也不觉得变重了。到了一棵树下,书生出了鹅笼,对许彦说:'我您准备一桌简单的酒席。'许彦说:'好的。'书生就从口里吐出一个铜盘,盘里盛满了山珍海味,在许彦面前摆开了一丈见方。酒过几巡,书生对许彦说:'我一直带着一位妇人,现在想请她出来见见。'许彦说:'好的。'于是书生就从口中吐出一位女子,年龄十五六岁的样子,女子容貌美艳,靠着书生膝盖坐下。一会儿书生喝醉躺下睡着了,女子则对许彦说:'我一直悄悄地带着一位男子,想请他出来,希望您别对书生说。'随后女子也从口中吐出一位二十多岁的男子,聪明可爱,和许彦寒暄,举杯共饮。书生好像要醒了,女子又吐出一个屏风,挡住书生。又过了好一会儿,书生就要醒了,女子便又吞下男子，一个人在许彦对面坐着。书生慢慢起身，对许彦说：'小睡片刻，耽误了您的时间。天色太晚了，就此别过。'于是又吞下这位女子和那些铜盘，全部放进嘴里。最后留下一个大铜盘，对许彦说：'没有其他可以用来表达心意的，就以此盘做个纪念吧。'"佛家的《譬喻经》记载："以前梵志施法术，吐出一个壶，壶中有个女子，和梵志单独相处，做他的家室。梵志小睡时，女子也作法术，吐出一个壶，壶里有个男子，女子又和这男子共卧。梵志快醒了，女子先吞下壶和男子，梵志醒来又吞下壶和女子，之后拄杖离去。"我认为吴均曾经读过这段故事，大概也是非常惊讶，这个故事想象极为奇特怪异，于是把它就写进了他的故事里。

《续齐谐记》云："许彦于绥安山行，遇一书生，年二十余，卧路侧，云足痛，求寄鹅笼中。彦戏言许之，书生便入笼中，笼亦不广，书生与双鹅并坐，负之不觉重。至一树下，书生乃出笼，谓彦曰：'欲薄设馔。'彦曰：'甚善。'乃于口中吐一铜盘，盘中海陆珍羞方丈盈前。酒数行，谓彦曰：'向将一妇人相随，今欲召之。'彦曰：'甚善。'遂吐一女子，年十五六，容貌绝伦，接膝而坐。俄书生醉卧，女谓彦曰：'向窃一男子同来，欲暂呼，愿君勿言。'又吐一男子，年二十余，明悟可爱，与彦叙寒温，挥觞共饮。书生似欲觉，女复吐锦行障[①]，障书生。久而书生将觉，女又吞男子，独对彦坐。书生徐起，谓彦曰：'暂眠，遂久

---

① 行障：可以随地移动的屏风。

留君。日已晚，当与君别。'还复吞此女子及诸铜盘，悉纳口中。留大铜盘，与彦曰：'无以藉意，与君相忆也。'"释氏《譬喻经》云："昔梵志作术，吐出一壶，中有女，与屏处作家室。梵志少息，女复作术，吐出一壶，中有男子，复与共卧。梵志觉，次第互吞之，拄杖而去。"余以吴均尝览此事，讶其说，以为至怪也。

◎一夕不言

相传天宝年间，中岳道士顾玄绩曾怀揣金银在市井中闲游。过了几年，忽然遇到一个人，就强邀这人上酒楼，二人抱着酒壶，都喝得酩酊大醉。顾玄绩和那人一天天熟悉起来，一年时间花了几百两银子。那人怀疑他是有事相求，就请他说出来。顾玄绩笑道："我烧炼金丹已经八转了，现在要一个人帮忙看守，忍住一个晚上不说话，我就可大功告成。我观察您精神镇静，很有胆气，想麻烦您辛苦一个晚上，帮我看守。如果丹药炼成了，您我就可同登太清胜境。"那人说："我死都不足以报答您的恩德，您哪用如此客气。"于是跟随顾玄绩上了嵩山。嵩山峰岭极为险峻，岩中有丹灶和丹盆，岩间乳石泉水滴沥，松林茂密，遮天蔽日。顾玄绩拿来干饭给那人吃，当天就上表祭告太清。到傍晚，交给那人一块板说："敲此板就可知道几更，五更时会有人来这里，千万别和他说话。"那人说："如约而行。"到了五更，忽然有几名精锐铁骑喝道命他回避。那人一动不动。一会儿，来了一位国君模样的人，仪仗很盛大，问他："你为何不回避？"喝命左右斩了他。那人像做梦一样，托生在一个大商人家里。长大以后，一直牢记顾玄缋的告诫,不说一句话。父母为他娶了妻子,生了三个孩子。忽然有一天,妻子哭泣着说:"您从不说一句话,我要这些孩子有何用!"就把孩子一个一个全杀死了。那人因此失声惊呼,随即醒来。只听那炼丹之鼎破裂犹如雷震,顾玄缋的金丹也已飞走。释玄奘《大唐西域记》记载:"中天竺婆罗痆斯国鹿野苑的东边,有一个干涸的池塘,名为救命池,又叫烈士池。先前有位隐士在这池塘边搭建草庵,能使人畜改变样貌,瓦砾变成金银。但是不能飞升天界,于是建造祭坛作法,寻找一位刚烈之士,可整整花了一年时间也没有找到。后来他在城里遇见一个人,隐士和他随处闲游,带到池塘边送给他五百两银子,并对他说:'用完再来拿。'如此几次,烈士反复恳求为隐士效命。隐士说:'希望您可以一整晚不作声。'烈士说:'我死都不怕,更何况只是一晚不出声呢!'于是隐士命烈士手执一把刀,立在坛边,隐士持剑念诵神咒。天快亮时,烈士忽然大声惊叫,空中突降大火。隐士急忙拉着烈士跳入池塘避火。过了很久才出池塘,隐士责备烈士违背诺言,烈士说:'半夜以后,昏昏沉沉有如梦中,只见以前的东家亲自来问候,我强忍住没与他说话,他一生气就把我杀了。我托生在南天竺婆罗门家里,出生后备尝艰苦,但每每思及您的恩德,从未出过声。后来娶妻、生子、父母去世,都没有说过一句话。六十五岁时,妻子忽然发怒,拿着一把剑,拉着儿子说:"你如果再不说一句话,我就把你儿子杀了!"我心想自己既然已经隔世为人,年岁迟暮,又只有这么一个儿子,应该赶紧阻止妻子,因此不由得就发出了喊声。'隐士说：'这是魔鬼作祟，是我的过错。'烈士惭愧愤恨而死。"这个故事在流传过程中产生讹误，主人公就由隐士变成了中岳道士。

相传天宝中，中岳道士顾玄绩，尝怀金游市中。历数年，忽遇一人，强登旗亭，扛壶尽醉。日与之熟，一年中输数百金。其人疑有为，拜请所欲。玄绩笑曰："予烧金丹八转矣，要一人相守，忍一夕不言，则济吾事。予察君神静有胆气，将烦君一夕之劳。或药成，相与期于太清也。"其人曰："死不足酬德，何至是也。"遂随入中岳。上峰险绝，岩中有丹灶盆，乳泉滴沥，乱松闭景。玄绩取干饭食之，即日上章封罡①。及暮，授其一板云："可击此知更，五更当有人来此，慎勿与言也。"其人曰："如约。"至五更，忽有数铁骑呵之曰："避！"其人不动。有顷，若王者，仪卫甚盛，问："汝何不避？"令左右斩之。其人如梦，遂生于大贾家。及长成，思玄绩不言之戒。父母为娶，有三子。忽一日，妻泣："君竟不言，我何用男女为！"遂次第杀其子。其人失声，欻然梦觉。鼎破如震，丹已飞矣。释玄奘《西域记》云："中天婆罗疶斯国鹿野东，有一洇池，名救命，亦曰烈士。昔有隐者于池侧结庵，能令人畜代形，瓦砾为金银。未能飞腾诸天，遂筑坛作法，求一烈士，旷岁不获。后遇一人于城中，乃与同游，至池侧，赠以金银五百，谓曰：'尽当来取。'如此数返，烈士屡求效命。隐者曰：'祈君终夕不言。'烈士曰：'死尽不悼，岂徒一夕屏息乎！'于是令烈士执刀，立于坛侧，隐者按剑念咒。

---

① 上章封罡（gāng）：上表章祭太清。罡，代指太清。

将晓，烈士忽大呼，空中火下。隐者疾引此人入池。良久出，语其违约，烈士云：'夜分后，惝然若梦，见昔事主躬来慰谕，忍不交言，怒而见害。托生南天①婆罗门家住胎，备尝艰苦，每思恩德，未尝出声。及娶、生子，丧父母，亦不语。年六十五，妻忽怒，手剑提其子："若不言，杀尔子！"我自念已隔一生，年及衰朽，唯止此子，应遽止妻，不觉发此声耳。'隐者曰：'此魔所为，吾过矣。'烈士惭恚而死。"盖传此之误，遂为中岳道士。

◎随机应变

相传，一行初次谒见华严大师时，华严大师让他坐下，过一会儿问："你看我的意念现在在哪里？"一行回答说："大师骑着白马跑过寺门了。"又问他，一行说："危险哪！师父为何待在塔尖呢？"华严大师说："你的聪明确实名不虚传，试试再看看我。"过了很久，一行满头大汗，面红耳赤，向大师施礼说："大师莫非进入普贤菩萨的境界了？"集贤校理郑符说："柳中庸精通《周易》，曾去见普寂公。普寂公说：'你推算一下我的意念在什么地方。'柳中庸回答说：'您的意念在前檐第七根椽头。'又问他，又说在某处。普寂公说：'世间万物都逃不出天数。我现在要逃出去，你试着测算一下。'过了很久，柳中庸吃惊地说：'真是到了极至了。您的意念寂然不动，我无从知道了。'"另外，《诜禅师本传》说："日照三藏去见诜禅师，诜禅师不迎接他，日照直言责备他说：'和尚的意念此刻为何到了

---

① 南天：即南天竺，五天竺之一。

市井喧嚣卑隘的地方？'诜禅师微微眨了一下眼睛，并不回答。日照又说：'站立之处不可高过别人的头部，你怎么能把自己置于比鸟儿还高的地方。'诜禅师说：'先前我的意念在市井，后来我的意念在塔尖，三藏果然聪明。你再看一下。'日照就一连弹指几十下，赞叹道：'此境空寂，诸佛都从这里生成。'"我见《列子》一书里说："有位叫季咸的神巫从齐国来到了郑国。列子一见他就倾心拜服，并且告诉老师壶丘子。壶丘子说：'你不妨带他来，让他看看我。'第二天，列子和季咸一起去见了壶丘子。壶丘子说：'先前我向他展示的是大地的形貌，大概他误认为我生机杜绝。你再带他来。'列子又带着季咸去见壶丘子。壶丘子说：'先前我向他展示的是天地间的生气。'后一天，列子又带他去见壶丘子。季咸出来后说：'你老师变化不定，精神恍惚，我没法为他相面。''我向他展示的是极度虚静毫无征兆。再带他来。'隔一天，列子又和季咸去见壶丘子。季咸一见壶丘子，立足未稳，转身就跑。壶丘子说：'我和他随机应变，他如草遇风披靡，如水随波逐流，所以逃跑了。'"我认为前述几种说法都是互相改窜《列子》里的这则故事。比如晋朝，有人赌博时百掷百黑，王衍说："后掷如同前掷。"这取自《列子》一书里"均后于前"的意思，而当时人听了都当作名言。人们容易被欺骗，大多都是这样的。

相传云，一公①初谒华严，严命坐，顷曰："尔看吾心在何所？"一公曰："师驰白马过寺门矣。"又问之，一公曰："危乎！师何为处乎刹末也？"华严曰："聪明果不虚，试复观我。"一公良久，沘颡②，面洞赤，作礼曰："师得无入普贤地乎？"集贤校理郑符云："柳中庸善《易》，尝诣普寂公。公曰：'筮吾心所在也。'柳云：'和尚心在前檐第七题③。'复问之，在某处。寂曰：'万物无逃于数也。吾将逃矣，尝试测之。'柳久之，瞿然曰：'至矣。寂然不动，吾无得而知矣。'"又诜禅师本传云："日照④三藏诣诜，诜不迎接，直责之曰：'僧何为俗入嚣湫⑤处？'诜微瞋，亦不答。又云：'夫立不可过人头，岂容摽⑥身鸟外。'诜曰：'吾前心于市，后心刹末，三藏果聪明者。且复我。'日照乃弹指数十，曰：'是境空寂，诸佛从自出也。'"予按《列子》曰⑦："有神巫自齐而来处于郑，命曰季咸。列子见之心醉，以告壶丘子。壶丘子曰：'尝试与来，以吾示之。'明日，列子与见壶丘子。壶丘子曰：'向吾示之以地文⑧，殆见吾杜德机⑨也。尝又与来。'列子又与见壶丘子。壶丘子曰：'向吾示之以天壤。'列子明日又与见壶丘子。出曰：'子之先生不齐，吾无得而相焉。''吾示之以

---

① 一公：即一行。唐代高僧。
② 沘颡（cǐ sǎng）：额头出汗。
③ 题：物的前端或顶端。
④ 日照：即释地婆诃罗，汉译为日照，中天竺高僧，高宗时来唐。
⑤ 嚣湫（jiǎo）：喧闹而卑隘。
⑥ 摽（biāo）：高举的样子。
⑦ 按：段成式所引《列子》书中季咸见壶丘子一段有脱文，情节不连贯。此处按《酉阳杂俎》原文翻译。
⑧ 地文：大地的形貌。
⑨ 杜德机：闭塞生机。

太冲①莫朕②。尝又与来。'明日,又与之见壶丘子。立未定,失而走。壶丘子曰:'吾与之虚而猗移③,因以为芳靡,因以为流波,故逃也。'"予谓诸说悉互窜是事也。如晋时,有人百掷百卢④,王衍曰:"后掷似前掷矣。"盖取于《列子》"均后于前"之义,当时人闻以为名言。人之易欺,多如此类也。

◎露筋驿

相传江淮一带有处驿站,民间叫作露筋。曾有人醉后留宿此处,一晚上的时间,就被蚊子吸干了血,筋骨显露而死。据江德藻《聘北道记》记载:"从邵伯埭行三十六里,到鹿筋驿,在梁朝时叫车逻。此处蚊子很多,当地老人说,有只鹿经过此地,一夜被蚊子叮咬,到天亮时只见筋骨显露,于是就以露筋为地名。"

相传江淮间有驿,俗呼露筋。尝有人醉止其处,一夕,白鸟⑤姑嘬⑥,血滴筋露而死。据江德藻《聘北道记》云:"自邵伯埭三十六里,至鹿筋,梁先有逻。此处足白鸟,故老云,有鹿过此,一夕为蚊所食,至晓见筋,因以为名。"

---

① 太冲:即太虚。
② 莫朕(zhèn):没有征兆、迹象。
③ 虚而猗移:即"虚而委移"。
④ 卢:古代樗蒲戏掷骰子,一掷,五子全黑为卢,是最胜采,五子四黑一白为雉,是次胜采。
⑤ 白鸟:蚊的别名。
⑥ 姑嘬(chuài):吸吮。此指蚊子叮咬。

◎今当从父命

昆明池中有座坟墓,民间叫作浑子。相传早先住在这里的居民中,有家人的儿子名叫浑子,经常不听父亲的话,父亲叫他往东他偏往西,让他弄火他偏弄水。父亲病重将死,想葬在山岗上,就故意对儿子反着说:"我死了,一定要将我葬在水里。"到父亲死后,浑子哭着说:"现在我不能再违背父命了。"于是就把父亲埋葬在昆明池中。据盛弘之《荆州记》记载:固城临近洱水,洱水北岸有处五女墩。西汉时,有人葬在洱水北岸,坟墓快被河水冲坏了。那人有五个女儿,一起堆造了这座五女墩,以防洪水冲毁父亲坟墓。又说:一个女子嫁给阴县的一个逆子,逆子家财万贯,从小到大不听父亲的话。父亲临死,想要死后葬在山上,担心儿子不听,就反着说:"一定要把我葬在水中的沙石滩上。"逆子说:"我向来不听父亲教诲,如今就听他一次。"于是散尽家财,在水中建了一座石头坟墓,用土环绕起来,于是成了一座沙洲,有几步长。直到晋元康年间,坟墓才被水冲坏。至今还留着半张床大小的一堆墓石,共有几百块,仍堆积在水里。

昆明池中有冢,俗号浑子。相传昔居民有子名浑子者,常违父语,若东则西,若水则火。病且死,欲葬于陵屯处,矫谓曰:"我死,必葬于水中。"及死,浑泣曰:"我今日不可更违父命。"遂葬于此。据盛弘之《荆州记》云:固城临洱水,洱水之北岸有五女墩。西汉时,有人葬洱北,墓将为水所坏。其人有五女，共创此墩，以防其墓。又云：一女嫁阴县佷子①，子家赀万金，自少及长，不从父言。临死，意欲葬山上，恐子不从，乃言："必葬我于渚下碛②上。"佷子曰："我由来不听父教，今当从此一语。"遂尽散家财，作石冢，以土绕之，遂成一洲，长数步。元康中，始为水所坏。今余石成半榻许，数百枚，聚在水中。

◎ 自獐而鹿

如今军队若要射鹿，往往在箭靶上也画上鹿形。李绘《封君义聘梁记》记载："梁朝主客郎中贺季骑在马上射箭，赞叹箭靶上的鹿画得漂亮。李绘说：'养由基百发百中，楚恭王却认为是耻辱。'贺季不能对答。又有步卒射版，版上只标出中心，可射中的很多。李绘问：'怎么不画上獐再射？'贺季回答说：'皇上好生行善，所以不画獐的图案。'"獐也好鹿也罢，其实都是差不多的。

今军中将射鹿，往往射棚③上亦画鹿。李绘《封君义聘梁记》曰："梁主客④贺季指马上立射，嗟美其工。绘曰：'养由⑤百中，楚恭以为辱。'季不能对。又有步从射版，版记射的，中者甚多。绘曰：'那得不射麞⑥？'季曰：'上好生行善，故不为麞

---

① 佷（hěn）子：逆子。
② 碛（qì）：浅水中的沙石，沙石浅滩。
③ 射棚：箭靶。
④ 主客：即主客郎中，职官名。
⑤ 养由：即养由基，春秋时楚之善射者，能百步穿杨。
⑥ 麞（zhāng）：通"獐"。

形。'"自獐而鹿，亦不差也。

◎枭镜

现在说枭镜，往往把墙壁间的蜘蛛当成镜，看见它的形状又圆又扁，孵化出幼子，必定会被幼子吃掉。《汉书》记载：春祭黄帝，用一只枭，一只破镜。因为枭会吃掉母亲，所以五月五日做枭羹。破镜会吃掉父亲，像貙虎眼。黄帝想要杀绝这两种动物，所以很多事物都用到它们。正如傅玄的赋所写："祭献用破镜，做膳用一枭。"

今言枭①镜②者，往往谓壁间蛛为镜，见其形规③而匾，伏子，必为子所食也。《西汉》云：春祠黄帝，用一枭、破镜。以枭食母，故五月五日作枭羹也。破镜食父，如貙④虎眼。黄帝欲绝其类，故百物皆用之。傅玄赋云："荐⑤祠破镜，膳用一枭。"

◎逢蒙杀羿

《朝野佥载》记载："隋朝末年，有个叫昝君谟的人擅长射箭，他闭着眼睛射，喊射哪处就能射中哪处。喊眼睛就射中眼睛，喊嘴巴就射中嘴巴。有个王灵智的人向昝君谟学习射箭，自以为已经学得了他的技术，于是就想射死

---

① 枭（xiāo）：一种食母的恶鸟。
② 镜：即破镜，一种食父的恶兽。
③ 规：圆形。
④ 貙（chū）：一种虎属猛兽。
⑤ 荐：祭献。

昚君谟,自己独占这门高超的技艺。昚君谟拿一把短刀,王灵智的箭射过来就用刀截住。只有一支箭,昚君谟是张大嘴巴接住的,并咬掉了箭头,笑着说:'你虽然学了三年箭术,但我一直没教你咬箭头的方法。'"《列子》说:"甘蝇,是古代一位擅长箭术的人。他的弟子名叫飞卫,技艺超过了老师。纪昌又向飞卫学射,用蒸过的牛角制成弓弧,用荆蓬制成箭杆,一箭射出贯穿了虱子的心脏。纪昌想到既然自己已把飞卫的本领全部学到了手,那全天下能和自己对抗的只有飞卫一人,于是就计划要杀死飞卫。两人相约在野外,相向着放箭,箭锋相触掉在地上,却都没溅起尘土。飞卫的箭先射完,纪昌还剩一支箭。纪昌一箭射出,飞卫用荆棘的尖端去对抗,丝毫不差。于是两人哭着扔下弓,当即认作父子。他们在手臂上刻下誓言,不得把箭术告诉他人。"《孟子》记载:"逢蒙向羿学射箭,完全掌握了羿的技法,认为只有羿能超越自己,于是把羿杀了。"

《朝野佥载》云:"隋末,有昚君谟善射,闭目而射,应口而中。云志其目则中目,志其口则中口。有王灵智学射于谟,以为曲尽其妙,欲射杀谟,独擅其美。谟执一短刀,箭来辄截之。唯有一矢,谟张口承之,遂啮其镝[①],笑曰:'学射三年,未教汝啮镞法。'"《列子》云:"甘蝇,古之善射者。弟子名飞卫,巧过于师。纪昌又学射于飞卫,以蒸角之弧,朔蓬之簳,射贯虱心。既尽飞卫之术,计天下敌己者一人而已,乃谋杀飞卫。相过于野,

---

① 镝(dí):箭头。

二人交射，矢锋相触坠地，而尘不扬。飞卫之矢先穷，纪遗一矢。既发，飞卫以棘刺之端抟之，而无差焉。于是二子泣而投弓，请为父子。刻臂以誓，不得告术于人。"《孟子》曰："逢蒙学射于羿，尽羿之道，唯羿为愈己，于是杀羿。"

◎锋杪倒箸

我还没换牙的时候，曾听亲朋好友说："当年中丞大人张芬在南康郡王韦皋的西川幕府中时，有一位客人在宴席上用筹碗里的绿豆打苍蝇，十发十中，满座都惊奇大笑。张芬说：'别浪费我的豆子。'于是挥手去赶苍蝇，顺手就拈住了苍蝇的后脚，苍蝇基本没有跑掉的。他还能在拳头上把碗立起来，走十间房的距离碗也不会落下来。"《朝野佥载》说："伪周朝藤州录事参军袁思中，是袁平的儿子，他能够在刀尖上竖起一根筷子，挥手去撑苍蝇，能捏住它的后脚，百发百中。"

予未亏齿①时，尝闻亲故说："张芬中丞在韦南康皋幕中，有一客于宴席上，以筹碗②中绿豆击蝇，十不失一，一坐惊笑。芬曰：'无费吾豆。'遂指起蝇，拈其后脚，略无脱者。又能拳上倒碗，走十间地不落。"《朝野佥载》云："伪周藤州录事参军袁思中，平之子，能于刀子锋杪倒箸，挥蝇起，拈其后脚，百不失一。"

---

① 亏齿：换牙。
② 筹碗：多指用竹子制成的碗碟一类的器皿。

◎ 罘罳

文人士大夫之间大多称呼宫殿屋檐角的护雀网为罘罳，他们竟然知识浅薄荒谬到这种程度。《礼记》说："疏屏，是天子宗庙的装饰。"郑玄注说："屏称作树，就是今天所说的罘罳。上面刻有云气、虫兽等图案，就像今天的阙。"张揖《广雅》说："复思指的是屏。"刘熙《释名》说："罘罳在宫门外。罘，就是反复。是说臣子准备进殿堂奏安请事之前，到此处再三思考斟酌一下。"《汉书》说："汉文帝七年，未央宫东阙罘罳发生灾害。罘罳在外面，是诸侯的象征。后来果然发生了七国之乱。"又有记载说："王莽生性就喜好时辰命数等小技，于是派遣使者去破坏了渭陵和延陵园门口的罘罳，说：'别让老百姓思念汉朝。'"鱼豢《魏略》说："黄初三年，修建各处门阙外的罘罳。"我自从做官以来，见了有好几十位士大夫，都错误的理解枭镜、罘罳的意思。

士林间多呼殿榱桷①护雀网②为罘罳③，其浅误也如此。《礼记》曰："疏屏，天子之庙饰。"郑注云："屏谓之树，今罘罳也。列之为云气、虫兽，如今之阙。"张揖《广雅》曰："复思谓之屏。"刘熙《释名》曰："罘罳在门外。罘，复也。臣将入请事，

---

① 榱桷（cuī jué）：屋椽。
② 护雀网：即檐角网，是为了防止鸟雀等钻进屋檐处筑巢。
③ 罘罳：（fú sī）：宫门外的屏风。

此复重思。"《西汉》曰:"文帝七年,未央宫东阙眚灾。眚在外,诸侯之象。后果七国举兵。"又:"王莽性好时日小数①,遣使坏渭陵、延陵园门眚,曰:'使民无复思汉也。'"鱼豢②《魏略》曰:"黄初三年,筑诸门阙外眚。"予自筮仕③已来,凡见搢绅数十人,皆谬言枭镜、眚事。

◎燕异小差耳

世人把用草和泥做巢,喜欢鸣叫但声音较小的鸟儿,叫作汉燕。陶弘景注《神农本草》说:"紫色胸脯、体小身轻的是越燕。胸前有黑斑、叫声大的是胡燕,胡燕做巢喜欢做成长形的。越燕的巢不能入药。"越燕相对于汉燕,其实差别是很小的。

世说蓐④泥为窠,声多稍小者,谓之汉燕。陶胜力注《本草》云:"紫胸轻小者是越燕。胸斑黑声大者是胡燕,其作巢喜长。越巢不入药用。"越于汉,亦小差耳。

◎三足乌

我多次听朋友说起,武则天时,有人向她敬献三足乌,左右侍臣在一旁提醒她说:"其中有一只脚是假的。"武则天笑道:"只管让史官记录下来,哪里用得着去辨别真假

---

① 小数:小技。
② 鱼豢(huàn):三国时曹魏人。著有《魏略》一书。
③ 筮仕:初出为官。
④ 蓐(rù):陈草复生。

呢?"《唐书》记载:"天授元年,有人进献三足乌,天后认为这是武周皇室的祥瑞。睿宗说:'三足乌的前脚是假的。'天后听了很不高兴。片刻,一只乌足就掉在了地上。"

予数见还往①说,天后时,有献三足乌,左右或言:"一足伪耳。"天后笑曰:"但史册书之,安用察其真伪乎?"《唐书》云:"天授元年,有进三足乌,天后以为周室嘉瑞。睿宗云:'乌前足伪。'天后不悦。须臾,一足坠地。"

◎挽歌由来

《世说新语》记载:"挽歌起源于田横,因为田横死后,随从的人不敢大声哭泣,就用唱歌的方式来寄托哀思。"挚虞《新礼议》记载:"挽歌起源于汉武帝时苦役者的劳动之歌,歌声悲哀而凄切,后来就用在给人送终时唱,这并非古制。"工部郎中严厚本说:"挽歌由来已久。据《左传》记载:'哀公会同吴王伐齐,准备进攻之时,公孙夏命令他的军队唱《虞殡》,以示必死的决心。'"

我近来读《庄子》,说:"绋讴于所生,必于斥苦。"司马彪注解说:"绋读音为拂,是拉棺材的绳子。讴,指挽歌。斥,是舒缓的意思。苦,急促的意思。这句话的意思是说:牵引绋索并唱歌,为的是唱起来让大家一齐用力。"

---

① 还往:有交往的人。

《世说》："挽歌①起于田横，为横死，从者不敢大哭，为歌以寄哀也。"挚虞《新礼议》："挽歌出于汉武帝役人劳苦歌，声哀切，遂以送终，非古制也。"工部郎中严厚本云："挽歌其来久矣。据《左氏传》：'公②会吴子伐齐，将战，公孙夏命其徒歌《虞殡》，示必死也。'"

予近读《庄子》曰："绋讴于所生，必于斥苦。"司马彪注云："绋读曰拂，引柩索。讴，挽歌。斥，疏缓。苦，急促。言引绋讴者为人用力也。"

◎藏钩三戏

以前老话说藏钩的游戏起源于钩弋夫人，大约是依据辛氏所撰的《三秦记》，它里面说汉武帝钩弋夫人手握成拳头以猜物，当时人都效仿她，认为这就是藏钩的游戏。《列子》记载："用小瓦片作为筹码玩藏钩的人通常一猜就中，用带钩作为筹码来玩的人心有顾忌有时才能猜中，用黄金为筹码玩的人心智昏乱往往猜不中。"殷敬顺解释说："'敺'字同于'抠'字。游戏的人分成两队，一队的人手里藏物，另一队去猜在哪只手并抠出来。如果玩藏钩分队时多出一人来，那人就来往于两队之间，并被称作饿老鹰。"《风土记》记载："藏钩的游戏，分成两队较量胜负。如果人数为偶数则正好分成两组来对决，如果是奇数就让多出的那个人作为游戏的附加者，一次属于上队，一次属

---

① 挽歌：哀悼死者的歌。
② 公：即为鲁哀公。

于下队，这个人就被称作飞鸟。"另外，如今玩此种游戏，必须是在正月才行。据《风土记》记载是在腊祭之后。庾阐《藏钩赋序》说："因为在腊祭之后，朝廷命令从中央到地方都玩行钩的游戏，于是我就作了这篇赋。"

旧言藏钩起于钩弋①，盖依辛氏《三秦记》，云汉武钩弋夫人手拳，时人效之，目为藏钩也。《列子》云："瓦抠者巧，钩抠者惮，黄金抠者昏。"殷敬顺敬训曰："'驱'与'抠'同。众人分曹②，手藏物，探取之。又令藏钩，剩一人，则来往于两朋，谓之饿鸱。"《风土记》曰："藏钩之戏，分二曹以校胜负。若人耦则敌对，若奇则使一人为游附，或属上曹，或属下曹，名为飞鸟。"又今为此戏，必于正月。据《风土记》，在腊祭③后也。庾阐④《藏钩赋序》云："予以腊后，命中外以行钩为戏矣。"

◎弹棋

《世说新语》记载："弹棋源自于曹魏皇室，是当时后宫佳丽们经常玩的一种游戏。"曹丕《典论》说："我对其他游戏很少有喜爱的，只有弹棋还算是玩得不赖。当年京城里有马合乡侯、东方世安、张公子等弹棋高手，遗憾的是我与他们生不同时，自然不能与他们对局。"由此可知，弹棋并不起源于曹魏皇室。如今弹棋用二十四枚棋子，用

---

① 钩弋：即汉武帝钩弋夫人，汉昭帝母。
② 分曹：分队。
③ 腊祭：年终大祭，总祭百神。
④ 庾阐：颍川鄢陵（今属河南）人。晋朝诗人，辞赋家。

颜色来区分贵贱，棋弹完后用一颗豆计筹。《座右方》记载："白、黑棋各六枚，依照六博棋形，棋形酷似枕头。另外，曹魏时的游戏玩法，先摆一枚棋子在棋盘正中间，双方用其余的棋子进行博弈，黑、白棋子围绕正中间的棋子，赢十八个筹码就算一都。"

《世说》云："弹棋起自魏室，妆奁①戏也。"《典论》云："予于他戏弄②之事少所喜，唯弹棋略尽其巧。京师有马合乡侯、东方世安、张公子，恨不与数子对。"起于魏室明矣。今弹棋用棋二十四，以色别贵贱，棋绝后一豆。《座右方》云："白黑各六棋，依六博③棋形，颇似枕状。又魏戏法，先立一棋于局中，余者斗，白黑围绕之，十八筹成都④。"

◎手版

《梁职仪》记载："八座尚书用紫纱来包裹手版，并在手版顶端垂挂白丝，如同毛笔一样。"《隋志》记载："尚书令、录尚书、仆射、尚书的手版，都用紫皮包裹起来，名字叫笏。梁朝中期以来，只有八座尚书执笏，用白毛点缀笏的顶端，并用紫纱袋装着。其他的公卿，只能持手版。"当今人们互相传说，陈希烈不便带着笏骑马，就将笏用帛裹住命随从拿着，李右座看见了，说："这种做法会成为以

---

① 妆奁：女子梳妆所用的镜匣之类。
② 戏弄：游戏。
③ 六博：一种掷采行棋的游戏。
④ 都：博弈、游戏竞赛表示胜利的计量单位。

后的成例。"这种说法也太不靠谱了。

《梁职仪》曰:"八座尚书[1]以紫纱裹手版,垂白丝于首如笔。"《隋志》曰:"令、录、仆射、尚书手版,以紫皮裹之,名曰笏。梁中世已来,唯八座尚书执笏者,白笔缀头,以紫囊之。其余公卿,但执手版。"今人相传云,陈希烈不便执笏骑马,以帛裹令左右执之,李右座见云:"便为将来故事[2]。"甚失之矣。

◎貌寝原义

当今的人们把丑称为貌寝,这是不对的。《魏志》记载:"刘表因为王粲貌寝,言行不拘小节,就不是很看重他。"一种版本说:"貌寝,言行不拘小节,就很看重他。"《注》说:"寝,是外貌普通的意思。"

今人谓丑为貌寝,误矣。《魏志》曰:"刘表以王粲貌寝,体通侻[3],不甚重之。"一云:"貌寝,体通侻,甚重之。"注云:"寝,貌不足也。"

◎扁鹊之扁

我在太和末年,因弟弟过生日而观看杂戏。有市井艺人在说唱故事时,称"扁鹊"为"褊鹊",读音为上声。

---

[1] 八座尚书:东汉时,以六曹尚书并令、仆二人并称八座。隋唐则以六部尚书、左右仆射及令为八座。

[2] 故事:成例。

[3] 通侻(tuō):即通脱,不拘小节。

我让座客任道昇纠正他，艺人说："二十年前，我曾在西京长安的斋会上表演过这个节目，当时一位秀才很赞同我把'扁'字读成'褊'，还说世人都读错了。"我猜想他是为了掩饰自己的错误，于是大笑。最近读甄立言《本草音义》引曹宪的话说："扁，读为布典反。现在读作步典反，这是不对的。"按，扁鹊姓秦，字越人，他是渤海郡属县的人。

予太和末，因弟生日观杂戏。有市人小说①，呼"扁鹊"作"褊鹊"，字上声。予令座客任道昇字正之，市人言："二十年前，尝于上都斋会设此，有一秀才甚赏某呼'扁'字与'褊'同声，云世人皆误。"予意其饰非，大笑之。近读甄立言《本草音义》引曹宪云："扁，布典反。今步典，非也。"案，扁鹊姓秦，字越人，扁县郡属渤海。

◎六博之戏

当今六博这种游戏，齿采妓乘，"乘"字读去声，无齿称为乘。据《博塞经》记载："无齿为绳，三齿为杂绳。"如今樗蒲塞行十一字。据《晋书》记载："刘毅和宋祖、诸葛长民等人在东府聚会，凑在一起大赌，输赢高达几百万钱，其他人都掷得黑犊，刘毅最后掷得了雉。"

今六博，齿采妓乘②，"乘"字去声呼，无齿曰乘。据《博

---

① 小说：一种属杂戏范畴的说唱艺术。
② 齿采妓乘：博戏术语。

塞经》云："无齿为绳，三齿为杂绳。"今樗蒲①塞行十一字。据《晋书》："刘毅与宋祖、诸葛长民等，东府聚戏，并合大掷，判②应至数百万，余人并黑犊③已还，毅后掷得雉④。"

◎ 礼乐在江南

如今殿阁门前有宫人垂帘引导百官，有人说这种做法源于武则天，也有人说源于后魏。《开元礼疏》记载："东晋康献褚后临朝，不坐，由宫人传唤百官叩拜。有北方的使者看见了，回国后也在自己的国家逐渐推行这种礼仪。当时礼乐都在江南，北方的一举一动全在效法江南。北周和隋朝承袭下来，本朝也沿用不改。"

今阁门有宫人垂帛引百寮，或云自则天，或言因后魏。据《开元礼疏》曰："晋康献褚后临朝，不坐，则宫人传百寮拜。有虏中使者见之，归国遂行此礼。时礼乐尽在江南，北方举动法之。周、隋相沿，国家承之不改。"

◎ 侍中

侍中这个职位，在西汉时品阶很低，类似今天的千牛官。凡是提到中字，都是指皇宫之内。所谓中严，是说天子已穿好冕服，臣下不敢离开，故称中严。今天的侍中和

---

① 樗（chū）蒲：即双陆，黑、白各六，用棋十二枚。
② 判：输赢。
③ 黑犊：博戏术语。
④ 雉：博戏术语。

汉代相比品阶相差悬殊，却仍奏称"中严""外办"，这就不对了。

侍中，西汉秩甚卑，若今千牛官①。举中者皆禁中②。言中③严，谓天子已被冕服，不敢斥，故言中也。今侍中品秩与汉殊绝，犹奏"中严""外办"④，非也。

◎ 婚仪

《仪礼》上说："婚礼必须在黄昏时分举行，取阳去阴来的意思。"现在结婚在拂晓时分行礼，天大亮后办事。而今民间风俗祭祀祖先又在黄昏，真是荒谬之极！皇宫中祭邪魅或埋葬窆才在黄昏时分。另外，如今士大夫家中办婚礼，在屋外搭帐称之为入帐，新娘子乘坐马鞍，这些全是北朝遗留下来的习俗。《聘北道记》记载："北方婚礼，必用青布幔搭穹庐为屋，称之为青庐。新郎迎娶新娘在此交拜。夫家一百多人围着婚车同时大喊：'新娘子，快出来！'喊声一直不断，直到新娘子登车才停止呼喊。这就是现在的催妆。又用竹杖敲打新女婿闹着玩，以至有的新郎官被弄得身心疲惫，狼狈不堪。"江德藻在书上记录下这种奇异的风俗，说明南朝婚礼没有这种礼仪。至于奠雁唤作鹅，税缨叫作合髻，点烛奏乐，还有铺母、卺童等，这些礼仪

---

① 千牛官：禁卫官名。执掌御刀，又称"千牛卫"。
② 禁中：皇帝宫中称为禁中，言门户有禁，非侍卫及通籍之臣不得入内。
③ 中严：禁中戒备。
④ 外办：警卫宫禁。

很繁琐，夹杂了许多乡野民俗。

《礼》："婚礼必用昏，以其阳往而阴来也。"今行礼于晓祭，质明①行事。今俗祭先又用昏，谬之大者矣。夫宫中祭邪魅及葬窫②则用昏。又今士大夫家昏礼，露施帐，谓之入帐，新妇乘鞍，悉北朝余风也。《聘北道记》云："北方婚礼，必用青布幔为屋，谓之青庐。于此交拜，迎新妇。夫家百余人挟车俱呼曰：'新妇子，催出来！'其声不绝，登车乃止。今之催妆是也。以竹杖打婿为戏，乃有大委顿者。"江德藻记此为异，明南朝无此礼也。至于奠雁③曰鹅，税缨曰合髻④，见烛举乐，铺母⑤卺童⑥，其礼太紊，杂求诸野。

◎过头杖

现在士大夫丧妻，总是拄着长长的竹杖，人们将此种竹杖叫作过头杖。据《仪礼》，父亲尚在，嫡长子之妻去世，则嫡长子不用杖；若是嫡长子之外的其他儿子，其妻去世则其用杖。据《仪礼》，儿子对父亲用父丧之仪，父亲则用母丧之仪对儿子，所用杖同桐杖。

---

① 质明：天大亮。
② 窫（yǔ）：窫（yà）窫。古代传说中的一种吃人怪兽。
③ 奠雁：古代婚礼，新郎至新娘家迎新，进雁为礼，称为"奠雁"。
④ 合髻：唐宋后的一种婚俗，即新婚夫妇在饮交杯酒前各剪下一绺头发，绾在一起表示结发同心。
⑤ 铺母：旧俗称为新房铺床的福寿双全的女子。
⑥ 卺（jǐn）童：新婚合卺，递酒的童子即卺童。卺，把瓠分成两个瓢，叫卺，新婚夫妇各拿一瓢，共饮交杯酒。

今之士大夫丧妻，往往杖竹①甚长，谓之过头杖。据《礼》，父在，適子②妻丧不杖，众子则杖。据《礼》，彼以父服我③，我以母服报之，杖同削杖④也。

---

① 杖竹：守丧的丧杖，即苴杖，以竹制成。
② 適子：即嫡子，正妻所生之子，此特指嫡长子。適，通"嫡"。
③ 以父服我：指父丧的礼仪规格。下句"母服"类此。
④ 削杖：即桐杖，用于齐衰服（父在为母、夫为妻等）。

艺绝 巧匠神技

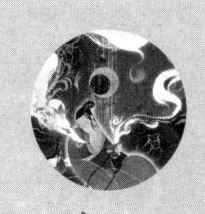

「艺绝」即指技艺高超绝伦。本篇内容涉及制笔、塑像、占卜等方面技艺师的奇闻轶事，情节精彩纷呈，值得观览。

◎笔匠

南朝有一位老妇人擅长制作毛笔，萧子云经常用她制作的笔来写书法字体，她制作笔芯用的是胎儿的毛发。开元年间，有位笔匠名叫铁头，所制的笔管晶莹如玉，但其制作方法没能流传下来。

南朝[1]有姥善作笔，萧子云常书用，笔心用胎发。开元中，笔匠名铁头，能莹管如玉，莫传其法。

◎宝相寺菩提像

在成都宝相寺的偏院小殿里，供奉有菩提像，这尊菩提像不沾灰尘，始终就像刚刚塑造好的一样。据说这尊菩提像在当初建造时，工匠是依照明堂图所绘，先塑好五脏，再塑四肢和全身关节。差不多有一百多年的历史了，这尊塑像仍然一尘不染。

成都宝相寺偏院小殿中有菩提[2]像，其尘不集，如新塑者。相传此像初造时，匠人依明堂[3]，先具五脏，次四肢百节。将百余年，纤尘不凝焉。

---

[1] 南朝：与北朝相对，指建都金陵（今南京）的宋、齐、梁、陈四个朝代。
[2] 菩提：梵语音译。意为正觉，即断尽烦恼、觉悟真理的大智慧。
[3] 明堂：即明堂图，即人体经络、针灸穴位之图。

◎ 水画

李叔詹曾经结识一位范阳山人,留他住在自己家里。他时不时的预言吉凶祸福,总能应验,他还擅长推步和禁咒。他在李家住了半年,山人一日突然对李叔詹说:"要分别了,我有一种技艺,展示给您权当留个念想吧,这种技艺叫作水画。"于是请人在后厅的地面上挖出一丈见方、一尺多深的小池,用麻灰涂抹好,每天抽水灌满。等到水不渗漏,准备好各种颜料、墨砚,先拿着笔轻叩牙齿,过了很久,他才在水面上纵笔挥毫。靠近看,只见水色一片浑浊。过了两天,用四幅细绢在水面上拓印。一顿饭的工夫,揭开细绢一看,苍松、奇石、人物、房屋、树木,真是应有尽有呀。李叔詹感到非常惊诧,再三询问请教他,他却只回答说只不过是他擅长控制色彩,不让色彩往下沉散去罢了。

李叔詹尝识一范阳山人,停于私第,时语休咎[①]必中,兼善推步[②]禁咒[③]。止半年,忽谓李曰:"某有一艺,将去,欲以为别,所谓水画也。"乃请后厅上掘地为池,方丈,深尺余,泥以麻灰,日汲水满之。候水不耗,具丹青墨砚,先援笔叩齿良久,乃纵

[①] 休咎(jiù):吉凶祸福。
[②] 推步:推算天文历法。
[③] 禁咒:以咒语等施于外物以禁邪祟、除灾害等的方术。

笔毫水上。就视，但见水色浑浑耳。经二日，拓①以緻绢②四幅。食顷，举出观之，古松、怪石、人物、屋木，无不备也。李惊异，苦诘之，惟言善能禁彩色，不令沉散而已。

◎知微算卦

天宝末年，术士钱知微曾到洛阳，并在天津桥的表柱上张贴广告卖卦，算一卦要十匹帛。十天过去了，仍没人来算卦。有一天，一位贵公子心想既然要价这么高，这人必定有神异之处，于是就让人如数取来十匹帛作为卦资请他算卦。钱知微用蓍草排成卦象，说："我占一卦可以预知一生，您为什么当儿戏呢？"那人说："我算的事真的很要紧，先生难道误解了我？"钱知微说："让我编句顺口溜，说的是：'两头架土，中间空悬。众脚踩踏，不肯付钱。'"其实这才是那人的真实意图，他就是想用卖天津桥来哄骗他。钱知微的占术就是这样精准。

天宝末，术士钱知微尝至洛，遂榜天津桥表柱卖卜，一卦帛十匹。历旬，人皆不诣之。一日，有贵公子意其必异，命取帛如数卜焉。钱命蓍布卦成，曰："予筮③可期一生，君何戏焉？"其人曰："卜事甚切，先生岂误乎？"钱云："请为韵语，曰：'两头点土，中心虚悬。人足踏跋，不肯下钱。④'"其人本意，卖天

---

① 拓（tà）：将石碑等上面的文字、图案等摹印在纸上的技术。
② 緻（zhì）绢：细绢。
③ 筮（shì）：用蓍草占卜算卦。
④ "两头点土"四句：这是一句谜语，谜底就是"桥"。

津桥绐①之。其精如此。

◎ 高映猜钩

有记载说玩藏钩的游戏可以增强人的判断力，有人说这是可以在古书中找到相关依据的。举人高映擅长猜钩。我们曾经在荆州玩藏钩的游戏，每组五十多人，他也能猜个八九不离十，连同组的人钩藏在何处他也能猜到。当时人们猜疑他有法术。当别人向他本人拜访求证时，他则说："我只是比较善于察言观色罢了，就像精明能干的狱吏审问小偷一样。"

旧记藏彄②令人生离③，或言古语有征④也。举人高映，善意彄。成式尝于荆州藏钩，每曹五十余人，十中其九，同曹钩亦知其处，当时疑有他术。访之，映言："但意举止辞色，若察囚视盗也。"

◎ 石旻猜钩

山人石旻特别擅长猜钩的游戏，他和张又新兄弟关系都十分要好。他们闲来无事，在夜晚会客时，就试试石旻猜钩的能力，果然，石旻一猜就中。张又新就把钩藏在头巾的褶皱中让他猜，石旻说："大家手里都是空的，请把拳

---

① 绐（dài）：通"诒"。欺骗。
② 藏彄（kōu）：即藏钩，一种游戏，类似现在的击鼓传花。
③ 离：分析，判断力。
④ 征：征验，应验。

头张开。"一会儿，看到钩藏在张又新的幞头左巾角里，真的就是这般奇妙！石旻后来到扬州居住，我因此和他相识，曾向他讨教猜钩的技巧。石旻对我说："你先画几十张人面像，各有各的样貌（区别要大）方便分辨，这样我就教给你。"我怀疑会被他戏耍，最后干脆就不画了。

山人石旻尤妙打钩，与张又新兄弟善，暇夜会客，因试其意钩，注之必中。张遂置钩于巾襞①中，旻曰："尽张空拳。"有顷，眼钩在张君幞头左翅中，其妙如此。旻后居扬州，成式因识之，曾祈其术，石谓成式曰："可先画人首数十，遣胡越异辨②则相授。"疑其见欺，竟不及画。

---

① 襞（bì）：褶皱。
② 胡越异辨：意思是面貌差别很大，易分辨。胡，北方人。越，南方人。

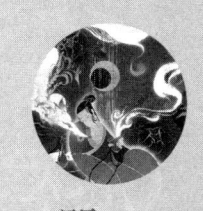

器奇

失落的神兵

「器奇」，顾名思义乃指奇异的器物。本篇内容关涉异剑、异镜和辟尘巾等，概而言之，好一个「奇」字了得。

◎ 神龙剑

开元年间，河西方镇骑兵将领宋青春，其人骁勇果敢，暴躁凶悍，大家都非常忌惮他。后来，西戎年年侵犯国境，宋青春每次上阵都勇猛异常，全力挥舞长剑，大声呼叫着，割下敌人的左耳获胜归来，自己也不曾受过伤。敌方西戎都很畏惧他，全军的人这才信赖他。后来有一次大败吐蕃，抓获俘虏几千人，军队统帅让翻译官问一个穿虎皮的俘虏："你们为什么不能伤到宋青春呢？"俘虏回答说："我们曾见一条龙突破军阵猛扑过来，刀剑相碰的地方，就如同砍在铜铁上面一样，我们认为他是有神灵助阵的。"宋青春这才知道他的剑有灵气。宋青春死后，这把剑到了瓜州刺史李广琛的手里，有时狂风大雨之后，剑就迸发光芒，光射出室外，可以照亮周围一丈远的地方。哥舒翰镇守西凉的时候，听闻了这把宝剑，想拿其他宝物来交换。李广琛坚决不同意，并赠了他两句诗："刻舟寻化去，弹铗未酬恩。"

开元中，河西骑将宋青春，骁果暴戾，为众所忌。及西戎岁犯边，青春每阵常运剑大呼，执馘①而旋，未尝中锋镝②，西戎惮之，一军始赖焉。后吐蕃大北③，获生口④数千，军帅令译问衣大虫皮者："尔何不能害青春？"答曰："尝见龙突阵而来，兵刃

---

① 馘（guó）：割取敌人的左耳以计功。
② 锋镝（dí）：泛指兵器。锋，刀锋。镝，箭头。
③ 北：败北。
④ 生口：俘虏。

所及，若叩铜铁，我为神助将军也。"青春乃知剑之有灵。青春死后，剑为瓜州刺史李广琛所得，或风雨后，迸光出室，环烛方丈。哥舒①镇西凉，知之，求易以他宝。广琛不与，因赠诗："刻舟寻化去②，弹铗③未酬恩。"

◎郑云逵得剑

郑云逵年轻时，得到一把宝剑，剑柄用鳞皮包裹着，剑鼻用金星点缀着，有时会发出鸣吼声。郑云逵曾在乡村居住，在一个晴天拿出剑放在膝上赏玩。忽然有个人从院子里的树上一跃而下，此人穿着大紫大红的衣服，长着卷曲的连鬓胡须，亮出随身佩剑站着，全身黑气环绕，就像浓雾一样。郑云逵向来就有胆量，便假装没看见。那人就说："我是天界的人，知道先生有把神异的宝剑，希望可以借给我看看。"郑云逵对他说："这不过是把普通的铁剑罢了，不值得您把玩。天界的人难道还能看上这种剑么？"那人没完没了地央求，郑云逵耐着性子等待机会，看准时机突然跃起，朝那人一剑砍去，但没砍中，随即一团黑气落到地上，几天后才散尽。

---

① 哥舒：哥舒翰，突厥人，以部族名为姓，世居安西（今新疆吐鲁番东南）。天宝年间，为陇右节度使，后又兼任河西节度使，封西平郡王。安史之乱起，为皇太子先锋兵马元帅，据守潼关，后因杨国忠谮言，被迫出关作战，兵败被俘，死于洛阳。
② 刻舟寻化去：刻舟求剑。
③ 铗（jiá）：剑柄。

郑云逵少时，得一剑，鳞铗星镡①，有时而吼。尝在庄居，晴日，藉膝玩之。忽有一人，从庭树窣然②而下，衣朱紫，虬髯露剑而立，黑气周身，状如重雾。郑素有胆气，佯若不见。其人因言："我上界人，知公有异剑，愿借一观。"郑谓曰："此凡铁耳，不堪君玩。上界岂藉此乎？"其人求之不已，郑伺便良久，疾起斫之，不中。忽堕黑气着地，数日方散。

◎张存掘藕得剑

我的熟人温介讲，在大历年间，高邮百姓张存以踏藕谋生。他曾经在池塘中看到一棵旱藕，枝梢足足有手臂那么粗，他奋力挖掘。挖到两丈深时，根茎粗到合抱，以至没有办法再往下挖，就将其从中挖断。这时在藕节里发现了一把剑，有二尺长，呈青色，没有刀刃。张存并没有把这把剑当成什么宝贝。当地有人知道后，用十捆柴就把那柄剑换到手了。那根旱藕竟然没有藕丝。

成式相识温介云：大历中，高邮百姓张存，以踏藕③为业。尝于陂④中，见旱藕⑤梢大如臂，遂并力掘之。深二丈，大至合抱，以不可穷，乃断之。中得一剑，长二尺，色青无刃，存不之

---

① 鳞铗星镡（xín）：形容剑柄和剑鼻的珍贵装饰。镡，剑鼻，即剑柄上端与剑身连接处的两旁突出部分。
② 窣（sū）然：纵跃。窣，突然钻出来。
③ 踏藕：收获季节，人入水中用脚踩去周围淤泥将藕挑出。
④ 陂（bēi）：池塘。
⑤ 旱藕：药草名。形状像藕，主长生不饥，黑发。

宝。邑人有知者，以十束薪获焉。其藕无丝。

◎ 百合花下现铜镜

元和末年，海陵夏侯乙的庭院前长了一株百合花，它比普通的百合花要大好几倍，大家觉得很奇怪。于是顺着百合花的根往下挖，挖到了十三层砖匣，每匣里都有一面铜镜。第七个铜镜光洁如新，对着太阳照，便能映出直径一丈的光环。其余的铜镜则仅是平常的圆铜罢了。

元和末，海陵夏侯乙庭前生百合花，大于常数倍，异之。因发其下，得甓①匣十三重，各匣一镜。第七者光不蚀，照日光环一丈。其余规②铜而已。

◎ 避尘金针

高瑀在蔡州的时候，有位名叫田知的军将，做生意亏损了几百万。田知把生意做到了外县，距离本州三百多里，高瑀下令要拘捕并审讯他。田知非常忧虑，不知道该怎么办，于是他的同伴摆酒席开导他。参加酒席的客人有十多位，其中有位名叫皇甫玄真的处士，穿着鹅毛般的白衣，神态优雅轻闲。大家都对田知说宽慰勉励的话，只有皇甫玄真微笑着说："这不过是小事一桩罢了。"客人走后，皇甫玄真单独留下来后对田知说："我曾经漫游海东，得到两件

---

① 甓（pì）：砖。
② 规：圆。

宝物，可以用来帮你摆脱困境。"田知深表感谢，要为他准备车马，可他却全都拒绝了。皇甫玄真走得非常快，晚上就到了蔡州，住在客店里。第二天早上就去拜见高瑀。高瑀一见，不由得心生敬意。于是皇甫玄真对高瑀说："我来这一趟，特地恳求尚书饶恕田知。"高瑀一口拒绝说："田知欠的是公款，不是我个人的私财，你让我能怎么办呢？"皇甫玄真请高瑀屏退左右侍从，说："我在新罗得到一件避尘巾，想将其献给您来为田知赎命。"皇甫玄真从怀中取出交给高瑀。高瑀刚拿到手上，就觉得浑身清凉，吃惊地说："这不是臣民可以拥有的，它是无价之宝，田知的一条命怕是值不了这么多吧。"皇甫玄真请他试用。第二天，在城外游宴。当时干旱已久，一路上尘土飞扬。高瑀回头看马的尾巴及左右侍从，都没有一点灰尘。监军使也察觉到了，问高瑀："为什么唯独尚书一行人不沾灰尘？莫不是遇到高人，得到了无价之宝？"高瑀不敢隐瞒。监军使坚持要见见皇甫玄真，高瑀就带他一起去。监军使对皇甫玄真开玩笑说："你这高道只知道有高尚书吗？还有什么宝贝，我也想见识一下。"皇甫玄真细说了赎救田知的意思，并且说宝物出自海东，现在只剩下一根针，但效果不如巾子，仅可让自身不沾灰尘。监军使拜谢说："我有这根针就足够了。"皇甫玄真就将一根针从头巾上抽下来送给他。针是金色的，大小和缝衣针相差无几。监军使于是把针扎在头巾上试试，骑着马在尘土中疾驰，灰尘果然仅沾到马鬃和马尾上。高瑀和监军使每天都毕恭毕敬地去拜见皇甫玄真，想要请教道术的诀窍。一天晚上，他们忽然就找不着皇甫玄真其人了。

高瑀在蔡州,有军将田知,回易①折欠数百万。回至外县,去州三百余里,高方令锢身②勘田。忧迫,计无所出,其类因为设酒食开解之。坐客十余,中有称处士皇甫玄真者,衣白若鹅羽,貌甚都雅③。众皆有宽勉之辞,皇但微笑曰:"此亦小事。"众散,乃独留,谓田曰:"予尝游海东④,获二宝物,当为君解此难。"田谢之,请具车马,悉辞。行甚疾,其晚至州,舍于店中。遂晨谒高。高一见,不觉敬之。因谓高曰:"玄真此来,特从尚书乞田性命。"高遽曰:"田欠官钱,非瑀私财,如何?"皇请避左右:"某于新罗获一巾子,辟尘,欲献此赎田。"于怀内探出授高。高才执,已觉体中虚凉,惊曰:"此非人臣所有,且无价矣,田之性命,恐不足酬也。"皇甫请试之。翌日,因宴于郭⑤外。时久旱,埃尘且甚。高顾视马尾鬣⑥及左右驺卒数人,并无纤尘。监军使⑦觉,问高:"何事⑧尚书独不沾尘坌⑨?岂遇异人,获至宝乎?"高不敢隐。监军固求见处士,高乃与俱往。监军戏曰:"道者独知有尚书乎?更有何宝,愿得一观。"皇甫具述救田之意,且言药出海东,今余一针,力弱不及巾,可令一身无尘。监军拜请曰:"获此足矣。"皇即于巾上抽与之。针金色,大如布

---

① 回易:交易。
② 锢身:以盘枷禁锢其身。
③ 都雅:闲雅。
④ 海东:东洋诸国。这里指今朝鲜半岛。
⑤ 郭:外城,在城外加筑的一道城墙,也泛指城。
⑥ 马尾鬣(liè):马尾的长毛。
⑦ 监军使:职官名。唐代中后期,朝廷为加强对各大方镇的控制,派遣皇帝身边的亲信宦官至镇,负责监视刑赏、奏察违谬之事。
⑧ 何事:为什么。
⑨ 尘坌(bèn):灰尘。坌,尘埃。

针。监军乃劄①于巾试之,骤②于尘中,尘唯及马鬃尾焉。高与监军日日礼谒,将请其道要。一夕,忽失所在矣。

---

① 劄(zhā):通"扎"。
② 骤:疾驰。

乐

箫韶九成

本篇以『乐』题名，内容自然是涉及乐器、乐曲、乐人以及一些奇特的乐器在弹奏时出现的灵异事件的相关记录，颇有趣味。

◎ 咸阳宫铜人

秦始皇的咸阳宫里，有十二个铜铸人，每一座铜人像高都有三五尺，排列在一处座席上。铜人手里都各自拿着琴、筑、笙、竽等乐器，铜人佩带美玉，身着锦绣，就好像跟真人一样。座席之下有铜管，管口高达几尺。其中一根空管里有根手指粗的绳子。让一个人吹空管，另一个人捻动绳子，各种乐器就会同时奏鸣，和真的乐队演奏没有差别。有一张琴长六尺，琴上有十三根弦、二十六徽，都用珍宝装饰着，琴面上刻着"玙璠之乐"四个字。有一支玉笛，长二尺三寸，有二十六个孔。吹奏这支玉笛，隐隐约约能看到有车马从山林中前后相继驶出。吹奏停止也就随之消失，笛上刻着"昭华之管"四个字。

咸阳宫中有铸铜人十二枚，坐皆三五尺，列在一筵上。琴筑笙竽①，各有所执，皆组绶②花彩，俨若生人。筵下有铜管，吐口高数尺。其一管空，内有绳，大如指。使一人吹空管，一人纫③绳，则琴瑟竽筑皆作，与真乐不异。有琴长六尺，安十三弦，二十六徽④，皆七宝饰之，铭曰"玙璠⑤之乐"。玉笛长二尺

---

① 琴筑笙竽：乐器名。琴，弦乐器，用梧桐木等制成，古作五弦，周初增为七弦。筑，弦乐器，形似琴而有十三弦，执竹尺击弦发声。笙，管乐器，以十三根长短不同的竹管制成。竽，管乐器，形似笙而大。
② 组绶：佩玉所用的丝带。这里泛言衣饰。
③ 纫：捻线，搓绳。
④ 徽：系琴弦的绳。
⑤ 玙璠（yú fán）：美玉。

三寸,二十六孔,吹之则见车马出山林,隐隐相次,息亦不见,铭曰"昭华之管"。

◎月华奏箜篌

北魏高阳王元雍,他有一个叫徐月华的美人,她能够弹奏卧箜篌,演奏《明妃出塞》曲。

魏高阳王雍美人①徐月华,能弹卧箜篌②,为《明妃出塞》之声。

◎僧超吹笳

有个叫田僧超的人擅长吹笳,特别是能把《壮士歌》《项羽吟》等曲目吹奏得相当不错。崔延伯将军率军出征,每逢大敌当前,临阵之际,就让僧超吹奏《壮士歌》助阵,等到乐声响起,崔将军立即单枪匹马冲锋陷阵去了。

有田僧超,能吹笳③,为《壮士歌》《项羽吟》。将军崔延伯出师,每临敌,令僧超为《壮士》声,遂单马入阵。

◎善本弹琵琶

古时琵琶弦用鹍鸡筋制作。开元年间,段善本擅长弹

---

① 美人:嫔妃等次名称,自汉朝至明朝,宫廷皆有美人名号。
② 箜篌:弦乐器,分卧式和竖式两种。弦数少则五根,多至二十五根,用木拨弹奏。
③ 笳:汉代流行于塞北和西域的一种管乐器,类似笛子。

奏琵琶，琵琶的弦为皮弦。但贺怀智用拨片来弹奏琵琶，却不能成调。

古琵琶弦用鹍鸡①筋。开元中，段师②能弹琵琶，用皮弦。贺怀智破拨③弹之，不能成声。

◎黄钟入蕤宾

蜀地将军皇甫直特别擅长辨别音律，能够凭敲击陶器的声音知道陶器制作的年月。他还喜欢弹奏琵琶。在元和年间，他曾谱写一支曲调，乘凉时便在水边弹奏。曲子本来是黄钟调，弹奏起来的乐音却入了蕤宾调，于是换了弦，反复弹奏，发出的声音还是蕤宾调。皇甫直困惑不已，很是不乐，心想这会不会是不祥之兆呢。过了一天，他又在池边弹奏，声音还是老样子。试着到其他地方去弹，却正是黄钟调。皇甫直索性直接切换成蕤宾调，夜间又在池边弹奏，发觉近岸的地方水波荡漾，有个东西在激荡水波，就好像鱼儿在潜跃一样，当停下不弹时，水面立刻就恢复了平静。皇甫直于是召集众人，用水车排干了池水，翻遍整个池子寻找异物。几天后，终于在淤泥下一丈多深的地方，挖到了一块铁片。这块铁片原本是方响上蕤宾调的铁片。

---

① 鹍（kūn）鸡：一种像天鹅的大鸟。
② 段师：唐代僧人，名善本，俗姓段，善弹琵琶。
③ 破拨：一种弹奏琵琶的方法。

蜀将军皇甫直别音律①，击陶器能知时月。好弹琵琶。元和中，尝造一调，乘凉，临水池弹之。本黄钟②而声入蕤宾③，因更弦，再三奏之，声犹蕤宾也。直甚惑，不悦，自意为不祥。隔日，又奏于池上，声如故。试弹于他处，则黄钟也。直因切调蕤宾，夜复鸣弹于池上，觉近岸波动，有物激水如鱼跃，及下弦，则没矣。直遂集客，车水④竭池，穷池索之。数日，泥下丈余，得铁一片，乃方响⑤蕤宾铁⑥也。

◎ 王沂成曲

有一个叫王沂的人，平生本来不懂什么音乐。突然有一天，他从大白天躺下睡觉，到晚上才醒，醒来后便找来琵琶弹奏，并很快就谱成了几支曲子：一支名为《雀啅蛇》，一支名为《胡王调》，一支名为《胡瓜苑》。这些曲子都是人们以前没有听到过的，当人们听到后无不潸然泪下。他的妹妹也想要学这几支曲子，于是王沂教了她几句，可没过多久，妹妹又全忘了，从这以后王沂再也弹奏不出曲调了。

---

① 别音律：辨别音律。音律，五音六律。五音为宫、商、角、徵、羽。六律有阳律六：黄钟、太簇、姑洗、蕤宾、夷则、无射；阴律六：大吕、夹钟、中吕、林钟、南吕、应钟。合为十二律，以应十二月。
② 黄钟：十二律之首，声调最为洪大响亮。
③ 蕤（ruí）宾：六阳律第四，时应五月，故后来也作农历五月的别称。
④ 车水：用水车排水。
⑤ 方响：打击乐器名。以十六枚铁片组成，其制上圆下方，大小相同，厚薄不一，分两排，悬于一架，以小铜锤击之，其声清浊不等，为隋唐燕乐中常用的乐器。
⑥ 蕤宾铁：蕤宾调铁片。

王沂者，平生不解弦管。忽旦睡，至夜乃寤，索琵琶弦之，成数曲，一名《雀啅①蛇》，一名《胡王调》，一名《胡瓜苑》，人不识闻，听之莫不流涕。其妹请学之，乃教数声，须臾总忘，后不成曲。

◎猿臂骨笛

有人用猿猴的手臂骨制成笛子，试着吹奏，发出的声音清亮圆润，远胜于一般的丝竹乐器。

有人以猿臂骨为笛，吹之，其声清圆，胜于丝竹。

◎相琴知吉凶

琴是讲究气（气韵）的。我在很久以前认识一位道士，他能通过相琴来推断吉凶。

琴有气。尝识一道者，相琴知吉凶。

---

① 啅（zhuó）：鸟啄食。

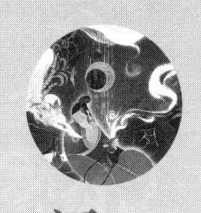

酒食

唐朝饮食

本篇内容主要记录了很多唐代酒名，诸如昆仑觞、碧筒杯、青田核等，还有很多奇珍异食、名吃等的来历、做法、吃法等。堪为研究唐代饮食文化的重要文献。

◎昆仑觞

北魏的贾琲家境特别殷实,他本人博学多才,长于著书和写文章。他有一名奴仆善于辨别水质的优劣,于是贾琲就经常让他乘着小艇到黄河中流,用葫芦瓢取河流源头之水。一天只取七八升。经过一整晚之后,等待容器中的水颜色变成深红色时,他就用它来酿酒,他给这种酒取名为昆仑觞。这种酒的芳香气味,堪称世间少有。贾琲曾拿出三十斛昆仑觞敬献给魏庄帝。

魏贾琲,家累千金,博学、善著作。有苍头①善别水,常令乘小艇于黄河中,以瓠匏接河源水。一日不过七八升。经宿,器中色赤如绛,以酿酒,名昆仑觞②。酒之芳味,世中所绝。曾以三十斛上魏庄帝。

◎碧筒杯

历城北边有一个使君林。在北魏正始年间,郑慤经常在三伏天带着他的一群宾客和幕僚来这里避暑。他先拿一张大荷叶放在砚格上,在荷叶上盛三升酒,用簪子刺穿荷叶,让叶面和叶柄杆相通,然后把叶柄杆盘曲起来,就好像大象的鼻子一样,众人互相传递着这种"酒杯"吸酒,并将"酒杯"取名为碧筒杯。历下人都仿效此法,并说这

---

① 苍头:汉代的仆役以青巾作头饰,故有苍头之称。
② 觞(shāng):酒器。这里代指酒。

样一来，酒香、莲香融为一体，冷冽胜过泉水。

历城北有使君①林。魏正始中，郑公悫三伏之际，每率宾僚避暑于此。取大莲叶，置砚格上，盛酒三升，以簪刺叶，令与柄通，屈茎上轮囷②如象鼻，传吸之，名为碧筒杯。历下③效④之，言酒味杂莲气香，冷胜于水。

◎青田核

青田桃核，大家都不知道它的树和果实的形状。桃核的体积相当于装六升的葫芦的大小。在核桃中注满水，只一会工夫水就变成了酒。这种桃核又名青田壶，那酒也叫青田酒。蜀汉后主有青田桃核两扇，每扇的桃仁的地方大约可以盛五升水。过不久后水则变成酒，酒味醉人。两扇桃核循环交替着盛水变酒，供众人宴饮。但始终无从得知这种桃核从何而来。

青田核⑤，莫知其树实之形。核大如六升瓠，注水其中，俄顷⑥水成酒。一名青田壶，亦曰青田酒。蜀后主⑦有桃核两扇，每扇着仁处，约盛水五升。良久，水成酒，味醉人。更互贮水，

---

① 使君：汉代称太守、刺史为"使君"，后来逐渐用作对州郡长官的尊称。
② 轮囷：即轮囷（qūn），屈曲盘绕的样子。
③ 历下：即历城（今济南），城在历山之下，故名。
④ 效（xiào）：仿效。
⑤ 青田核：酒名。
⑥ 俄顷：一会儿，很快。
⑦ 蜀后主：即刘备之子刘禅。

以供其宴。即不知得自何处。

◎田仓获白鳖

武溪的少数民族头领田强，他派长子田鲁据守上城，次子田玉据守中城，幼子田仓据守下城，三座城垒守备相继，相互呼应，以此来对抗王莽。在汉光武帝建武二十四年，朝廷派遣武威将军刘尚征讨他们。刘尚大军还未到，田仓当时捉到一只白鳖并做成鳖汤，竟然为此点起烽火邀请两位兄长，田鲁、田玉看到烽火便立即带兵赶来，但发现并无紧急军事。后来当刘尚大军真到了，田仓又点燃了烽火，但田鲁等人以为又是不实之情，便未赶来支援。田仓就这样孤军奋战，最后寡不敌众战死了。

武溪①夷田强，遣长子鲁居上城，次子玉居中城，小子仓居下城，三垒相次，以拒王莽。光武二十四年，遣武威将军刘尚征之。尚未至，仓获白鳖为臞，举烽请两兄，兄至，无事。及尚军来，仓举火，鲁等以为不实，仓遂战而死。

◎孝仪谈鲭鲊

梁朝刘孝仪在宴席上食用到味道鲜美的鲭鲊，不由得开始炫耀赞叹道："五侯九伯，令尽征之。"魏朝使者崔劼、李骞当时也在宴席上。崔劼便讥讽说："您的职位是中丞，不会是已经做了地方官了吧？"李骞也顺着崔劼说道：

---

① 武溪：河流名。其流域在今湖南泸溪一带。

"要真是做了地方官,中丞您步履所至,应当是到了穆陵关了。"刘孝仪接着说:"魏朝邺城的鹿尾巴,真是一道最美味的下酒菜呀!"崔劼说:"生鱼、熊掌是《孟子》提到的美味;鸡爪、猩唇《吕氏春秋》也十分推崇。鹿尾真有奇特的美味,竟名不见经传,我一直觉得很纳闷。"刘孝仪只好说:"的确如此呀,或许是古今之人喜好不同吧。"梁朝的贺季说:"青州的蟹黄,就被郑玄记载了下来。鹿尾竟然不见于记载,确实搞不清楚究竟是什么缘故。"李骞说:"郑玄也提到益州的鹿尾,只不过没有说是美味罢了。"

梁刘孝仪①食鲭鲊②,曰:"五侯九伯③,令尽征之。"魏使崔劼、李骞在坐,劼曰:"中丞之任,未应已得分陕④?"骞曰:"若然,中丞四履⑤,当至穆陵。"孝仪曰:"邺中鹿尾,乃酒肴之最。"劼曰:"生鱼熊掌,《孟子》所称;鸡跖⑥、猩唇,《吕氏》所尚⑦。鹿尾乃有奇味,竟不载书籍,每用为怪。"孝仪曰:"实自如此,或是古今好尚不同。"梁贺季⑧曰:"青州⑨蟹黄,乃为郑

---

① 刘孝仪:即为刘潜,彭城(今江苏徐州)人。
② 鲭鲊(zhēng zhǎ):即五侯鲊,一种美味佳肴。
③ 五侯九伯:五侯,公、侯、伯、子、男五等诸侯。九伯,九州之伯。
④ 分陕:周公、召公分陕而治。
⑤ 四履:四至。
⑥ 鸡跖(zhí):鸡爪。
⑦ 尚:推崇。
⑧ 贺季:南朝梁臣,贺场次子。历任尚书祠部郎兼中书通事舍人,累迁步兵校尉,中书黄门郎。
⑨ 青州:古为九州之一。后为历代州府名。

氏①所记。此物不书，未解所以。"謇曰："郑亦称益州②鹿尾，但未是'珍'味。"

◎ 何胤侈于味

何胤过于嗜好美味，他每次用餐必然要用一丈见方这么大地方的丰盛美食，极尽其奢华。后来想稍微减少奢侈和铺张浪费，但还是会食用白鱼、鲊腊、糖蟹，并让门人来进行品评。学士钟岏评论道："鳝鱼制成肉干时，立即万般痛苦地屈伸，而螃蟹置于糖中，躁动挣扎更甚。作为一个有仁人之心的仁者，难免深怀悲悯。至于车螯、牡蛎这类动物，它们没有眉眼，自惭和浑沌一样命薄；它们嘴唇紧闭，并非如金人般三缄其口。它们不荣不枯，不如草木；无香无臭，跟瓦砾又有什么分别？所以它们应该置于厨房，一直成为人们的口食之物。"

何胤③侈于味，食必方丈④，后稍欲去其甚者，犹食白鱼、鲊腊⑤、糖蟹⑥，使门人议之。学生钟岏⑦议曰："鲊之就腊，骤于

---

① 郑氏：郑玄，东汉经学家，遍注群经。
② 益州：今成都。
③ 何胤：字子季，庐江灊（今安徽霍山）人。起家秘书郎，历官太子中庶子、国子祭酒、侍中。
④ 食必方丈：极言佳肴之盛，食物铺开占有一丈见方之地。
⑤ 鲊（shàn）腊：鳝鱼干。鲊，通"鳝"。腊，肉干。
⑥ 糖蟹：以糖腌藏的蟹。
⑦ 钟岏：字长岳，荥川长社（今河南许昌）人。钟嵘之弟。

屈伸，而蟹之将糖，躁扰弥甚。仁人用意，深怀如怛①。至于车螯②、母蛎③，眉目内阙，惭浑沌④之奇⑤；唇吻外缄，非金人之慎；不荣不悴，曾草木之不若；无馨无臭，与瓦砾而何异？故宜长充庖厨，永为口实。"

◎韦琳《鲰表》

后梁的韦琳原来是京兆人，后来他家南迁到了襄阳。在天保年间他的官职升到了中书舍人。他读书广博，相当有才华，平日里比较喜欢高谈阔论。他曾写过《鲰表》来讽刺时人。全文是："臣鲰鱼启奏皇上：'臣接到委任诏书，被任命作糁熬将军、油蒸校尉，臛州刺史，我依然还是像以前一样即便是被变成肉干也依然如故我。臣恭谨受诏，含灰屏气，靠近蒸笼铜鼎，心里战战兢兢。臣之鲜美不如夏鳣，味道不如冬鲤，故常常担心受到河豚腹毒之讥诮、井蛙嘲鳖之讥讽，因此只配饮湖底之水，枕在石头污泥之中。谁曾想皇恩浩荡恩赏极宏，幸蒙选拔，于是得以高升华席之上，羞愧地稳坐在玉盘之中。侧身上了盛筵，还劳驾象箸，深恩厚泽，加于背腹。正合姜椒苏榄，各种调味佐料，大显身手，一齐上阵。勺子才刚翻动，菜盘就纷纷

---

① 怛（dá）：悲悯。
② 车螯：一种蛤类。俗称昌娥蜃，壳紫色，璀璨如玉，有斑点，自古即为海味珍品。
③ 母蛎：即牡蛎。
④ 浑沌：传说中的中央之帝，浑然一体，身无七窍。
⑤ 奇（jī）：命运不好。

而来；浓汁淋浇完毕，美肴杂然陈列。徜徉在绿色调料之中，逍遥于皓齿红唇之内，感念含在口中之恩及反复咀嚼之德，让臣纵然九死而不辞。臣今不胜惶恐，小心翼翼来到铜鼎门前，谨呈奏表，上达天听。'皇帝批诏复曰：'细阅奏表，所言尽知。卿为池沼搢绅，池塘俊杰，穿行于蒲荇水草之间，肥美鲜滑早有所耳闻，的确该担当此任命，无须再行谢恩。'"

后梁①韦琳，京兆人，南迁于襄阳。天保中，为舍人，涉猎有才藻，善剧谈。尝为《鲍表》，以讥刺时人。其词曰："臣鲍言：'伏见除书，以臣为糁②熬将军、油蒸校尉，臛州刺史，脯腊如故。肃承将命，含灰屏息，凭笼临鼎，载兢载惕③。臣美愧夏鱣④，味惭冬鲤，常怀鲐⑤腹之诮，每惧鳖岩之讥，是以嗽⑥流湖底，枕石泥中。不意高赏殊私，曲蒙钩拔，遂得超升绮席，忝预

---

① 后梁：承圣三年（554），梁元帝崩，梁亡。岳阳王（萧詧）降魏，受封梁王。次年，立为梁帝，都江陵（今湖北荆州）。广运二年（587）复亡于隋。史称"后梁"。
② 糁（sǎn）：用米和羹。
③ 载兢载惕：战战兢兢。载，又。
④ 鱣（zhān）：鲟一类的鱼。
⑤ 鲐（tái）：河豚的别名。河豚腹肥美而有毒。
⑥ 嗽（shuò）流：吸水。

玉盘。远厕①玳筵②，猥颁象箸，泽③覃④紫腴⑤，恩加黄腹。方当鸣姜动椒，纡苏佩樘⑥。轻瓢才动，则枢盘⑦如烟；浓汁暂停，则兰肴⑧成列。宛转绿齑⑨之中，逍遥朱唇之内，衔恩噬⑩泽，九殒⑪弗辞。不任屏营⑫之诚，谨到铜铛⑬门，奉表以闻。'诏答曰：'省表具知。卿池沼搢绅⑭，陂池俊乂⑮，穿蒲⑯入荇⑰，肥滑有闻，允堪兹选，无劳谢也。'"

◎三群之虫

伊尹拜谒商汤，对商汤讲天子才配备享用三类动物，说生活在水里的水族有腥味，肉食动物有臊味，草食动物有膻味。

---

① 厕：跻身。
② 玳（dài）筵：盛宴。
③ 泽：恩泽。
④ 覃（tán）：深。
⑤ 紫腴：鳝肉，颜色类紫。
⑥ 苏、樘（dǎng）：均为调料。
⑦ 枢（ōu）盘：盛菜肴的木盘。枢，木名，即刺榆。
⑧ 兰肴：美肴。
⑨ 绿齑（jī）：捣碎的姜、蒜、韭菜等调料。
⑩ 噬（shì）：咬。
⑪ 殒：死。
⑫ 屏营：惶恐。汉魏以下，上表时的惯用语。
⑬ 铛（chēng）：鼎。
⑭ 搢（jìn）绅：把笏板插在腰间绅带上。引申指士大夫。
⑮ 俊乂（yì）：俊杰。
⑯ 蒲：多年生草本植物，长在池沼中。
⑰ 荇（xìng）：多年生草本植物，根生水底，叶浮水面。

伊尹干汤①，言天子可具三群之虫，谓水居者腥，肉攫者臊，草食者膻也。

◎五味三材

五味② 三材③ 九沸 九变 三臡④ 七菹⑤ 具酸 楚酪 芍药之酱 秋黄之苏 楚苗 山肤大苦 挫槽

◎味感适中

味甜但不过于甜，味酸而不浓烈不强烈，味咸但不能太过，味辛而不刺激，味淡但不过于口寡，肥而不于腻。

甘而不喛⑥，酸而不嚛⑦，咸而不减⑧，辛而不耀，淡而不薄，肥而不腴⑨。

---

① 伊尹干汤：伊尹谒见商汤。伊尹，商汤之臣。干，干谒。汤，又称天乙、成汤，是商朝的建立者。
② 五味：咸、苦、酸、辛、甘。
③ 三材：即水、木、火。
④ 臡（ní）：带骨的肉酱。
⑤ 菹（zū）：肉酱。
⑥ 喛（yuàn）：甘甜过度。
⑦ 嚛（hù）：味道过于浓烈。
⑧ 减：通"碱"。咸得苦。
⑨ 腴：腹下的肥肉。此谓肥而过度。

◎物盛料足

猩唇 獾炙 鷫①翠② 挏䐶③ 糜腱④ 述荡⑤之掔⑥ 旄⑦象之约⑧ 桂蠹⑨ 石鲼⑩ 河隈⑪之苏 巩洛之鳟 洞庭之鲋 灌水之鳐⑫ 珠翠之珍 菜黄之鲐 胹⑬鳖 炮⑭羔 騰凫 蝡臑 御宿⑮青粲 瓜州红菱 冀野之梁⑯ 芳菰⑰ 精稗⑱ 会稽之菰 不周之稻⑲ 玄山之禾 杨山之穄⑳ 南海之

---

① 鷫：鸟名。或说同"燕"。
② 翠：鸟尾上的肉。
③ 挏（chōng）䐶：肥牛肉。
④ 糜腱：熟烂的牛腱。
⑤ 述荡：兽名。
⑥ 掔（wàn）：通"腕"。
⑦ 旄：旄牛。
⑧ 约：肉味美。
⑨ 桂蠹：桂树中的蠹虫，以蜜浸之而食。
⑩ 鲼（fù）：鲍鱼。
⑪ 河隈（wēi）：河湾。
⑫ 鳐（yáo）：鱼名。
⑬ 胹（ér）：通"胹"。煮，煮烂。
⑭ 炮：烤炙。
⑮ 御宿：其地在今陕西西安。
⑯ 梁：粟的优良品种。
⑰ 菰（gū）：嫩茎称茭白，果实称菰米、雕胡米。
⑱ 稗（bài）：稗草，如稻，亦有米可食。
⑲ 不周：即不周山。
⑳ 穄（jì）：一年生草本植物，也称"糜子"。

秬① 寿木②之华③ 玄木④之叶 梦泽⑤之芹 具区⑥之菁 杨朴⑦之姜 招摇之桂 越骆⑧之菌 长泽⑨之卵 三危⑩之露 昆仑之井 黄颔⑪臅 醒酒鲭⑫ 餶飿 饦馄⑬ 粔籹⑭ 寒具⑮ 小蛳⑯ 熟蚬⑰ 炙䊀⑱ 蛆子 蟹蝮 葫精 细乌贼 细飘⑲ 梨酓⑳ 鲎㉑酱 干栗 曲阿酒 麻酒 栚㉒酒 新鳅㉓子 石

----

① 秬（jù）：黑黍。
② 寿木：树名。传说在昆仑山上。
③ 华：通"花"。
④ 玄木：树名。据说其叶可食，食而成仙。
⑤ 梦泽：云梦湖，在今江汉平原一带，古时此湖范围极广。
⑥ 具区：湖泽名。在吴越之间。
⑦ 杨朴：地名。在蜀地。
⑧ 越骆：国名。
⑨ 长泽：大泽名。在西方。
⑩ 三危：山名。
⑪ 黄颔：蛇名。
⑫ 鲭：肉羹。
⑬ 饦馄（zhāng huáng）：馓子之类的面食品。
⑭ 粔籹（jù nǔ）：油炸食品，类似今天的麻花。
⑮ 寒具：馓子。
⑯ 蛳：螺蛳。
⑰ 蚬（xiǎn）：软体动物，似蛤而小。
⑱ 䊀（cí）：通"糍"。糍粑。
⑲ 细飘：一作"鱼鳔"，即鱼泡。
⑳ 酓（yǎn）：酒名。
㉑ 鲎（hòu）：动物名。其形如龟，雌负雄而行。
㉒ 栚（zhèn）：木名。汁可做酒。
㉓ 鳅（qiū）：通"鳅"。

耳　蒲叶菘①　西桮②　竹根粟　菰首　鲚子鮈③　熊蒸　麻胡麦　藏荔支　绿菾笋　紫蕾④　千里莼⑤　鲙曰万丈、蚊足、红綷⑥　精细曰万凿、百炼、蝇首⑦、如蛆

　　张掖⑧九蒸豉　一丈三节蔗　一岁二花梨　行米　丈松窠鳅　蚶酱　苏膏　糖颊蜄子⑨　新乌蜔⑩　缥酿法⑪　乐浪酒法　二月二日法酒　酱酿法　绿酃⑫法　猪骸羹　白羹　麻羹　鸽脮　隔冒法　肚铜法　大貊⑬炙　蜀梼⑭炙　路时腊　棋腊　攫天腊　细面法　飞面法　薄演法　笼上牢丸⑮　汤中牢丸⑯　樱桃䭔⑰　蝎饼⑱　阿韩特饼　凡当饼　兜猪肉　悬熟　杏炙　蛙炙　脂血　大扁饧⑲　马鞍饧　黄丑　白丑　白龙舍　黄

---

① 菘（sōng）：大白菜。
② 桮（bēi）：柿子。
③ 鲚子鮈（jū）：鱼名。
④ 紫蕾（gé）：植物名。即紫葛。
⑤ 莼（chún）：莼菜。
⑥ 鲙曰万丈、蚊足、红綷（cuì）：这里是说鲙的别称。万丈，语本吴均《食移》。蚊足，用来描绘鲙之细。綷，彩色相杂。
⑦ 蝇首：极言精细。
⑧ 张掖：地名。今属甘肃。
⑨ 蜄（jìn）：蛤类。
⑩ 乌蜔（zei）：即乌贼。
⑪ 缥酿法：酿酒之法。
⑫ 绿酃（líng）：酒名。
⑬ 貊（mò）：兽名。
⑭ 梼（táo）：兽名。
⑮ 笼上牢丸：蒸饼，一说为包子。
⑯ 汤中牢丸：汤饼。
⑰ 䭔（duī）：饼类。
⑱ 蝎（xiē）饼：截饼。
⑲ 饧（xíng）：用麦芽之类熬制的糖稀。

龙舍　荆飦　竿炙　羌煮　疏饼　饆饠饼

饼谓之飥①，或谓之馄饨。饴②谓之䭅。饱餯谓之䭃③。餋、䭅、䭆、䭇、叽，食也。

䭈、䏙、䐜、胀、膰，肉也。膆④、膈⑤，膜⑤也。

䐁⑥、膹⑦、䐝⑧，臛也。

粩、糈⑨、䉮⑩、䊈⑪，馓⑫也。

䬪⑬、餈⑭、䬳、䉈、䭀⑮，饵⑯也。

醦⑰、酽⑱、酮、酽⑲，醋也。

酪、酨⑳、醇㉑，浆也。

---

① 飥：早先制饼，工具未备，皆以手掌托而烹之，故名。
② 饴：糖稀。
③ 䭃（yuàn）：吃饱。
④ 膆（xì）、膈（ruò）：都是肉膜。
⑤ 膜：肉膜。
⑥ 䐁（juǎn）：汁少的羹。
⑦ 膹（fèn）：肉羹。
⑧ 䐝（sǔn）：把切了的熟肉放在血中拌成肉羹。
⑨ 糈：音xǔ。
⑩ 䉮：音fú。
⑪ 䊈：音liú。
⑫ 馓（sǎn）：和面扭成环形长条的油炸食品，今之馓子形如栅状。
⑬ 䬪：音yì。
⑭ 餈：音cí。
⑮ 䭀：音yuán。
⑯ 饵：糕饼。
⑰ 醦：音chěn。
⑱ 酽：音yàn。
⑲ 酽：音xuè。
⑳ 酨：音zài。
㉑ 醇（liáng）：冷粥。

䴛①、䰈②、䴅③、䴥④，盐也。
醯⑤、醢⑥、醝⑦、醯⑧、瞀⑨，酱也。

◎美味制法

折粟米法：取去过壳的粟米一石，加入粟奴五斗一起舂。粟奴可以让米变得更有香味。

乳煮羊肉干法：加槟榔、詹阔各一寸，长一寸半。胡饭皮。

鲤鲫鲜法：用佐料腌好以后，按顺序用竹条串起鱼头，悬挂到太阳底下，并在鱼腹部位做上记号。

折粟米法⑩：取简胜粟⑪一石，加粟奴⑫五斗舂⑬之。粟奴能令馨香。

乳煮羊胯利⑭法：槟榔詹阔一寸，长一寸半。胡饭皮。

---

① 䴛（xiào）：煎盐。
② 䰈（còu）：南方名盐。
③ 䴅：音huái。
④ 䴥（biàn）：蜀人对盐的叫法。
⑤ 醯：音mì。
⑥ 醢：音jí。
⑦ 醝：音tú。
⑧ 醯（chuài）：南方人对酱的叫法。
⑨ 瞀：音mú。
⑩ 折粟米法：即淘米法。折，耗折，去粗留精。
⑪ 简胜粟：或即脱壳之粟米。
⑫ 粟奴：粟苗成穗时生有黑霉者。
⑬ 舂：将谷类等物放在石臼里捣去皮壳。
⑭ 羊胯利：即前文"羊窟利"，羊肉干。

鲤鲋鲊法：次第以竹枝贯①头，置日中，书复②为记。

◎赍字五色饼法

赍字五色饼法：先雕刻木板成莲花图形的模具，再借助模具上鸟兽图形按压而成。盒子里累积五种颜色的糖片，竖放作为格子，称之为饭竹。将颜料累积放到一个盒子里，颜料都是用蜜糖调拌而成。具体做法有：起粄法、汤胘法、沙棋法、甘口法。

赍字五色饼法：刻木莲花，藉禽兽形，按成之。合中累积五色，竖作道，名为斗钉③。色作一合者，皆糖蜜副。起粄法、汤胘④法、沙棋法、甘口法。

◎蔓菁藾菹法

蔓菁藾菹法：把经历过下霜天气之后的蔓菁，连柄带根一起挖起来，切成骰子的形状。

蔓菁⑤藾⑥菹⑦法：饱霜柄者，合眼掘取，作樗蒲⑧形。

---

① 贯(jī)：带。这里是串起的意思。
② 复：通"腹"。
③ 斗钉：饭竹。盘碟中堆垒的食品。
④ 胘(xián)：牛胃。
⑤ 蔓菁：菜名。一年或二年生草本植物。
⑥ 藾(lài)：艾蒿。
⑦ 菹(zū)：腌菜。
⑧ 樗(chū)蒲：这里指骰子。

◎ 美食制作

蒸饼法：用一升大例面、三盒炼猪油。

梨㳰法。腇肉法。脺肉法。瀹鲇法。

烹制牛犊头，要去掉月骨，此月骨位置在舌根接近喉部处，在这个地方有一根像月芽似的的骨头。

木耳鲙。

汉瓜菹，用骨刀切。

豆牙菹。

肺饼法。

覆肝法，起起肝就好比起鱼肉酱一样。

制作腌制类食物，都要把汁水榨干。

蒸饼法：用大例面一升，练猪膏三合。

梨㳰法①。腇②肉法。脺③肉法。瀹④鲇⑤法。

治犊头，去月骨，舌本近喉，有骨如月。

木耳鲙。

汉瓜菹，切用骨刀。

豆牙菹。

肺饼法。

---

① 㳰（lǎn）：用盐浸。
② 腇（ào）：藏肉。
③ 脺（zǐ）：腌肉。
④ 瀹（yuè）：煮。
⑤ 鲇（nián）：鲇鱼。

覆肝法，起起肝如起鱼菹。

菹族并乙去①汁。

◎鲙鱼另吃法

又有一种吃鲙鱼的方法：取一尺长的鲤鱼，八寸长的鲫鱼，刮去沾有泥的鳞甲。鲫员天肉在鱼鳃之后鱼鳍之前。用鱼腹肉或鱼脑擦拭刀具，都能让切的鱼片丝毫不粘在刀上。

又鲙法：鲤一尺，鲫八寸，去排泥之羽②。鲫员天肉腮后鬐③前。用腹腴拭刀，亦用鱼脑，皆能令鲙缕不着刀。

◎鱼肉冻脀

鱼肉冻脀的方法：做渌肉酸脀时用鲫鱼、白鲤、鲂鱼、河豚、桂鱼、鲅鱼，煮驴肉和马肉时用它们来垫底子，像这样做出来的驴肉香气会更浓烈。驴字的读音是鲈贮反。

烤肉，第一选鳊鱼，第二选白鱼。要去除先前的异味。

鱼肉冻脀法④：渌肉酸脀，用鲫鱼、白鲤、鲂、鯸、鳜、鲅，

---

① 乙去：压榨出。
② 羽：鱼鳞。
③ 鬐（qí）：鱼脊鳍。
④ 脀（zhēng）：煎煮鱼肉。

煮驴马肉用助底,郁驴肉。驴作鲈贮反①。

炙肉,鯿②鱼第一,白其次。已③前日味。

◎贵族美食

现如今贵族家的美食有:萧家馄饨,先把煮馄饨的汤过滤一遍,此汤可用于泡茶。庾家粽子,晶莹如玉。韩约善于做樱桃馅儿的点心,且馅料做好后不会变色;他还可以制作凉粉、绘醴鱼、臆连蒸诈獐獐皮、切面。将军曲良翰他擅长做驴鬃肉、驼峰烤肉。

今衣冠家名食有:萧家馄饨,漉④去汤肥,可以瀹茗。庾家粽子,白莹如玉。韩约能作樱桃饆饠⑤,其色不变;又能造冷胡突、鲙醴鱼、臆连蒸诈獐獐皮、索饼⑥。将军曲良翰能为驴鬃⑦、驼峰炙。

◎物无不堪吃

在贞元年间,有位将军家中常常能做出各种饭菜,他常说每一种食物都能够做得比较好吃,关键在于烹饪时的

---

① 反:反切。注音法。用两个汉字拼成一音,前字取声母,后字取韵母及声调。
② 鯿(biān):通"鳊"。鳊鱼。
③ 已:去除。
④ 漉(lù):过滤。
⑤ 饆饠(biluó):又作"毕罗",抓饭。
⑥ 索饼:切面。
⑦ 鬃(zōng):这里指驴鬃部位的肉。

火候以及善于调和五味。他曾拿残破的障泥、胡禄等一般人不爱吃的东西，在清理干净后烹制出来，味道都特别好。

贞元中，有一将军家出饭食，每说物无不堪吃，唯在火候、善均五味，尝取败障泥①、胡禄②，修理食之，其味极佳。

◎敕使养樱桃

道士陈景思说：在敕使斋戒日昇种樱桃，到五月间樱桃成熟时，樱桃皮是皱巴巴的（看起来不好看），但个头如大柿子一般大小，挂在枝头也会不自然掉落，可味道却比普通樱桃要好很多倍，人们都不清楚这是用什么方法栽培出来的。

道流陈景思说，敕使③齐日昇养樱桃，至五月中，皮皱如鸿柿不落，其味数倍，人不测其法。

---

① 障泥：马鞍的垫子，遮挡泥土。
② 胡禄：盛装箭矢的器具，和弓一起带在右腰。
③ 敕使：皇帝的使者。齐日，斋戒日。"齐"，通"斋"。

医

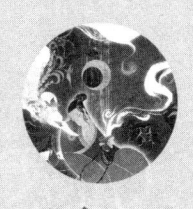

神医和神药

本篇内容涉及名医奇术及其传闻，另有关于『畔茶佉水』的记录，这是世界上最早关于无机酸的记载了。①

---

① 李约瑟《中国科学技术史》。

◎卢医扁鹊

在卢城东边有一座扁鹊的坟。北魏时期,行医的人会经常准备好酒肉祭祀他。他就是当时人称的卢医。

卢城之东,有扁鹊冢。云魏时,针药之士以卮①腊②祷之。所谓卢医③也。

◎以针贯发

魏时有高句丽人善于用针。他们拿一寸长的头发,剪成十多段,再用针把这十多段头发串连起来,他说头发的中间是空心的。其技竟如此奇妙。

魏时,有句骊④客善用针。取寸发,斩为十余段,以针贯取之,言发中虚也。其妙如此。

◎术士那罗迩娑婆

王玄策俘虏了中天竺国王阿罗那顺后回到长安,同时还俘虏了术士那罗迩娑婆,据说这个术士已经有两百岁了。太宗对其感到很惊奇,就让那罗迩娑婆住在金飚门的客馆里,专门制造延年益寿的药,又诏令兵部尚书崔敦礼主管

---

① 卮(zhī):酒杯。这里指酒。
② 腊(xī):干肉。
③ 卢医:即扁鹊。后用卢医泛指良医。
④ 句骊:即高句丽。

这件事。那罗迩娑婆说婆罗门国有种药名叫畔茶佉水，源自于大山中的石臼中。这种药水有七种颜色，或热或冷，能够溶化草木、金属。人手伸进去则会腐烂。如果想要取这种水，先用骆驼头骨沉在石臼里，然后再舀起药水倒进葫芦里。每当石臼里有了这种药水，旁边就会有一尊人形石柱守护着它。如果山里的人一旦泄密说出了这种药水，人立刻就会死掉。又有一种药名为咀赖罗，出自高山石崖下面，那里的山坳里有石穴，石穴前有一种树，长得像桑树，石穴里有大毒蛇守着这种树。想要取药，就用大方箭射树的枝叶，这里的树叶下面有乌鸦，乌鸦会立即衔着掉下的树叶飞走，这时再数箭齐发去射那只乌鸦而获取树叶。那罗迩娑婆后来客死在长安。

  王玄策俘中天竺王阿罗那顺以诣阙①，兼得术士那罗迩娑婆，言寿二百岁。太宗奇之，馆于金飚门内，造延年药，令兵部尚书崔敦礼监主之。言婆罗门国②有药名畔茶佉③水，出大山中石臼内。有七种色，或热或冷，能消草木金铁，人手入则消烂。若欲取水，以骆驼髑髅④沉于石臼，取水转注瓠芦⑤中。每有此水，则有石柱似人形守之。若彼山人传道此水者则死。又有药名咀赖罗，在高山石崖下。山腹中，有石孔，孔前有树，状如桑树，孔

---

① 诣阙：到京城。
② 婆罗门国：即古印度。婆罗门，梵语音译，为古印度四大种姓之最高等级。
③ 畔茶佉（qū）水：今天认为是一种无机酸。
④ 髑（dú）髅：头骨，即骷髅。
⑤ 瓠芦：葫芦。

中有大毒蛇守之。取以大方箭射枝叶，叶下便有乌，乌衔之飞去，则众箭射乌而取其叶也。后死于长安。

◎道士王彦伯

荆州有一个叫王彦伯的道士，此人天生擅长医术，特别善于诊脉。他还能断定人的寿命生死，从无差错。裴胄尚书的儿子突然得了病，请来的医生诊断后都束手无策。有人向裴尚书推荐了王彦伯，于是他赶紧吩咐下人去请王彦伯来。王彦伯给裴尚书的儿子把了很久的脉，说："根本没啥毛病。"只熬了几味散药，病人喝下去后立刻就见好了。裴尚书向他详细打探究竟是什么情况，王彦伯说："这是中了无鳃鲤鱼的毒。"这孩子就是吃了这种鱼肉得的病。裴胄刚开始并不相信，就又煮了无鳃鲤鱼让仆从食用，结果症状和自己儿子完全相同，裴胄这才惊诧于王彦伯医术的神奇。

荆人道士王彦伯，天性善医，尤别脉，断人生死寿夭，百不差一。裴胄尚书子，忽暴中病，众医拱手①。或说彦伯，遽迎使视。脉之良久，曰："都无疾。"乃煮散数味，入口而愈。裴问其状，彦伯曰："中无腮鲤鱼毒也。"其子因鲙得病。裴初不信，乃脍鲤鱼无腮者，令左右食之，其候②悉同，始大惊异焉。

---

① 拱手：手收拢起来，形容没有办法。
② 候：症状。

◎ 名医张方福

还在柳芳担任右司郎中的时候，儿子柳登病重。当时的名医张方福刚升任泗州刺史，他和柳芳是故交，柳芳前往道贺，并对他说："我的儿子现在病重了，眼下就指望老朋友去诊断一下了。"出人意料的是，第二天一大早，张方福就到了柳家，柳芳赶紧带他去给儿子瞧病。张方福远远就看见了柳登的头顶，说："有这样的顶骨，还担心什么呢！"于是切脉片刻，又说："很好，寿命要超过八十岁。"于是写了几十字的药方留下了，并对柳登说："你不吃这些药也没关系。"柳登后来做了右庶子，活到九十岁才去世。

柳芳为郎中，子登疾重。时名医张方福初除泗州，与芳故旧，芳贺之，且言："子病，唯恃故人一顾也。"张诘旦候芳，芳遽引视登。遥见登顶，曰："有此顶骨，何忧也！"因按脉五息[①]，复曰："不错，寿且逾八十。"乃留方数十字，谓登曰："不服此亦得。"登后为庶子[②]，年至九十而卒。

---

① 按脉五息：息，呼吸。中医切脉以呼吸为准则，故脉搏也称"脉息"。五息，指切脉的时间。
② 庶子：职官名。唐时有左、右庶子，掌东宫左、右春坊诸事。

黥

文身简史

「黥」，是古代一种肉刑，也是酷刑之一。即在犯人脸上、额上刺字，然后用黑墨浸染作为记号，后来也施于士兵，以防逃跑；黥还有另一层含义，是指在脸上、身上涂抹，用以修饰（文身）等。本篇共二十六条，最后一条相当于后记。段氏求学之态度值得效仿。

◎ 元赏治恶

长安街上的小混混大都是剃光头、文身，身上刺有各种事物形状的图案。他们倚仗军阀的势力，挥拳打人，拦路抢劫，甚至有的在酒家拿着蛇捣乱，还有的拿着羊的肩胛骨打人。当时的京兆尹薛元赏，刚上任三天，就命令里长暗中逮捕了大约三十多人，并一律杖杀，将其尸体摆放在闹市示众。街市上，原来身上有刺青的，都想法子把文身烧掉了。当时大宁坊有个叫张幹的大力士，他在左臂上刺着"生不怕京兆尹"，右臂上刺着"死不畏阎罗王"。还有个王力奴用五千钱请工匠在胸腹上刺绘山岭、亭院、池塘、水榭、草木、鸟兽等图案，无所不有，图案着色也很精致，就像用细笔勾绘出来的。薛公也把他们全都杖杀了。

还有强盗赵武建，全身刺了一百六十处外国的图案、盘旋的喜鹊等，左右胳膊上分别刺的是："野鸭滩头宿，朝朝被鹘梢。忽惊飞入水，留命到今朝。"

在高陵县也捉到一个文身的人，其人名叫宋元素，全身刺了七十一处，左臂刺的是："昔日以前家未贫，苦将钱物结交亲。如今失路寻知己，行尽关山无一人。"右臂上刺一葫芦，葫芦口上刺了一个人头，这颗人头像就跟木偶戏中的郭公面相差不多。县吏搞不清楚这是咋回事，就问他，宋元素回答说刺的是葫芦精。

上都①街肆恶少，率髡②而肤劄③，备众物形状。恃诸军，张拳强劫，至有以蛇集酒家，捉羊胛击人者。今京兆薛公元赏，上三日，令里长潜捕约三十余人，悉杖杀，尸于市。市人有点青④者，皆灸灭之。时大宁坊力者张幹，劄左膊曰"生不怕京兆尹"，右膊曰"死不畏阎罗王"。又有王力奴以钱五千召劄工，可胸腹为山、亭院、池榭、草木、鸟兽，无不悉具，细若设色⑤。公悉杖杀之。

又贼赵武建，劄一百六十处番印、盘鹊等，左右膊刺言："野鸭滩头宿，朝朝被鹘梢。忽惊飞入水，留命到今朝。"

又高陵县捉得镂身者宋元素，刺七十一处，左臂曰："昔日以前家未贫，苦将钱物结交亲。如今失路寻知己，行尽关山无一人。"右臂上刺葫芦，上出人首，如傀儡戏⑥郭公者。县吏不解，问之，言葫芦精也。

◎杖责天王像

李夷简元和末年时在成都做官。成都人赵高好打架，进监狱就跟回自家门一样，他满背刺着毗沙门天王像。当狱吏要用杖责打他背部时，看见他背上的天王像就只好作罢。于是他凭借这个文身，成了成都城里的祸害。左右侍

---

① 上都：指长安。
② 髡（kūn）：剃光头发。
③ 肤劄（zhā）：文身。
④ 点青：文身方法之一。用针在身上刺各种字或图形，然后补上青色。
⑤ 设色：着色。
⑥ 傀儡戏：木偶戏。

从把这件事告诉了李夷简。李夷简听后勃然大怒，立即把赵高拘捕到官厅前，找来新近制成的筋竹棒，棒头有三寸粗，喝命差役道："把他的天王文身打干净才算了事！"一连打了三十多杖还不叫停。过了十天，赵高半裸着上身，挨家挨户地叫苦哭泣，乞讨修理天王像的功德钱。

　　李夷简，元和末在蜀。蜀市人赵高好斗，常入狱，满背镂毗沙门①天王。吏欲杖背，见之辄止。恃此，转为坊市患害。左右言于李，李大怒，擒就厅前，索新造筋棒②，头径三寸，叱杖子："打天王尽则已！"数三十余，不绝。经旬日，袒衣而历门叫呼，乞修理功德钱。

◎挽镜寒鸦集

　　西蜀小将韦少卿，他是韦表微的堂兄。少卿年少时不怎么爱读书，却嗜好刺青。他的小叔父曾让他解开衣服来让他看看，小叔父看到他胸前刺着一棵树，树上聚集了数十只鸟，树下悬着一面镜子，镜鼻系一根绳子，有一人站在旁边牵着这根绳子。他的小叔父表示不解，故问其用意何在。少卿笑着解释说："看来，叔父未曾读过张燕公的诗啊。我这刺的是'挽镜寒鸦集'呀。"

---

① 毗（pí）沙门：梵语音译，意为多闻，佛教四大天王之北方天王，居于须弥山北水精山。
② 筋棒：筋竹棒。筋，筋竹。

蜀小将韦少卿，韦表微堂兄也。少不喜书，嗜好劄青。其季父①尝令解衣视之，胸上刺一树，树杪集鸟数十，其下悬镜，镜鼻系索，有人止于侧牵之。叔不解，问焉。少卿笑曰："叔不曾读张燕公诗否？'挽镜寒鸦集②'耳。"

◎白舍人行诗图

荆州街卒葛清，其人甚是刚强勇猛不怕针刺，从脖子往下，全身刺满了白居易的诗。我曾经和荆州人陈至把他叫来观看了他的文身。让他自己脱下衣服，背上刻的诗他也能默诵出来。反手指出所刺的位置，到"不是此花偏爱菊"处，则有一人端着酒杯站在菊花丛中的图案；又到"黄夹缬林寒有叶"，便指着一棵树，只见树上挂着彩带，彩带的界格花纹都织得很细致。他全身总共刺了三十多首诗，正可谓体无完肤了。陈至把他的刺青叫作"白舍人行诗图"。

荆州街子葛清，勇不肤扰，自颈以下，遍刺白居易舍人诗。成式尝与荆客陈至，呼观之，令其自解，背上亦能暗记。反手指其劄处，至"不是此花偏爱菊"，则有一人持杯临菊丛；又"黄

---

① 季父：叔父。季，兄弟中排行最小的。古人以伯（孟）、仲、叔、季为序。
② 挽镜寒鸦集：张说诗《岳州晚景》："晚景寒鸦集，秋风旅雁归。"韦少卿不喜读书，误把"晚景"当作"挽镜"，文身时闹出笑话。

夹缬①林寒有叶"，则指一树，树上挂缬，缬窠②锁③胜④绝细。凡刻三十余首，体无完肤。陈至呼为"白舍人行诗图"也。

◎路神通背刺天王

我的手下有个赶车的仆从，他名叫路神通，每次军中比武，他都能头顶石笠，并且脚上还拖着六百斤重的石头，咬碎几十颗小石子。他的背上刺有天王像，自己炫耀说进校场时会有神力相助，他的力气确实也变得更大起来。每到初一和十五，备好乳酪，焚上香，袒露身子，让妻子儿女供奉他背上的天王，向天王像顶礼膜拜。

成式门下⑤驺路神通，每军较力，能戴石簦⑥，靸⑦六百斤石，啮破石栗数十。背刺天王，自言得神力，入场神助之则力生。常至朔⑧望⑨日，具乳糜⑩，焚香袒坐，使妻儿供养其背而拜焉。

◎崔承宠刺蛇

崔承宠年轻时曾参过军，他擅长骑驴击球，挑逗对手

---

① 缬：印花的丝织品。此指彩结。
② 窠（kē）：绫锦之类，为界格花纹者，名窠。
③ 锁：缝纫。
④ 胜："縢（téng）"之形误，线绳。
⑤ 门下：门庭之下，指自己的弟子或仆从。
⑥ 簦（dēng）：有柄的笠，类似今天的伞。
⑦ 靸（sǎ）：拖着鞋走。
⑧ 朔：阴历每月初一。
⑨ 望：阴历每月十五。
⑩ 乳糜（mí）：乳酪。

时身形轻便灵活，他的毬杖就像粘着球一样，球跟着他就好比如影随行一般。后来他做了黔南观察使。他年少时在全身刺了一条蛇，从右手开始，蛇口大张在拇指和食指之间，缠绕手腕并围着脖子一圈。腹部也文满蛇鳞，长长的尾巴一直拖到小腿。面对宾客同事的时候，他经常用衣袖遮着手，但是当他酒喝多了时就会暴露，主动伸出手臂，叉开双手，抓住优伶，说："蛇咬你们。"优伶们就故意大叫，装着被蛇咬着了，并且装出痛苦的样子，以此来游戏取乐。

崔承宠少从军，善驴鞠①，逗脱②杖捷如胶焉。后为黔南观察使③。少，遍身刺一蛇，始自右手，口张臂食两指④，绕腕匝颈，龃龉在腹，拖股而尾及骭⑤焉。对宾侣，常衣覆其手，然酒酣辄袒而努臂戟手⑥，捉优伶辈曰："蛇咬尔！"优伶等即大叫毁而为痛状，以此为戏乐。

◎ 刺血如衄

在宝历年间，长乐坊有个老百姓也在手臂上刺了青，几十个人围着他观看。忽然从人群中走出一个人，身着白

---

① 驴鞠：骑驴击球的游戏。
② 逗脱：逗弄欺骗对手。脱，欺骗。
③ 观察使：职官名。各道的最高长官，职掌察访州县官吏功过及民间疾苦。
④ 臂食两指：拇指和食指。臂，通"擘"，拇指。
⑤ 骭（gàn）：小腿。
⑥ 努臂戟手：伸出手臂，叉开双手。

色长袍，戴着宽边帽子，侧着头、微笑着离开了，但他才走了不到十步，这刺青的人手臂上就像出鼻血一样血流不止，痛彻入骨。一顿饭的工夫，那人就流了一斗多的血。大家怀疑是先前那个旁观的人施的法术故意整治的，就让那个刺青的人的父亲追上去求那人。那人不应承，那个父亲连续拜了几十拜，那人才捻了一撮土，像是在祝祷。然后对那人的父亲说："把这个给他敷上去吧。"照他的话做了后，血果然就止住了。

宝历中，长乐里①门有百姓刺臂，数十人环瞩之。忽有一人，白襕②屠苏③，倾首微笑而去，未十步，百姓子刺血如衄④，痛苦次骨。食顷，出血斗余。众人疑向观者，令其父从而求之。其人不承，其父拜数十，乃捻撮土若祝："可傅⑤此。"如其言，血止。

◎逃走奴报恩

我的三堂兄段遘，贞元年间曾路过黄坑。他的一个侍从在路边拾到几片骷髅骨，准备用来入药。但见有一片骨头上面有"逃走奴"的字样，字痕像是用淡墨写上去的，我这才知道墨刑的痕迹是能浸入骨头的。那个侍从当天晚

---

① 长乐里：长乐坊。唐代长安城坊。
② 襕（lán）：一种上下相连的衣服，后来称作袍。
③ 屠苏：一种有宽沿可遮阳的帽子。
④ 衄（nù）：鼻出血。
⑤ 傅：敷。

上做梦就梦见一个人，遮着脸向他索要头骨说："我太羞愧了，幸运的是遇到您，您如果愿意帮我把这块头骨深埋的话，我会保祐您的。"侍从从梦中惊醒，毛骨悚然，赶紧把骨头深埋了。后来遇到好多事情，就好像如梦中的鬼所说，那鬼是真的在暗中帮助他报答他。因此获利很多，最后获利接近十万他才死去。

成式三从兄[①]邁，贞元中，尝过黄坑。有从者拾髑颅骨数片，将为药。一片上有"逃走奴"字，痕如淡墨，方知黥踪入骨也。从者夜梦一人，掩面从其索骨曰："我羞甚，幸君为我深藏之，当福君。"从者惊觉毛戴[②]，遽为埋之。后有事，鬼仿佛梦中报之。以是获财，欲至十万而卒。

◎尹偃杖杀营典

蜀将尹偃的军营里有一名士兵，晚上点名时他迟到了几刻钟，尹偃要责罚他。这士兵喝醉了酒，申辩时声音特别大。尹偃大怒，将他拉出去杖责了几十下，差点把他打死了。这人的弟弟是军营的典吏，一直以来就很重视手足之情，因此对尹偃怀恨在心，还用刀在皮肤上刻下"杀尹"两个字，并用墨将其涂黑。尹偃暗地里知道了，就借其他事情杖杀了营典。后来，太和年间，南诏进犯剑南西川，

---

① 三从兄：同一宗族次于至亲者称"从"，又次者，称"再从"。据此，三从兄则为同一高祖之兄。

② 毛戴：毛发竖立。

尹偓带着几万人马保卫邛崃关。尹偓的手脚力气大得吓人，经常让手下用枣节杖打他的小腿闹着玩，随着击打，他的小腿就筋涨变粗，看不出一点被击打的痕迹。尹偓自恃力气非凡，率领全部人马冲出邛崃关，追了南诏兵几里远。后来南诏的伏兵冲了出来，两头夹击，尹偓大败，骑的马也绊倒了，他身中几十枪而死。刚出邛崃关那天，他突然看见先前杖杀的那名营典抱着一捆大如车轮的黄色文案在前面引路，心里十分厌恶，就问手下人是否看到了，但手下都说没看见什么，这显然是不祥之兆。果然，他最后死在了战场上。

蜀将尹偓，营有卒，晚点后数刻，偓将责之。卒被酒，自理①声高。偓怒，杖数十，几至死。卒弟为营典②，性友爱，不平偓，乃以刀劙③肌，作"杀尹"两字，以墨涅④之。偓阴知，乃以他事杖杀典。及太和中，南蛮⑤入寇，偓领众数万保邛崃关。偓膂力⑥绝人，常戏左右以枣节杖击其胫，随击筋涨臃肿，初无痕挞。恃其力，悉众出关，逐蛮数里。蛮伏发，夹攻之，大败，马倒，中数十枪而死。初出关日，忽见所杀典拥黄案⑦大如毂在前引，心恶之，问左右，咸无见者，竟死于阵。

① 自理：申辩。
② 典：典吏。
③ 劙（lí）：割，刺。
④ 涅：涂黑。
⑤ 南蛮：即南诏，其地在今云南一带。
⑥ 膂（lǚ）力：体力，四肢的力量。
⑦ 黄案：尚书用黄札，故称"黄案"。这里泛指文案。

◎ 崔氏好妒

房孺复的妻子崔氏,她生性好嫉妒,凡是她身边的婢女都不准画浓妆、挽高髻,每月也只发给她们很少的胭脂和粉底。有一个新买来的婢女,妆画得稍巧丽些,崔氏便怒不可遏地说:"你这般好打扮是吧,让我来给你打扮打扮吧!"于是就让人用刀刻她的眼眉,并用靛青填涂伤痕;又炙烫她的鼻梁,烧灼她的两个眼角,婢女的皮肤随之就被烫卷烧焦了,然后还用红色的颜料涂抹在婢女的伤口上。等到伤口结痂脱落,婢女脸上的瘢痕真的跟画了妆一样。

房孺复妻崔氏,性忌,左右婢不得浓妆高髻,月给胭脂一豆①,粉一钱。有一婢新买,妆稍佳,崔怒谓曰:"汝好妆耶?我为汝妆!"乃令刻其眉,以青填之;烧锁梁,灼其两眼角,皮随手焦卷,以朱傅之。及痂脱,瘢如妆焉。

◎ 三王子

杨虞卿做京兆尹的时候,街上有个叫三王子的人,他力气大得能举起大石头。他全身都刺满了各种图案,真的是体无完肤。他前后犯死罪有好几回了,都让他躲在军营里逃脱了。一天他,又犯了事,杨虞卿命令五百差役把他捉来,关上门来给杖杀了。判语是:"刺刻四肢,口称王子,无须审讯,合该抵罪。"

---

① 豆:古代容器。这里指很少一点儿。

杨虞卿为京兆尹时，市里有三王子，力能揭巨石。遍身图刺，体无完肤。前后合抵死①数四，皆匿军以免。一日有过，杨令五百人捕获，闭门杖杀之。判云："鏨②刺四肢，口称王子，何须讯问，便合当辜③。"

◎ 蜀人刺青

蜀地的人擅长于刺青，其线条清晰，犹如用手画的。有人说用的颜料是青黛，所以颜色鲜明，我问家里的下人，他们说只是用的墨好罢了。

蜀人工于刺，分明如画。或言以黛④则色鲜，成式问奴辈，言但用好墨而已。

◎ 荆州刺青

在贞元年间，荆州城里有个经常给别人刺青的手艺人，他有一种特别的刺青印，印上用许多细针聚集组成各种形状，比如蟾蜍、蝎子、杵臼等。随人所好，一应具全。他把印往做刺青的人身上一压，然后涂上石墨就告成了。待刺疮愈合以后，图案线条比普通的印还要细致很多。

---

① 合抵死：犯法当死。
② 鏨（zàn）：雕刻。
③ 辜：罪。
④ 黛：青黑色颜料。

荆州，贞元中，市有鬻[1]刺者，有印，印上簇针为众物状，如蟾、蝎、杵臼[2]。随人所欲，一印之，刷以石墨。疮愈后，细于随求印。

◎ 女妆尚靥

近代的妆容流行妆点面颊，比如射月叫黄星靥。这些靥钿的得名，大约源自吴国孙和的邓夫人。孙和宠爱邓夫人，他有次喝醉了，舞动如意时误伤了邓夫人的脸颊，导致鲜血直流，娇弱婉媚，痛苦万分的样子。孙和命令太医配药。太医说："要白獭的骨髓来调和玉屑以及琥珀屑，就能去掉邓夫人脸颊的瘢痕。"于是孙和花重金买了一只白獭，用来配制药膏。因需要的琥珀数量太大了，当时还差一些才凑齐，因此后来伤口痊愈的时候，瘢痕并没有完全去掉。左面颊就有了一个红点，正好像一颗痣。不过看上去，邓夫人倒显得更美妍了。其他姬妾想要邀宠的，便效仿着，也都用朱砂来妆点面颊，然后就能被宠幸了。

近代妆尚靥[3]，如射月曰黄星靥。靥钿[4]之名，盖自吴孙和[5]邓夫人也。和宠夫人，尝醉舞如意，误伤邓颊，血流，娇婉弥苦。命太医合药，医言："得白獭髓，杂玉与琥珀屑，当灭痕。"

---

[1] 鬻（yù）：卖。
[2] 杵臼：舂谷物的器具。杵，木杵。臼，石臼。
[3] 靥（yè）：酒窝。这里指面颊部的点搭装饰。
[4] 靥钿：面颊上的饰物。
[5] 孙和：字子孝。三国时吴国孙权第三子。

和以百金购得白獭，乃合膏。琥珀太多，及差，痕不灭。左颊有赤点如痣，视之，更益甚妍也。诸嬖①欲要②宠者，皆以丹点颊，而后进幸焉。

◎ 月黥钱黥

当今妇女的面部饰物用花子，大致源自昭容上官婉儿的创意，以此来掩饰黥刑的痕迹。在大历以前，士大夫的妻子有很多生性好妒且为人十分凶悍的，稍不如意，家里的婢妾就被黥面，所以才有月黥、钱黥等名称。

今妇人面饰用花子③，起自昭容④上官氏所制，以掩点迹⑤。大历以前，士大夫妻多妒悍者，婢妾小不如意，辄印面，故有月点、钱点。

◎ 面戴青痣

在民间，有人脸上佩戴青色饰物，就如同受了黥刑一般。过去的说法是：妇女若是因难产而死，就要用墨涂点在她的面部，如果不像这样做则会对她的后人不利。

---

① 嬖（bì）：受宠的女子。这里指姬妾。
② 要：求取，求得。
③ 花子：古时妇女贴、画在面颊上的装饰。
④ 昭容：女官名。唐时为正二品。
⑤ 点迹：黥刑之迹。

百姓间，有面戴青痣如黥。旧言妇人在草蓐①亡者，以墨点其面，不尔则不利后人。

◎ 越人镂身

越人擅长游泳，必定在身上刺上图案，以此来避免被蛟龙伤害。如今南中地区有专门文面的佬子，大概相当于古时在额头上雕刺纹饰的风俗习惯吧。

越人习水，必镂身②，以避蛟龙之患。今南中③绣面佬子④，盖雕题⑤之遗俗也。

◎ 刀墨之民

《周官》："受黥刑的罪为五百种。"郑玄注释说："先刻面部，然后用墨填塞伤口。凡受此刑的人，就被派去看守大门。"《尚书刑德考》说："涿鹿，指的是凿人的额头。黥人，指的是用马笼头罩住犯人的脑袋，然后凿他的脸。"郑玄注释说："受过涿鹿、黥刑的人，世人皆称他们为刀墨之民。"

---

① 草蓐（rù）：本为草垫子，后代指分娩。
② 镂身：文身。
③ 南中：南部地区。
④ 佬（lǎo）子：古时西南少数民族，今称仡佬。
⑤ 雕题：南方偏远地区习俗，先在额上雕刻花纹，再涂以丹青。

《周官》："墨刑①罚五百②。"郑③言："先刻面，以墨窒④之。窒墨者，使守门。"《尚书刑德考》曰："涿鹿⑤者，凿⑥人颡⑦也。黥人者，马羁⑧笮人面也。"郑云："涿鹿、黥，世谓之刀墨之民。"

◎犯墨者皁巾

《尚书大传》："虞舜象法肉刑，给应处黥刑之人包上黑巾。"《白虎通》："墨刑，在额头上刺字然后用墨涂黑，这是沿袭汉代的做法，因五行中火胜金。"

《尚书大传》："虞舜⑨象刑⑩，犯墨⑪者皁⑫巾。"《白虎通》："墨者，额也，取汉法，火之胜金。"

◎除肉刑

《汉书》："废除肉刑。本应处黥刑者，剃去头发，在脖

---

① 墨刑：即黥刑。
② 五百：各种罪的具体罪行条目。
③ 郑：即遍注群经的郑玄。
④ 窒：填塞。
⑤ 涿鹿：古代的一种刑罚，墨刑于额。
⑥ 凿：古代施黥刑的刑具。
⑦ 颡（sǎng）：额。
⑧ 马羁：马笼头。
⑨ 虞舜：上古帝王名。姓姚，名重华。
⑩ 象刑：尧舜时以特异的服饰象征几种肉刑，以示耻辱，称作"象刑"。
⑪ 墨：墨刑，五刑之一，在被刑者额上刺字，染上黑色作为标记。
⑫ 皁：黑色。

子上戴铁圈，处以城旦舂刑。"

《汉书》："除肉刑。当黥者，髡钳①为城旦②舂③。"

◎ 去节黥面

《汉书》还记载："派王乌等人偷偷监视匈奴的情况。匈奴规定：汉朝使节不丢掉节杖，不用墨黥面，就不允许进入（单于的）穹庐。王乌等人去掉节杖、用墨黥面，才得以进入其穹庐，单于很喜欢他们。"

又《汉书》："使王乌等窥匈奴。匈奴法，汉使不去节，不以墨黥面，不得入穹庐④。王乌等去节黥面，得入穹庐，单于爱之。"

◎ 奴亡刺黥

晋朝法令规定："奴婢第一次逃亡，用像墨一样的铜青刺黥双眼。第二次逃亡，刺黥在两边脸颊上。第三次逃亡，横着刺黥在眼睛下方。长度都是一寸五分。"

晋令："奴始亡，加铜青若墨，黥两眼。后再亡，黥两颊上。三亡，横黥目下。皆长一寸五分。"

---

① 髡（kūn）钳：剃去头发，用铁圈束住脖子。
② 城旦：秦汉时刑名。一种筑城四年的劳役。
③ 舂：汉代一种徒刑。
④ 穹庐：古代游牧民族所住毡帐，中央隆起，四周下垂，故称"穹庐"。

◎ 未断先刻劫

梁朝《杂律》规定:"凡是囚犯还没有量刑定性的,先在脸上刻一个'劫'字。"

梁朝《杂律》:"凡囚未断,先刻面作'劫'字。"

◎ 印黥

佛家《僧祇律》:"僧人中有黥印的,意味着他在出家之前触犯了王法,被刺破了皮肉,后用孔雀胆、铜青等涂画身体,描绘成字或鸟兽的图案,即是印黥。"

释《僧祇律》①:"涅槃印者,比丘作梵王法,破肉,以孔雀胆、铜青等画身,作字及鸟兽形,名为印黥。"

◎ 日南裸人

《天宝实录》记载:"日南郡厥山,绵延不绝,没人知晓它究竟有几千里,这是裸人的居住地,而裸人又是白民国的后裔。他们在胸前刺绘出花的图案,并用紫色的粉末一样的东西描画双眼下方。拔去两颗门牙,作为美化妆饰。"

---

① 《僧祇律》:佛教戒律书。僧祇,即摩诃僧祇,意译为大众。

《天宝实录》①云:"日南②厥山,连接不知几千里,裸人所居,白民之后也。刺其胸前作花,有物如粉而紫色,画其两目下。去前二齿,以为美饰。"

◎一事不知,深以为耻

我认为,君子倘如有一事不明了,也应该觉得是耻辱。陶贞白就常说:"若有一事不知,我便会深以为耻。"更何况相面者居然能断定黥布会封王,淫荼红花欲落,这些关于黥刑的故事都已被记录在典册之中,岂能不知呢。我偶有观览就记录下来,并寄送给志趣相投的人,愁闷的朋友或可一展愁眉了。

成式以君子耻一物而不知,陶贞白③每云:"一事不知,以为深耻。"况相④定黥布当王,淫荼红花欲落,刑之墨属,布在典册乎!偶录所记,寄同志,愁者一展眉头也。

---

① 《天宝实录》:即《唐玄宗实录》,唐代元载、令狐峘撰。
② 日南:郡名。秦属象郡,汉武帝以其地在日之南,更名日南,其地今属越南。
③ 陶贞白:即陶弘景。
④ 相:相面。

广动植

天地造化

本篇篇首为小序,言明其撰写之宗旨,即辑录前代经史未列之动植物,或其载而事不详备者,或口耳相传典籍不载者,以求广知博闻。其下两条概述鳞介、虫鸟、草木之属,所涉之广泛,而多是只言片语,是谓动植诸篇之总叙。

◎ 小序

在我看来，在天地之间，是造化孕育万物，猝然成形者数量众多，所以即使是《山海经》和《尔雅》也不可以穷尽。因而检阅前贤著述，收罗其中有草木禽鱼之名而经史未见记载的，或是经史有少许记载但所记不完全的，或是口耳相传而不载于经典史册的，我一律摘抄下来编成《广动植》，只望能对动植之学有所增益。当年曹丕撰《典论》说火浣布是不存在的，滕脩对有一丈长的虾须表示怀疑，蔡谟不认识蟛蜞，刘缢搞混了荔挺和马苋，这些至今被传为笑谈，由此，对于治学之人而言，像这一类知识又岂可不重视呢？

成式以天地间造化①所产，突②而旋成形者樊然③矣，故《山海经》《尔雅》所不能究。因拾前儒所著，有草木、禽鱼未列经史，或经史已载，事未悉者，或接诸耳目，简编④所无者，作《广动植》，冀掊土培丘陵之学⑤也。昔曹丕著论于火布⑥，滕脩献疑于虾须，蔡谟不识蟛蜞⑦，刘缢误呼荔挺⑧，至今可笑，学者岂

---

① 造化：天地化育万物，是为"造化"。
② 突：猝然。
③ 樊然：纷乱杂多。
④ 简编：指典籍。
⑤ 土培丘陵之学：谓动植之学，因动、植皆生于地，故名。培，培补，加土。
⑥ 火布：火浣布。
⑦ 蟛蜞：动物名，似蟹而小。
⑧ 荔挺：植物名。

容略乎？

◎ 总叙其一

羽嘉演化出飞龙，飞龙再演化成为凤凰，凤凰又演化成鸾鸟，鸾鸟再演化最后变成了普通的鸟。

应龙演化成建鸟，建鸟再演化为麒麟，麒麟再演化最后变成了普通的兽。

分鳞演化成蛟龙，蛟龙再演化为鲲鲠，鲲鲠又演化成建邪，建邪再最后演化成为普通的鱼。

分潭演化生先龙，先龙演化生玄鼋，玄鼋演化生灵龟，灵龟再最后演化成为普通的龟。

日冯演化生玄阳阕，玄阳阕演化生鳞胎，鳞胎演化生干木，干木最后演变成为普通的树木。

招摇进化生程若，程若进化生玄玉，玄玉进化生醴泉，醴泉进化生应黄，应黄进化生黄华，黄华最后进化变成普通的草。

海间进化生成屈龙，屈龙进化生成容华，容华进化生成蕖，蕖进化生成水藻，水藻进化生成浮草。

甲壳类动物采用日光孵化，毛羽类动物采用身体孵化。

草食类动物通常力气大而少智，肉食类动物勇猛且强悍。

吞食类动物有八窍，卵生；咀嚼类动物有九窍，胎生。

不长角的是豕类动物，无前齿；长角的是牛羊类动物，无后齿。

吃叶子的动物会吐丝，吃土的动物不会呼吸。只进食而不饮水的为蚕，只饮水而不进食的为蝉，不吃也不喝的为蜉蝣。蚯蚓类倒退爬行，蛇类蜿蜒爬行。蟋蟀一类用嘴发声，蝉一类用两肋发声，金龟子依靠振动翅膀发声，螽斯用大腿发声，蝾螈用胃发声。

蝉的寿命只有三十天。

鲟鳇鱼每到三月会溯游至孟津停留。

鹧鸪向着太阳飞。

鳊鱼和鲫鱼，车螯和移角，它们长得十分相像。

凤凰，雄性叫声为"节节"，雌性叫声为"足足"，飞翔时叫声是"归嬉"，栖息时叫声是"提扶"。

麒麟，雄性的叫声为"逝圣"，雌性的叫声为"归和"，春季的叫声为"扶助"，夏季的叫声为"养绥"。

鳖没有耳朵，是鱼儿的守护神。

长有五个脚趾的虎是貙。

池塘中的鱼满三百六十年，则会成为蛟龙，成为水中飞离。

鱼长到二千斤为蛟。

武阳的小鱼，一斤有一千条。

东海的大鱼，瞳仁有三斗的盎这么大。

桃支竹四寸为一节，木瓜一尺则有一百二十一节。

木兰剥皮不会死，荆木的中心呈方形。

蛇有水蛇、草蛇、木蛇、土蛇四种。

孔雀尾屏末端一寸的地方叫珠毛。

鹤的左右脚里第一个脚趾名叫兵爪。

蜀郡无兔子、鸽子。

江南地区无狼、马。

朱提以南地区没有鸠和鹊。

鸟有四千五百种，兽有二千四百种。

猫头鹰是楚鸠的后代。

骡子不能生育。

蔡中郎误认为反舌的是虾蟆，《淮南子》把蚕当成了蠖蠓，《诗经》孔颖达错误地解释螽是蝼蛄，高诱误把乾鹊当成了蟋蟀。

兔子生崽，是从口中吐出，鸬鹚生幼鸟也是如此。

葫芦籽又名犀，核桃仁又名虾蟆。

虾蟆没有肠子。

龟的肠子在头部。

蝌蚪的尾巴脱落之后则会长出脚。

没有孕育的鸟都称作禽，鸟哺育幼鸟叫作乳。

蛇盘卧时头向北，鹊巢口不会朝向太岁方向，燕子在戊巳日不出来，老虎奔跑时横冲直撞不会拐弯。乾鹊可以预知喜事将临，猩猩会记得过去的事。

鹳凭借影子相接而受孕，虾蟆凭借鸣叫而受孕。

齐后死而化为蝉，杜宇死而化为子规鸟。

椰子又名越王头，葫芦又名杜预项。

鹧鸪鸣叫的声音为"向南不北"，逃间鸣叫的声音为"悬壶卢系颈"。

豆类十四颗为一族，十二粒粟为一寸。

羽嘉①生飞龙，飞龙生凤，凤生鸾②，鸾生庶鸟③。

应龙④生建马，建马生骐骥⑤，骐骥生庶兽。

分鳞生蛟龙，蛟龙生鲲鲠，鲲鲠生建邪，建邪生庶鱼。

分潭生先龙，先龙生玄鼋⑥，玄鼋生灵龟，灵龟生庶龟。

日冯生玄阳阓，玄阳阓生鳞胎，鳞胎生干木，干木生庶木。

招摇生程若，程若生玄玉，玄玉生醴泉，醴泉生应黄，应黄生黄华，黄华生庶草。

海闾生屈龙，屈龙生容华，容华生蒉⑦，蒉生藻，藻生浮草。

甲虫影⑧伏⑨，羽虫体伏。

食草者多力而愚，食肉者勇敢而悍。

龁⑩吞者八窍而卵生，咀嚼者九窍而胎生。

无角者膏⑪而无前齿，有角者脂⑫而无后齿。

食叶者有丝，食土者不息⑬。食而不饮者蚕，饮而不食者蝉，

---

① 羽嘉：传说中飞行动物的祖先。
② 鸾：传说中的神鸟。
③ 庶鸟：指普通的鸟。
④ 应龙：古代神话中有翼的龙，走兽类的祖先。
⑤ 骐骥：通"麒麟"。传说中的神兽。
⑥ 鼋（háng）：大贝。
⑦ 蒉（lì）：一种草。
⑧ 影：日光。
⑨ 伏：爬伏。这里的意思是孵化。
⑩ 龁（hé）：咬。
⑪ 膏：豕类。
⑫ 脂：牛羊类。
⑬ 息：呼吸。

不饮不食者蜉蝣①。蚓属却行②，蛇属纡行。蜻蛚③属注鸣，蜩④属旁鸣⑤，发皇⑥翼鸣，蚣蝑⑦股鸣，蝶蠜胃鸣。

蜩三十日而死。

鳣鱼⑧三月上官⑨于孟津。

鹧鸪向日飞。

鳊⑩与鳖⑪鱼，车螯⑫与移角，并相似。

凤，雄鸣"节节"，雌鸣"足足"，行鸣曰"归嬉"，止鸣曰"提扶"。

麒麟，牡鸣曰"逝圣"，牝鸣曰"归和"，春鸣曰"扶助"，夏鸣曰"养绥"。

鳖无耳为守神。

虎五指为貙。

鱼满三百六十年则为蛟龙，引飞去水。

鱼二千斤为蛟。

---

① 蜉蝣（fú yóu）：一种生命极短暂的昆虫。
② 却行：倒退着走。
③ 蜻蛚（liè）：蟋蟀。
④ 蜩（tiáo）：蝉。
⑤ 旁鸣：两肋发声。
⑥ 发皇：金龟子。
⑦ 蚣蝑（zhōng xū）：即螽（zhōng）斯，一种昆虫。雄虫前翅有发声器，颤动翅膀能发声。
⑧ 鳣（zhān）鱼：鲟鲤鱼的古称。
⑨ 官：通"馆"。停留。
⑩ 鳊（biān）：一种体形侧扁的鱼。
⑪ 鳖：音jǐ。
⑫ 车螯：一种蛤类。

武阳小鱼，一斤千头。

东海大鱼，瞳子大如三斗盎①。

桃支竹②以四寸为一节，木瓜一尺一百二十一节。

木兰去皮不死，荆木心方。

蛇有水、草、木、土四种。

孔雀尾端一寸名珠毛。

鹤左右脚里第一指名兵爪。

蜀郡无兔、鸽。

江南无狼、马。

朱提以南无鸠、鹊。

鸟有四千五百种，兽有二千四百种。

鸮③，楚鸠所生。

骡不滋乳。

蔡中郎④以反舌为虾蟆，《淮南子》以蚕⑤为蠛蠓，《诗》义以蟊⑥为蝼蛄，高诱以乾鹊为蟋蟀。

兔吐子，鸬鹚吐雏。

瓜瓠子曰犀，胡桃人曰虾蟆。

虾蟆无肠。

龟肠属于头。

---

① 盎（àng）：古代一种腹大口小的盆。
② 桃支竹：竹的一种。又名"桃竹""桃丝竹"。
③ 鸮（xiāo）：猫头鹰。
④ 蔡中郎：即蔡邕。
⑤ 蚕：蝗虫。
⑥ 蟊（máo）：一种啃食苗根的害虫。

科斗尾脱则足生。

乌未孕者为禽,乌养子曰乳。

蛇蟠向壬①,鹊巢背太岁,燕伏戊巳,虎奋冲破。乾鹊知来,猩猩知往。

鹳影抱②,虾蟆声抱。

蝉化齐后,乌生杜宇。

椰子为越王头,壶楼③为杜预项。

鹧鸪鸣曰"向南不北",逃间鸣"悬壶卢系颈"。

豆以二七为族,粟累十二为寸。

◎总叙其二

人参处处生长,兰花长生而不死,这些都是祥瑞。

有子实的叫果。同时,结在树上的也叫果。

种小麦忌在戌日,种大麦忌在子日。

荠、葶苈、菥蓂为三种杂草,孟夏之时便会枯死。

乌头的壳外面生毛,石劫应季节而开花。

如有树木一年内开两次花,那夏季将会下冰雹。如李树一年开两次花,那秋季将会下严霜。

树无故丛生,枝头向下,以及长到一尺至一丈时就枯死了,这些全是凶兆。

城中一年内都没有鸟儿出现,将有敌寇入侵。郡中突

---

① 壬:北方。
② 抱:孵化,生育。
③ 壶楼:葫芦。

然间鸟儿都飞走了,金乌就会死。

鸡无故飞走,说明家里有蛊害。到中午了鸡仍在树上,说明妻妾有奸情。

人看见蛇交尾,活不过三年就会死。蛇如果冬天出现在主人的寝室,意味着有紧急军情。

人夜卧无故失去发髻,是鼠妖作祟。

房屋柱木无故长出芝草,如果呈白色,将有丧事;如果呈红色,会有血光之灾;如果呈黑色,会有盗贼光顾;如果呈黄色,会有喜事临门。如果形状长得酷似人脸,说明要破财;形状像牛马,则会去很远的地方参加劳役;形状像龟蛇,则预示着田地蚕桑会有损耗。

国君的德泽如能达幽远隐僻的地方,此时比目鱼便会出现。

妾媵有规矩守礼制,白燕就会飞来筑巢。

山上生长出葱,下有银矿;山上生长出薤,下有金矿;山上生长出姜,下有铜锡矿;山里有玉石,树的旁枝都会下垂。

葛洪曾经从上林令虞渊处得到一份朝臣进贡给皇帝的名目,这份名目记录有两千多种奇草异木。邻居石琼找他借阅,结果全弄丢了。

俗语说:"买鱼得鳂,不如吃素。宁可抛弃多年的老宅,不可丢掉鲫鱼头。洛鲤伊鲂,贵于牛羊。得到合涧牡蛎,虽不是珍宝,也值得夸耀。……白马寺的甜石榴,一个价值一头牛。草木正青翠,仓黄满天飞。"

人参处处生，兰长生为瑞①。

有实曰果。又在木曰果。

小麦忌戌，大麦忌子。

荞②、葶苈、葫蒉③为三叶，孟夏煞之。

乌头④壳外有毛，石劫应节生花。

木再花，夏有雹。李再花，秋大霜。

木无故丛生，枝尽向下，又生及一尺至一丈自死，皆凶。

邑中终岁无鸟，有寇。郡中忽无鸟者，曰乌亡。

鸡无故自飞去，家有蛊。鸡日中不下树，妻妾奸谋。

见蛇交，三年死。蛇冬见寝室，为急兵⑤。

人夜卧无故失髻者，鼠妖也。

屋柱木无故生芝者，白为丧，赤为血，黑为贼，黄为喜。其形如人面者，亡财；如牛马者，远役；如龟蛇者，田蚕耗。

德及幽隐，则比目鱼至。

妾媵⑥有制，则白燕来巢。

山上有葱，下有银；山上有薤⑦，下有金；山上有姜，下有铜锡；山有宝玉，木旁枝皆下垂。

---

① 瑞：祥瑞。
② 荞：荞菜，草本植物。
③ 葶苈、葫蒉：均为原野杂草，一年生草本植物。
④ 乌头：疑为蛾蜓，一种类似蛤蜊的动物。
⑤ 急兵：紧急军情。
⑥ 媵（yìng）：姬妾婢女。
⑦ 薤（xiè）：多年生草本植物。鳞茎和嫩叶可食。

葛稚川①尝就上林令②鱼泉，得朝臣所上草木名二千余种。邻人石琼就之求借，一皆遗弃。

语曰：买鱼得鳜，不如食茹。宁去累世宅，不去鲻鱼额。洛鲤伊鲂，贵于牛羊。得合涧蛎，虽不足豪，亦足以高。……白马甜榴，一实直牛。草木晖晖③，苍黄乱飞。

---

① 葛稚川：即为葛洪，字稚川，自号抱朴子，晋朝丹阳句容（今属江苏）人。始以儒术知名，后好神仙导养之法，著有《抱朴子》一书。
② 上林令：职官名。
③ 晖晖：晴朗。

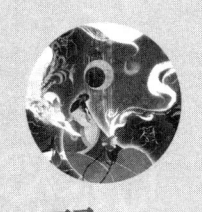

羽篇

百鸟奇说

本篇内容涉及鸟类之物种特征和生活习性等,虽着墨不多,主要是与之相关的奇闻异说,但这恰是「博物志怪」之主旨。

◎凤凰

凤凰　骨头是黑色的，雄鸟、雌鸟在黄昏和早晨的鸣叫声是有所差异的，黄帝命伶伦制造十二支龠，模仿凤凰的鸣叫声制作音乐，雄凤凰鸣声制作六声，雌凤凰和音制作六音。凤凰台是凤凰脚下类似于白石头一样的东西。凤凰有时会到这里来，等它从栖息地飞走后，立即掘地三尺，便会挖到一枚圆卵石，呈纯白色，将石辗碎成粉沫后服用可以安定心神。

凤　骨黑，雄雌夕旦鸣各异，黄帝使伶伦①制十二籥②写之，其雄声，其雌音。乐有凤凰台，此凤脚下物如白石者。凤有时来仪③，候其所止处，掘深三尺，有圆石如卵，正白，服之安心神。

◎孔雀受孕

孔雀　佛经说："孔雀听闻雷声则会受孕。"

孔雀　释氏书言："孔雀因雷声而孕。"

◎群鹳旋飞

鹳　江淮一带把群鹳旋飞升空的形迹称之为鹳井。鹳

---

① 伶伦：黄帝的乐官。
② 籥：通"龠"。竹管制作的乐器，类似笛。
③ 来仪：招来，归来。

也喜好旋飞,每次旋飞,必定伴随风雨。如果有人去掏鹳巢抓它们的幼鸟,方圆六十里便会发生旱灾:因为鹳成群结队飞近云霄,冲散雨云,天就不会下雨,自然就会有旱情。

鹳[1]　江淮谓群鹳旋飞为鹳井[2]。鹤亦好旋飞,必有风雨。人探巢取鹳子,六十里旱:能群飞,薄霄激雨[3],雨为之散。

◎乌鸣吉凶

乌鸦若是在地上鸣叫,这不是吉祥的预兆。有人将要出行时,若有乌鸦鸣叫着在前面引路,多为喜兆,这一点是先前的占卜书没有记载的。

贞元十四年,郑州、汴州两地成群的乌鸦飞进田绪、李纳的管辖境内,衔木筑城,高达二三尺,面积方圆十多里,李纳、田绪二人都十分厌恶,于是下令将此城烧了。可过了两个晚上又照原样垒起,所有乌鸦的嘴边都流血了。

乌鸣地上无好声。人临行,乌鸣而前引,多喜,此旧占所不载。

贞元十四年,郑、汴二州群乌飞入田绪、李纳境内,衔木为城,高至二三尺,方十余里,纳、绪恶而命焚之,信宿如旧,

---

[1] 鹳:鹳雀,体形似鹤。
[2] 鹳井:鹳善旋飞而上,远远看去形如漏斗或井筒,故称。
[3] 薄霄激雨:迫近云霄,冲激雨水。

乌口皆流血。

◎ 乌飞翅重

民间认为，如果乌鸦的翅膀飞行时显得沉重而缓慢的话，这是天要下雨的征兆。

俗候乌飞翅重，天将雨。

◎ 见鹊上梁

鹊巢中必有一根横梁。在崔（圆）相公的夫人还没出嫁时，同姐妹们在后园戏嬉玩耍，她看见两只喜鹊在配合搭建鸟巢，一起衔着一根木枝，这根树枝像笔管一样直，一尺多长，它们把它安放在巢里。可其他人都说没有看见。俗话说，看见喜鹊上梁，必然是富贵之命。

鹊巢中必有梁。崔圆相公妻在家时，与姊妹戏于后园，见二鹊构巢，共衔一木，如笔管，长尺余，安巢中。众悉不见。俗言见鹊上梁，必贵。

◎ 双鹊补隙

大历八年，在乾陵上仙观天尊殿，有对喜鹊衔柴棍和泥土，填补修复大殿十五处出现缝隙裂痕的地方。宰相上表向皇帝表示祝贺。

大历八年，乾陵①上仙观天尊殿，有双鹊衔柴及泥，补葺隙坏一十五处。宰臣上表贺。

◎鹊巢除魅

贞元三年，中书省官衙的梧桐树上，有喜鹊在上面衔泥筑巢。假如将此鹊巢烧掉，可避免狐妖鬼魅作祟。

贞元三年，中书省梧桐树上，有鹊以泥为巢。焚其巢，可禳②狐魅。

◎燕不入室

燕　凡是像狐狸、貉、老鼠之类的动物，燕子见到它们羽毛便会脱落。有人言说燕子一到冬天就会潜伏在海底，并将化身成蛤蚧。老话讲燕子不进屋，是说明井里没有东西。用桐木雕刻成一男一女两个木偶，并将其投入井中，燕子则一定会光临。胸前有黑斑，叫声大的，叫胡燕。胡燕的巢有的大到可以容纳一匹白练。

燕　凡狐白、貉、鼠之类，燕见之则毛脱。或言燕蛰③于水底。旧说燕不入室，是井之虚也。取桐为男女各一，投井中，燕必来。胸斑黑，声大，名胡燕。其巢有容匹素者。

---

① 乾陵：唐高宗和武则天的合葬陵墓。
② 禳（ráng）：祈祷消灾。
③ 蛰（zhé）：潜伏。

◎ 雀类沙生

雀　佛经说:"雀类沙生,因浴沙尘而受孕。"蜀地有一座吊乌山,雉雀在凭吊凤凰时,它们表现最为悲伤。当地人晚上点燃火伺机抓取雉雀。雉雀没有嗉囊,所以不能吃东西,因此被人们误认为它们是特别悲痛的,所以觉得此种鸟最为忠义,也因此就不杀它们。

雀　释氏书言:"雀沙生,因浴沙尘受卵。"蜀吊乌山,至雉雀来吊,最悲。百姓夜燃火,伺取之。无嗉①不食,似特悲者,以为义,则不杀。

◎ 鸽报平安

鸽　据大理丞郑复礼讲,在波斯国的商船上大多养着鸽子,因鸽子能长途飞行好几千里,因此商船上的商人只要想给远方的家人传递信息报平安的话,就放一只鸽回家。

鸽　大理丞郑复礼言:波斯舶上多养鸽,鸽能飞行数千里,辄放一只至家,以为平安信。

◎ 鹦鹉动睑

鹦鹉　能飞。其他的鸟,它们的趾爪都是前边三个后边一个,唯独鹦鹉是四个趾爪平分。大多数的鸟眨眼时是

---

① 嗉(sù):嗉囊。鸟类食管下端盛食物的囊。

下眼睑动,上眼睑不动,唯独鹦鹉是上下眼睑都会眨动,就跟我们人眼一样。

鹦鹉　能飞。众鸟趾前三后一,唯鹦鹉四趾齐分。凡鸟下睑眨上,独此鸟两睑俱动,如人目。

◎时乐鸟

玄宗时,宫中有一只羽毛为五种颜色的鹦鹉,它能说人话,玄宗命侍从试着牵扯他的衣服,鹦鹉见了就怒目而视,并且呵斥牵扯衣服的人。岐王府的文学能延京,进献《鹦鹉篇》来赞美这件事。张燕公也上表向皇帝道贺,并称这只鹦鹉为时乐鸟。

玄宗时,有五色鹦鹉能言,上令左右试牵帝衣,鸟辄瞋目叱咤。岐府①文学②能延京,献《鹦鹉篇》以赞其事。张燕公③有表贺,称为时乐鸟。

◎杜鹃啼血

杜鹃　每到阳春之始,杜鹃争先恐后地鸣叫,最先鸣叫的那只会吐血而死。曾有人在山里面行走,看见一群杜鹃安静地聚集在树枝上,谁也不鸣叫,他便学了一声杜鹃

---

① 岐府:岐王府。岐王李范,唐睿宗第四子,封岐王。
② 文学:职官名。
③ 张燕公:张说。

鸣叫，结果他当场就死了。杜鹃最开始鸣叫的时，最先听见它叫声的人，意味着他会和亲人离别。入厕时听见杜鹃鸣叫也不吉利。应对的办法是：学狗叫去应和它。

杜鹃　始阳①相催而鸣，先鸣者吐血死。尝有人山行，见一群寂然，聊学其声，即死。初鸣，先听其声者，主离别。厕上听其声，不祥。厌之法：当为犬声应之。

◎雏鸲取火

雏鸲　按过去的说法是雏鸲可以取火，会学人说话，而且胜过鹦鹉的说话能力。另有用雏鸲的眼睛，和着人乳研磨，再滴在眼睛里，能够使人隔着烟雾看清东西。

雏鸲②　旧言可使取火。效人言，胜鹦鹉。取其目睛，和人乳研，滴眼中，能见烟霄外物也。

◎鹅颈铜铃

鹅　在济南郡张公城的西北，有个地方叫鹅浦。南燕的时候，有位居住在水边，经常听到鹅叫声，在这只鹅的叫声中还夹杂着铃声，铃声特别清亮。渔人想探个究竟所以在水边守候，看见一只颈脖特别长的鹅，赶紧张网将其捉住。原来在它的鹅颈上系着一个铜铃，铜铃上还缀着一

---

① 始阳：阳春之始。
② 雏鸲（gòu yù）：八哥。

把银锁，上面微微凸起的文字是"元鼎元年"。

鹅　济南郡张公城西北，有鹅浦。南燕①世，有渔人居水侧，常听鹅之声，众中有铃声，甚清亮。候之，见一鹅咽颈极长，罗得之。项上有铜铃，缀以银锁，隐起②"元鼎元年"字。

◎鸟髀贯镮

晋朝时，营道县令何潜之在本县的边界处捕捉到一只鸟，鸟的大小如白鹭，在这只鸟的膝关节到大腿根下，与生俱来地穿戴着一个铜镮。

晋时，营道县③令何潜之，于县界得鸟，大如白鹭，膝上髀④下，自然有铜镮贯之。

◎䴔䴖觅食

䴔䴖　按过去的说法它能避火灾。这种鸟在高树上筑巢，并在巢中产鸟，幼鸟是衔着母鸟的翅膀飞到地面觅食。

䴔䴖⑤　旧言辟火灾。巢于高树，生子穴中，衔其母翅飞下

---

① 南燕：晋时十六国之一。
② 隐起：微微凸起。
③ 营道县：在今湖南宁远东。
④ 髀（bì）：大腿。
⑤ 䴔䴖（jiāo jīng）：池鹭。活动于湖沼、稻田一带。以鱼类、蛙类及水生软体动物和水生昆虫为食。

养之。

◎ 鸱生三子

鸱　传说鹘有三个儿子，其中一个叫鸱。肃宗的张皇后独揽专权，每次别人向她敬酒，她都会用鸱脑酒回礼。鸱脑酒会让人久醉健忘。

鸱[1]　相传鹘[2]生三子，一为鸱。肃宗张皇后专权，每进酒，常置鸱脑酒。鸱脑酒令人久醉健忘。

◎ 赤头鸟

奇鸟　天宝二年，平卢地区出现紫虫啃食禾苗。正在这个候就从东北方向飞来了赤头鸟，它们成群结队地啄食紫虫。

异鸟　天宝二年，平卢[3]有紫虫食禾苗。时东北有赤头鸟，群飞食之。

◎ 群鸟除害

开元二十三年，榆关一带发生蚜蚱虫害，一直蔓延到平州地界，也有成群的雀鸟飞来捕食害虫。

---

[1] 鸱（chī）：猫头鹰的一种。
[2] 鹘（hú）：隼，一种猛禽。
[3] 平卢：唐代方镇，开元七年（719）置，治所在营州（今辽宁朝阳）。

又是在开元年间,贝州地区出现大量蝗虫啃食庄稼,有好几千只大白鸟,好几万只小白鸟,它们把蝗虫全部吃光了。

开元二十三年,榆关有蚜蚄虫①,延入平州界,亦有群雀食之。

又开元中,贝州蝗虫食禾,有大白鸟数千,小白鸟数万,尽食其虫。

◎大鸟奇闻

大历八年,在武功这个地方出现一只大鸟,成群结队的鸟群追随着大鸟飞鸣。行营将领张日芬射中并捕获了这只大鸟。这只大鸟生长着一对肉翅,长着酷似狐狸的脑袋,它还有四只脚,每只脚也都有爪子,身体大小有四尺三寸,外形像蝙蝠。另外,邠州有白头鸟给鸲鹆喂食。

大历八年,大鸟见武功,群鸟随噪之。行营②将张日芬射获之,肉翅,狐首,四足,足有爪,广四尺三寸,状类蝙蝠。又邠州有白头鸟乳鸲鹆。

◎王母使者

王母使者 在齐郡的函山里有一种鸟,脚是青色的,

---

① 蚜蚄(fāng)虫:一种吃庄稼的害虫。
② 行营:出征时的军营。也特指统帅领兵出征时的办公之所。

嘴是赤黄色的，双翅是白色的，面额是红色的，名叫王母使者。当年汉武帝登此山得到了一个长五寸的玉函。汉武帝下山时，玉函突然变成一只白鸟飞走了。民间世代传相传此山上有王母的药函，一直派鸟在这里守护药函。

王母使者　齐郡函山有鸟，足青，嘴赤黄，素翼绛颡①，名王母使者。昔汉武登此山，得玉函，长五寸。帝下山，玉函忽化为白鸟飞去。世传山上有王母药函，常令鸟守之。

◎避株鸟

吐绶鸟　在鱼复县的南山里有一种鸟，大小如同鸲鹆，羽毛多数为黑色，间杂着一小部分黄白色，头颊酷似雉鸡。这只鸟有时吐出的东西有几寸长，并且色彩斑斓，形状和颜色都犹如绶带，所以人们将它称之为吐绶鸟。这种鸟吃了东西必然会储存在嗉囊里，胸前鼓起有如斗大，因为害怕会碰到嗉囊，行走时往往远离草木，故它又叫避株鸟。

吐绶鸟　鱼复县南山有鸟，大如鸲鹆，羽色多黑，杂以黄白，头颊似雉，有时吐物长数寸，丹采彪炳②，形色类绶，因名为吐绶鸟。又食必蓄嗉，臆前大如斗，虑触其嗉，行每远草木，故一名避株鸟。

---

① 颡（sǎng）：额。
② 彪炳：光彩焕发。

◎ 堕羿

鹳鷒　又名堕羿，外形似鹊。人射它，它就一口衔住箭头，并将箭头反射回去。

鹳鷒[①]　一名堕羿，形似鹊。人射之则衔矢反射人。

◎ 制喙为杯

鹲雕　喙大而勾曲，有一尺，呈红黄色。喙可装下两升的东西，南方人常常用喙来做酒杯。

鹲雕[②]　喙[③]大而勾，长一尺，赤黄色，受二升，南人以为酒杯也。

◎ 菘节鸟

菘节鸟　它有四只脚，尾巴跟老鼠的尾巴差不多，其身形像雀，在终南山的深谷里有这种鸟。

菘节鸟　四脚，尾似鼠，形如雀，终南深谷中有之。

---

① 鹳鷒（tuán）：传说中的一种鸟。
② 鹲（méng）雕：一种水鸟，又名"越王鸟"。
③ 喙（huì）：鸟嘴。

◎ 如枭老鵸

老鵸　在秦地的山谷中，有一种跟猫头鹰长得十分相像的鸟，其颜色为青黄色，长着肉翅，喜欢吸食烟气，见到人则受惊而跌落在地，喜欢把头隐藏在草丛中，而身子则常常暴露在外。它的叫声如同婴儿的啼哭声，它的名字叫作老鵸。

老鵸　秦中山谷间，有鸟如枭，色青黄，肉翅，好食烟，见人辄惊落，隐首草穴中，常露身。其声如婴儿啼，名老鵸。

◎ 柴蒿鸟

柴蒿　在京城近郊的山里有一种柴蒿鸟，头顶上有冠，像戴胜鸟一样，体形大小如野鸡。

柴蒿　京之近山有柴蒿鸟，头有冠如戴胜①，大若野鸡。

◎ 兜兜鸟

兜兜鸟　名字来自于它的叫声。它每年正月以后才开始鸣叫，到端午节时，就不知道飞向何处去了。它的体形就像鸤鸠一样大小。

---

① 戴胜：鸟名。头顶有凤冠状羽冠，嘴形细长。胜，妇女首饰。

兜兜鸟　其声自号。正月以后作声，至五月节[1]，不知所在。其形似鸲鹆。

◎ 虾蟆护

虾蟆护　在南山下有一种鸟，其名为虾蟆护。它经常出现在田间地里，头顶上有冠，羽色灰白，脚爪红色，体形就像鹭一样大小。

虾蟆护　南山[2]下有鸟，名虾蟆护。多在田中，头有冠，色苍，足赤，形似鹭。

◎ 夜行游女

夜行游女　一个名字叫天帝女，一个名字叫钓星。它昼伏夜出，宛如鬼神一般。它身披羽毛则为飞鸟，脱下羽毛则变成为女子。它没有子雏，喜欢窃取人的婴孩。它的胸前长有乳房。当它出现的时候，妇女不能在露天里哺育喂婴孩，婴孩的衣服也不能露天晾晒。这种鸟的羽毛落在婴孩的衣服上，便会变成鸟祟作怪，有时它还会将血滴在婴孩衣服上作为标记。有人说这种鸟是由难产而死的人变成的。

---

[1] 五月节：即端午节。
[2] 南山：终南山。

夜行游女[①]　一曰天帝女，一名钓星。夜飞昼隐，如鬼神。衣毛为飞鸟，脱毛为妇人。无子，喜取人子。胸前有乳。凡人饴[②]小儿，不可露处，小儿衣亦不可露晒。毛落衣中，当为鸟祟，或以血点其衣为志。或言产死者所化。

◎九头鸟

鬼车鸟　相传这种鸟在过去本来是有十个头，还能够摄人魂魄，因后来它其中一个头被狗吞了，所以只剩下九个头。秦地天阴的时候，有时会听见这种鸟的叫声，那声音就像是力车在鸣响，也有人说那是水鸡飞过发出的声音。《白泽图》称它为苍𪄻，《帝喾书》称它为逆鸧，孔夫子和子夏都曾见过。在宝历年间，国子四门助教史迥跟我讲，他自己曾读过裴瑜所注的《尔雅》，上面说的"鸧，麋鸹"便是九头鸟。

鬼车鸟　相传此鸟昔有十首，能收人魂，一首为犬所噬。秦中天阴，有时有声，声如力车鸣，或言是水鸡过也。《白泽图》[③]谓之苍𪄻[④]，《帝喾书》[⑤]谓之逆鸧，夫子[⑥]、子夏[⑦]所见。宝

[①] 夜行游女：鸟名。
[②] 饴：喂养。
[③] 《白泽图》：古五行书，今佚。
[④] 苍𪄻（yú）：鬼车鸟的别称。
[⑤] 《帝喾（kù）书》：托名帝喾之书，其余不详。帝喾，传说中的上古帝王。
[⑥] 夫子：孔子。
[⑦] 子夏：春秋时期卫人，孔门贤弟子，长于文学。

历中,国子四门助教[1]史迥语成式,尝见裴瑜所注《尔雅》,言"鸧,麋鸹"是九头鸟也。

◎候日虫

细鸟　汉武帝时,毕勒国进献细鸟,装在一尺见方的用玉做成的笼子里,有好几百只,形状大小跟苍蝇差不多,叫声像鸿鹄。毕勒国依靠这种鸟推算时节,所以又叫它为候日虫。这种鸟若是聚集在某个宫女的衣服上,则那个宫女就会得到宠幸恩宠。

细鸟　汉武时毕勒国献细鸟,以方尺玉为笼,数百头,状如蝇,声如鸿鹄。此国以候日,因名候日虫。集宫人衣,辄蒙爱幸。

◎嗽金鸟

嗽金鸟　产自昆明国。这种鸟形状跟雀相似,鸟羽为黄色,经常在海上飞翔。魏明帝时,昆明国进献此种鸟。它吃真珠和龟脑,经常口吐粟米样的金屑,可以用这种金屑铸成各种器服。宫女们争着用这种鸟所吐的金屑来制作宝钗、金镮,称之为避寒金,这个名字源自于此种鸟不畏寒俱冷。宫女们互相调侃说:"不服避寒金,那得帝王心。不服避寒钿,那得帝王怜。"

---

[1] 国子四门助教：学官名。

嗽金乌[1]　出昆明国。形如雀，色黄，常翱翔于海上。魏明帝[2]时，其国来献此鸟。饴以真珠及龟脑，常吐金屑如粟，铸之，乃为器服。宫人争以鸟所吐金为钗珥，谓之辟寒金，以鸟不畏寒也。宫人相嘲弄曰："不服辟寒金，那得帝王心。不服辟寒钿[3]，那得帝王怜。"

◎背明鸟

背明鸟　孙吴时，越嶲以南地区进献了背明鸟。这种鸟形状像鹤，栖息时背着光，所以它的窝一定是朝向北边的，它的鸣叫声是变化无穷的。

背明鸟　吴时，越嶲[4]之南献背明鸟。形如鹤，止不向明，巢必对北，其声百变。

◎苟岚鸟

苟岚鸟　这种鸟产自河西赤坞镇。长得像乌鸦但体形比乌鸦稍大，如果它在阵地上飞翔，多半意味着战事进行不顺利。

苟岚鸟　出河西赤坞镇[5]。状似乌而大，飞翔于阵上，多不利。

---

① 嗽金乌：传说中一种口吐金屑的鸟。
② 魏明帝：即曹叡。魏文帝曹丕长子。
③ 钿（diàn）：用金银镶制而成的花形首饰。
④ 越嶲（xī）：在今四川西昌东南一带。
⑤ 河西赤坞镇：今甘肃武威。

◎ 鷫鸘

鷫鸘　身形长得酷似燕子，但体形又比燕子略大，它的脚短，脚趾爪像老鼠。未曾见过它下地，常在林中栖息。偶然未站稳而掉落到地上，则很难自己振翅飞起，但一旦飞起，将直冲云霄。此种鸟产自凉州地区。

鷫鸘[①]　状如燕，稍大，足短，趾似鼠。未尝见下地，常止林中。偶失势控[②]地，不能自振，及举，上凌青霄。出凉州也。

◎ 阿雏鸟

雏鸟　武周县有一座山，其名为合火山，这座山上有一种鸟叫雏鸟。它长得像雅乌，嘴红犹如朱砂，故而又名赤嘴鸟，也叫阿雏鸟。

雏鸟　武周县[③]合火山，山上有雏鸟。形类雅乌，觜[④]赤如丹，一名赤觜鸟，亦曰阿雏鸟。

◎ 恶鸟训胡

训胡　它是一种恶鸟，当它鸣叫时，其肛门也相应发声。

---

① 鷫鸘（sù shuāng）：雁的一种。
② 控：投。
③ 武周县：今山西左云。
④ 觜：通"嘴"。

训胡[①]　恶鸟也，鸣则后窍应之。

◎ 伯劳鸟

伯劳　即博劳。相传它为伯奇死后所化。取伯劳鸟踏过的枝条鞭打幼儿，能让婴孩尽早开始说话。南方小儿因母亲有孕在身，同时又哺乳幼儿。这个时候幼儿生病就好像疟疾发作一般，有这情况时只有伯劳的羽毛才能将其治好。

百劳[②]　博劳也。相传伯奇所化。取其所踏枝鞭小儿，能令速语。南人继母有娠乳儿，儿病如疟，唯鵙[③]毛治之。

---

① 训胡：即猫头鹰。
② 百劳：通常作"伯劳"。
③ 鵙(jú)：即伯劳。

毛篇

走兽志异

本篇主要主要内容是关于各种兽类的记载,有狮子、象、虎、马、牛、鹿等,着重记录其奇异之处。

◎狮子

狮子　佛经上讲:"用狮子的筋制作琴弦用来弹奏,弹奏时,其他琴的琴弦都会断。"

西域有黑狮子、捧狮子。集贤校理张希复说:"从前有狮子尾拂,夏天苍蝇蚊蚋不敢到那上面去。"

以前有说法是苏合香便是狮子粪。

师子[①]　释氏书言:"师子筋为弦,鼓之,众弦皆绝。"

西域有黑师子、捧师子。集贤校理张希复言:"旧有师子尾拂,夏月蝇蚋[②]不敢集其上。"

旧说,苏合香,师子粪也。

◎象

象　以前有一种说法是象天生擅长记忆,看到幼象的皮便能认出而悲泣不已。一张象鼓重达一千斤。佛经上说:"大象以七肢拄地,有六颗象牙。牙上开花,必定是因为雷声。"

象　旧说象性久识,见其子皮必泣。一枚重千斤。释氏书言:"象七支拄地,六牙。牙生花,必因雷声。"

---

① 师子:即狮子。
② 蚋(ruì):黑色昆虫,生活在水中,吸食人畜血液。

◎ 龙象

又说，龙象要到六十岁时骨头才生长完全。现在荆地所谓黑色的象，有两颗牙，这种象其实是江豚。

又言，龙象①，六十岁骨方足。今荆地象，色黑，两牙，江猪也。

◎ 白象

咸亨二年，周澄国遣使上奏说："诃伽国里有白象，其象的头部长有四颗牙，全身有五条腿。白象走在哪里，哪里的田地就会丰收，用水洗白象牙，洗过的水喝了可以治病。请派兵去迎取。"

咸亨二年，周澄国遣使上表言："诃伽国有白象，首垂四牙，身运五足，象之所在，其土必丰，以水洗牙，饮之愈疾。请发兵去迎取。"

◎ 象胆

象胆的位置随四季变化而有所不同，分别位于四条腿部：春天在左前腿，夏天在右前腿，就好像龟四趾总不固定一样。象的鼻尖有爪，能拾起针。象肉有十二样，唯有

---

① 龙象：佛经称象之大者为龙象。又因龙为水中力大者，象为陆上力大者，故又用"龙象"指称修行勇猛且具有大力的人。

鼻子是它的本肉。

象胆随四时在四腿：春在前左，夏在前右，如龟无定体也。鼻端有爪，可拾针。肉有十二般，唯鼻是其本肉。

◎象恶犬声

陶弘景说：在夏天配药时，最好在药物旁边放置象牙。南方人认为象天生就爱嫉妒，不喜欢听到狗叫声。猎人带上干粮爬上高树，建造一个类似熊巢的窝，躲在里面等着。有象群从下面经过的时候，就发出狗叫声，象群全都扬起鼻子吼叫，环绕着大树不肯离去。大约过了五六天，等到象群变得疲惫不堪倒伏在地时，于是趁机将其猎杀。在象的耳后有个穴位，那地方就如同鼓皮一样薄，向这里一刀刺下去，象就死了。象胸前有一块小横骨，将此横骨烧成灰后和酒服下，人就可以在水中自由出没。吃了象肉，人会变胖增重。

陶贞白[①]言：夏日合药，宜置象牙于药旁。南人言象妒，恶犬声。猎者裹粮登高树，构熊巢伺之。有群象过，则为犬声，悉举鼻吼叫，循守不复去。或经五六日，困倒其下，因潜杀之。耳后有穴，薄如鼓皮，一刺而毙。胸前小横骨，灰之，酒服，令人能浮水出没。食其肉，令人体重。

---

① 陶贞白：即陶弘景，字通明，丹阳秣陵（今江苏南京）人。著有《真灵位业图》《真诰》等道书。

◎象孕五载

古训上讲：母象怀孕五年后才会生下小象。

古训言：象孕五岁始生。

◎虎人药

老虎在交配时会出现月晕。仙人郑思远常常骑虎，他的多年好友许隐因牙痛找他医治。郑思远说："只要找到虎须，并趁热将它插在牙齿缝里，牙痛就会好。"郑思远说完便拔了几根虎须给许隐，由此可知虎须可以治牙痛。

老虎咬死人以后，能让尸体站起来自己脱光衣服，然后老虎再将尸体吃掉。老虎的威骨像一个"乙"字，有一寸长，在两胁旁的皮肤之下，尾巴上也有。佩戴威骨出任官职是好事，如果本无官位而佩戴威骨，则会遭人妒恨。

夜晚时，老虎一只眼睛发光，另一只眼睛看东西。猎人看到虎眼放光便朝着光芒射杀，虎眼的光芒随之堕入地下，变成一块白石头。主治小儿惊悸。

虎交而月晕。仙人郑思远常骑虎，故人许隐齿痛求治。郑曰："唯得虎须，及热插齿间即愈。"郑为拔数茎与之，因知虎须治齿也。

虎杀人，能令尸起自解衣，方食之。虎威①如"乙"字，长

---

① 虎威：老虎的威骨。

一寸，在胁两旁皮内，尾端亦有之。佩之，临官佳，无官，人所媢[1]嫉。

虎夜视，一目放光，一目看物。猎人候而射之，光坠入地，成白石。主小儿惊。

◎马记

马 北方的护兰马，即为五白马，也叫作玉面；谙真马，为十三岁的马，十三岁以下的马，可以作为种马。以前的种马：战马高八尺，田马高七尺，驽马高六尺。

喂马，瓜州用薋草，沙州用茨萁，凉州用勃突浑，蜀地用稗草。用萝卜根喂马，马会长得比较肥硕。安北用茨萁喂马。

大食国的马能听懂人说话。

悉怛国、怛幹国出产好马。

马到四岁时，会长出两颗成齿，马到二十岁时，牙齿全都被磨平了。

马的身体部位名称有输鼠、外凫、乌头、龙翅、虎口。

用猪槽来养马，用石灰涂抹马槽，马在出汗时而将其拴在门边，这三种做法会导致怀孕的母马落驹。

旋毛长在颈部的多是白马。黑马则鞍下和腋下长旋毛，右胁长白毛，两只后蹄是白色的。

马四只蹄是黑的，眼睛下长横毛；黄马白嘴，旋毛在嘴后，汗沟向上一直到马尾根部，红眼睛、睫毛杂乱以及

---

[1] 媢（mào）：嫉妒。

倒睫；白马黑眼睛，眼睛白色而目光游离不定：具有这些情状的马都不能骑。

马夜眼又叫附蝉，尸肝又叫悬蹄，也叫鸡舌。《抱朴子》的药方说："用地黄、甘草喂马，五十岁的马仍可生三匹马驹。"

马　房中①护兰马，五白马也，亦曰玉面；谐真马，十三岁马也，以十三岁以下，可以留种。旧种马：戎马八尺，田马七尺，驽马六尺。

瓜州饲马以薲草，沙州以茨萁，凉州以勃突浑，蜀以稗草。以萝卜根饲马，马肥。安北②饲马以沙蓬根针。

大食国马解人语。

悉怛国、怛幹国出好马。

马四岁两齿，至二十岁，齿尽平。

体名有输鼠③、外凫④、乌头⑤、龙翅、虎口⑥。

猪槽饲马、石灰泥槽、汗而系门，三事落驹。

回毛⑦在颈，白马。黑马鞍下腋下回毛，右胁白毛，左右后足白。

马四足黑，目下横毛，黄马白喙，旋毛在吻后，汗沟上通

---

① 房中：这里指北方少数民族地区。
② 安北：即唐代安北都护府。
③ 输鼠：马股臀部肌肉。
④ 外凫：马蹄骨。
⑤ 乌头：马后腿突出的骨节。
⑥ 虎口：马两股之间。
⑦ 回毛：即旋涡状毛。

尾本，目赤、睫乱及反睫，白马黑目，目白却视：并不可骑。

夜眼[1]名附蝉，尸肝名悬蹄，亦曰鸡舌。绿帙方[2]言"以地黄、甘草噉，五十岁生三驹。"

◎ 相牛之法

牛　北方人养的牛瘦，多数是由于蛇钻进了牛鼻子或牛嘴里，这种牛仅有一片肝叶。只有一片肝叶的水牛肉是有毒的，人吃了这种水牛肉会死的，逆贼李希烈就是吃了这种牛肉死掉的。

相牛优劣的办法有以下这些。颔下垂皮分叉的牛寿命长。胸部骨架宽阔为佳。毫筋要是横着的，毫筋就是蹄后筋。经常叫唤的牛，那是它体内有牛黄。牛角发凉，说明有病。眼睛下面长旋毛的牛不能长寿。睫毛杂乱的牛会用牛角撞人。牛的两角中间有乱毛，这对主人不吉利。牛尾巴上的毛少而骨多，这种牛力气大。排尿时尿液向前直射的牛是好牛。肋骨稀疏的牛不好养。牛三岁长两齿，四岁长四齿，五岁长六齿。六岁以后，每一年长一节脊骨。

牛　北人牛瘦者，多以蛇灌鼻口，则为独肝。水牛有独肝者杀人，逆贼李希烈食之而死。

相牛法：岐胡有寿。膺匡欲广。毫筋欲横，蹄后筋也。常

---

[1] 夜眼：马四肢皮肤角质块，可入药。古时认为马有此能夜行，故名"夜眼"。
[2] 绿帙（zhì）方：道教药方。这里指《抱朴子》。绿帙，泛指道书。

有声，有黄①也。角冷有病。旋毛在珠泉，无寿。睫乱，触人。衔乌角偏，妨主。毛少骨多，有力。溺射前，良牛也。疏肋，难养。三岁二齿，四岁四齿，五岁六齿。六岁以后，每一年接脊骨一节。

◎宁公饭牛

凡是宁公喂养的牛，阴虹一直贯到脖颈。阴虹，就是从牛尾骨一直贯连到颈部的两根筋。

宁公②所饭牛，阴虹属颈。阴虹，双筋自尾属颈也。

◎三子随牛

在突厥的先索国有一位泥师都，他娶了两位妻子，他一共有四个儿子，其中一个儿子变成了鸿。泥师都就委派另外三个儿子说："你们去跟随古旃吧。"古旃就是牛。于是三个儿子就跟着牛，牛排出的粪便全都变成了肉和乳酪。

北虏之先索国有泥师都，二妻，生四子，一子化为鸿。遂委三子，谓曰："尔可从古旃。"古旃，牛也。三子因随牛，牛所粪，悉成肉酪。

---

① 黄：牛黄。
② 宁公：即为宁戚，春秋时卫人。以家贫，为人挽车，至齐，喂牛于车下，扣牛角而歌，桓公以其为非常之人，召为上卿。相传著有《相牛经》。

◎乘牛登山

在太原县的北边有一座银牛山。在东汉建武二十一年时，有个人骑着一头白牛直接从庄稼地里踩踏而过。田父便责问那人，那人说："我是北海使者，要赶路去观看天子登泰山封禅。"于是就骑着牛上了山。田父一路追到山上，只看见了牛的蹄印，并且地上的牛粪竟全部变成了银子。第二年，世祖果然到泰山封禅。

太原县北有银牛山。汉建武二十一年，有人骑白牛，蹊①人田。田父诃诘之，乃曰："吾北海②使，将看天子登封③。"遂乘牛上山。田父寻至山上，唯见牛迹，遗粪皆为银也。明年，世祖封禅。

◎仙鹿

鹿　虞部郎中陆绍的弟弟是卢氏县的县尉。他曾经有一次观看猎人打猎，忽然有五六头鹿来到涧边，见到人既不惊慌，也不逃走，那鹿身上的花斑就像画里一样漂亮。陆某很奇怪猎人为什么不发箭。猎人说："这是仙鹿，若是用箭射它的话，不但不能伤它，而且还会很不吉利。"陆某不相信，下令逼迫猎人放箭。猎人实在没办法，被逼无奈

---

① 蹊（xī）：践踏。
② 北海：今贝加尔湖。
③ 登封：登山封禅。

之下只好一箭射出，谁知鹿带着箭跑了。等到返回途中，射鹿的猎人坠落山崖，折断了左脚。

鹿　虞部郎中陆绍弟，为卢氏县尉。尝观猎人猎，忽遇鹿五六头临涧，见人不惊，毛斑如画。陆怪猎人不射，问之。猎者言："此仙鹿也，射之不能伤，且复不利。"陆不信，强之。猎者不得已，一发矢，鹿带箭而去。及返，射者坠崖，折左足。

◎合浦有鹿

《南康记》上说："在合浦这个地方有一种鹿，鹿的额头上顶着一株科藤，科藤的四根枝条一律笔直朝上，每根枝条都有一丈长。"

《南康记》云："合浦有鹿，额上戴科藤一枝，四条直上，各一丈。"

◎通天犀

通天犀特别不喜欢看到自己的影子，所以经常喝浑浊不清的水。当它尿溺时人们去驱赶它，它也不会移动。通天犀角的纹理犹如百物之形。有人说犀角纹理贯通是通天犀的病症。犀角的纹理有倒插、正插、腰鼓插，倒插指的是犀角的下半截纹理已通，正插指的是纹理通了上半截，腰鼓插是指中间一段纹理不通。波斯把象牙叫"白暗"，把犀角叫"黑暗"。我门下的医生吴士皋，曾在南海郡任职，他听波斯船主说，他们国内捕捉犀牛的方法是先在山路上到处栽插木桩，就像狙杙，说犀牛的前脚不能弯曲，犀牛经常靠着木栏休息，木栏一旦折断犀牛跌倒，它就不能站起来。犀牛又名奴角。有鸩的地方，必定会有犀。犀牛一个毛孔长三根毛。刘孝标说："犀牛的角脱落之后，它会立即把角埋起来，人们如果想要获取，就要用一只假角去替换。"

犀之通天者，必恶影，常饮浊水。当其溺时，人赶不复移足。角之理，形似百物。或云犀角通者，是其病。然其理有倒插、正插、腰鼓插，倒者一半已下通，正者一半已上通，腰鼓者中断不通。故波斯谓牙为"白暗"，犀为"黑暗"。成式门下医人吴士皋，尝职于南海郡，见舶主说，本国取犀，先于山路多植木如狙杙①，云犀前脚直，常倚木而息，木栏折，则不能起。犀牛，一名奴角。有鸩处，必有犀也。犀三毛一孔。刘孝标言："犀堕角埋之，人以假角易之。"

◎明驼千里脚

骆驼　生性害羞。《木兰篇》："明驼千里脚。""明"字常被误作"鸣"字。骆驼睡卧时腹部不贴地，腿脚弯曲着漏出光明。骆驼可以远行千里。

驼　性羞。《木兰篇》："明驼千里脚。"多误作"鸣"字。驼卧，腹不贴地，屈足漏明。则行千里。

---

① 狙杙（jū yì）：狙，古书上说的一种猴子。杙，木桩。

◎天铁熊

天铁熊　高宗时，加毗叶国进献天铁熊，它能擒获白象和狮子。

天铁熊　高宗时，加毗叶国献天铁熊，擒白象、狮子。

◎狼狈

狼　体形大小和狗相差无几，毛色呈灰白色，嚎叫时全身的毛孔仿佛都竖起来了。大腿的筋大如鸭蛋。遇到有窃贼，就用狼筋熏，会使窃贼的手收缩抽筋。有人说狼满身是筋，就像编织的网络，这是因为他体内有小囊虫的缘故。狼粪燃烧时烟气直冲霄汉，常将此用于烽火台报警。

有人说狼、狈是两种不同的动物，狈的前脚极短，每次出行时就骑在两只狼身上，没有狼，狈就不能行动。故世人称事情不顺叫狼狈。

临济郡西边有一处狼丘，近年曾有人在野外独行，遇到了几十头狼，那人见形势窘迫危急，急忙爬上草堆。这时有两只狼就钻进洞中，驮出一只"老狼"。"老狼"到草堆前，用嘴拔出几根草，狼群就仿效着竞相拔草。眼看草堆就要崩塌了，幸好来了一位猎人搭救了他。后来他带着人挖掘了这处狼丘，捉住一百多头狼并全部杀死，想来那头"老狼"就是狈了。

狼　大如狗，苍色，作声诸窍皆沸。脾①中筋大如鸭卵。有犯盗者，薰之，当令手挛缩。或言狼筋如织络，小囊虫所作也。狼粪烟直上，烽火用之。

或言狼、狈是两物，狈前足绝短，每行常驾两狼，失狼则不能动。故世言事乖者称狼狈。

临济郡西有狼冢，近世曾有人独行于野，遇狼数十头，其人窘急，遂登草积上。有两狼，乃入穴中，负出一老狼。老狼至，以口拔数茎草，群狼遂竞拔之。积将崩，遇猎者救之而免。其人相率掘此冢，得狼百余头，杀之，疑老狼即狈也。

◎ 貊泽

貊泽　体形大小如犬，它的油脂渗透性强，用手捧或是用铜、铁、瓦器来盛装，都会漏，可用骨器来装则不会滴漏。

貊②泽　大如犬，其膏宣利③，以手所承及铜铁瓦器中贮，悉透，以骨盛，则不漏。

◎ 猰㺄

猰㺄　境外勃樊州出产熏陆香，这种香的形状如同枫树脂，猰㺄喜欢食用。猰㺄大的重十斤，样子像獭，它的头

---

① 脾：通"髀"。
② 貊：音mò。
③ 宣利：渗透性强。

部、身子、四肢都不长毛，只是从鼻子沿着脊背一直到尾巴处有一绺一寸宽的青毛，毛长三四分。捕获的猚猚，刀砍枪刺都不能伤害它，堆起柴草烧它也烧不死，如果用大棒击打它的骨头，直到它的骨头被打碎了才会死。

猚猚　徼[1]外勃樊州[2]，熏陆香[3]所出也，如枫脂，猚猚好啖之。大者重十斤，状似獭，其头、身、四肢了无毛，唯从鼻上竟脊至尾有青毛，广一寸，长三四分。猎得者，斫刺不伤，积薪焚之不死，乃大杖击之，骨碎乃死。

◎黄腰食虎

黄腰　又叫唐己。人见到这种动物会不吉利。民间传说黄腰要吃老虎。

黄腰　一名唐己。人见之，不祥。俗相传食虎。

◎香狸

香狸　把它的尿道连同香囊一起割下来，用酒浇过然后晾干，那气味就如同真的麝香一般。

香狸　取其水道[4]连囊，以酒浇，干之，其气如真麝。

---

[1] 徼（jiào）：边界。
[2] 勃樊州：在今东南亚马来半岛。
[3] 熏陆香：一种树脂。
[4] 水道：尿道。

◎ 鹿屎

耶希　有种两头鹿，吃毒草。耶希是它的胎屎。夷人把鹿叫作耶，把屎说成希。

耶希　有鹿两头，食毒草。是其胎矢也。夷谓鹿为耶，矢①为希。

◎ 蜼圊有处

蜼　长得像黄狗，有固定排便的地方，如果走得太远一时赶不回那个固定排便之所，就用草塞住肛门。

蜼②　似黄狗，圊③有常处，若行远不及其家，则以草塞其尻。

◎ 猳玃窃妻

猳国　在蜀地西南的高山上有一种动物，形状就像猴子，身长七尺，名叫猳国，又叫马化。猳国喜欢偷走人类的妻子并一起生活，多年以后，这些妇女的样貌都跟猳国很相似了。生育的后代都姓杨，蜀地许多姓杨的人双手都形如猴爪。

---

① 矢：通"屎"。
② 蜼（wěi）：兽名。
③ 圊（qīng）：厕所。

猳国[1]　蜀西南高山上，有物如猴状，长七尺，名猳国，一曰马化。好窃人妻，多时，形皆类之。尽姓杨，蜀中姓杨者往往玃[2]爪。

◎狒狒人语

狒狒　喝了狒狒的血就可以看见鬼。狒狒力气特别大，能负重千斤。它笑的时候上嘴唇会向上翻起，甚至遮住额头，它的长相酷似猕猴。它会像人一样说话，声音听上去就好像鸟叫。它还能够预知生死。狒狒的血可用作印染绯袍，毛发可以用来制作假发。从前传说狒狒的脚后跟是反方向的，猎人说它没有膝盖，睡觉时常要靠着物体。宋建武年间，高城郡向朝廷进献了雌雄狒狒一对。

狒狒[3]　饮其血，可以见鬼。力负千斤。笑辄上吻掩额，状如猕猴。作人言，如鸟声。能知生死。血可染绯，发可为髲[4]。旧说反踵[5]，猎者言无膝，睡常倚物。宋建武高城郡进雌雄二头。

◎在子

在子这种动物，长着鳖身人头，用点燃的藿香去烤它，它便会发出"在子"的叫声。

---

[1] 猳国（jiā guó）：兽名。一种猴类动物。
[2] 玃（jué）：古书上说的一种较大的猴。
[3] 狒狒（fèi）：兽名。一种猴类动物。
[4] 髲（bì）：假发。
[5] 反踵：脚跟反向。

在子者,鳖身人首,炙之以藿,则鸣曰"在子"。

◎大尾羊

大尾羊　康居国盛产大尾羊。大尾羊的尾巴特别肥大,可重达十斤。

大尾羊　康居①出大尾羊,尾上旁广,重十斤。

◎野青羊

玄奘法师到西域,发现在大雪山高岭下有一个村庄。村民们养的羊有驴那么大。罽宾国盛产一种野青羊,其尾巴颜色青翠,当地人以这种羊为主要的食物来源。

又僧玄奘至西域,大雪山高岭下有一村,养羊大如驴。罽宾国②出野青羊,尾如翠色,土人食之。

---

① 康居:西域古国名。其地大致位置在今乌兹别克斯坦撒马尔汗。
② 罽(jì)宾国:西域古国名。其地大致位置在今克什米尔。

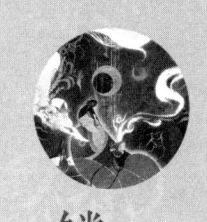

鳞介篇

水中一族

鳞介，指水族之鱼类、贝壳类。本篇共计三十三条，所记以鱼类为多，有井鱼、异鱼、鲤、黄鱼、鲌鱼、鳕鱼、鲛鱼、马头鱼、印鱼、石斑鱼、娃娃鱼、鲨鱼、飞鱼、温泉中小鱼、羊头鱼、鳡鱼等。另外还有一些蟹类，有百足蟹、糖蟹、梭子蟹、拥剑、寄居蟹、蟛蜞。此外还有乌贼、玳瑁、系臂、蛤蜊、牡蛎、玉桃、千人捏，以及传说中的龙。

◎龙尺木

龙　头上有一样东西,近似博山的形状,名叫尺木。龙如果没有尺木,就不能升天。

龙　头上有一物,如博山①形,名尺木。龙无尺木,不能升天。

◎井鱼

井鱼　井鱼的脑袋上有一个孔,每当井鱼吸水之后,就又从这个孔把水喷挤出来,像喷泉一样散落在海里,船家争着用器皿把这种水收集起来。海水又咸又苦,经过井鱼脑部孔穴喷出之后,反而淡如泉水。我听梵僧普提胜说过这事。

井鱼②　井鱼脑有穴,每翕水,辄于脑穴蹙出,如飞泉,散落海中,舟人竞以空器贮之。海水咸苦,经鱼脑穴出,反淡如泉水焉。成式见梵僧普提胜说。

◎秦皇鱼

异鱼　东海的渔夫说:我近来捕到一条鱼,有五六尺长,它的肠胃呈箭袋、刀、矛等的形状,又称作秦皇鱼。

---

① 博山:器物表面雕刻作重叠山形的装饰。
② 井鱼:此处似为鲸。

异鱼　东海渔人言：近获鱼，长五六尺，肠胃成胡鹿[1]刀槊之状，或号秦皇鱼。

◎鯇公

鲤　脊背中线有道鳞，鳞甲上有小黑点，不论大鱼小鱼都是三十六片鳞。国朝律令：捕到鲤鱼当放回水中，不能吃它。鲤鱼被尊称为鯇公，出售鲤鱼的人会被处以杖刑六十，因为鲤字跟国姓的李字谐音。

鲤　脊中鳞一道，每鳞有小黑点，大小皆三十六鳞。国朝[2]律：取得鲤鱼，即宜放，仍不得吃。号鯇公[3]，卖者杖六十，言鲤为李也。

◎杀鱼变天

黄鱼　在蜀地，人们每次杀黄鱼，天气必然会变阴雨天。

黄鱼　蜀中每杀黄鱼，天必阴雨。

◎河伯度事小吏

乌贼　以前说乌贼又名河伯度事小吏。遇到大鱼攻击，

---

[1] 胡鹿：指箭袋。
[2] 国朝：古时人称本朝为国朝。
[3] 鯇（huàn）公：唐朝皇帝姓李，故称鲤鱼为"鯇公"，有敬重之义。

就会喷射出方圆几尺的墨水,以此来隐藏自己。有江东人用乌贼喷出的墨汁来书写契约,用以诈骗他人财物,因为用这墨汁写出的字迹有如淡墨,过一年,字迹消失,就只剩下一张白纸。据海边的人讲述:当年秦始皇东游,把算袋抛在海里后就变成了乌贼。乌贼的样子的确很像算袋,两根带子很长。又说乌贼有碇,遇到大风就像蝌蚪一样弯曲一根长须下碇稳固自己。

乌贼　旧说名河伯度事小吏。遇大鱼,辄放墨,方数尺,以混其身。江东人或取墨书契,以脱①人财物,书迹如淡墨,逾年字消,唯空纸耳。海人言:昔秦王东游,弃算袋于海,化为此鱼。形如算袋,两带极长。一说乌贼有碇②,遇风,则蚪前一须下碇。

◎鲐鱼接生

鲐鱼　当各类鱼要产卵的时候,鲐鱼就会触碰它的腹部,所以世人认为鲐鱼是所有鱼类的接生婆。

鲐鱼　凡诸鱼欲产,鲐鱼辄舐其腹,世谓之众鱼之生母。

◎河伯健儿

鲻鱼　章安县出产。小鲻鱼可以从母鱼腹部进出:早

---

① 脱:欺骗。
② 碇(dìng):泊船时用以固定船身的石墩,即锚。

上出来觅食，傍晚才回到母腹中，母腹能容下四条小鱼。鯂鱼颊为金红色，身形矫健，渔网也拿它没办法，民间又称它为河伯健儿。

鯂鱼[①]　章安县出，出入鯂腹：子朝出索食，暮还入母腹，腹中容四子。颊赤如金，甚健，网不能制，俗呼为河伯健儿。

◎鲛鱼

鲛鱼　鲛鱼的幼子一旦受惊，便会躲进母腹中。

鲛鱼　鲛子惊，则入母腹中。

◎食人马头鱼

马头鱼　象浦有种鱼，鱼身是黑色的，身长有五丈多，头长得跟马的头相像。等人下水以后，就把人吃掉。

马头鱼　象浦有鱼，色黑，长五丈余，头如马。伺人入水，食人。

◎印鱼封印

印鱼　其身长一尺三寸，额头呈四方形，如同一方印章四方的像印，额上有字。各种大鱼命该死亡的，印鱼就先用额上的印给它留个记号。

[①] 鯂（cuò）鱼：即鲛鱼，又名鲨鱼。

印鱼　长一尺三寸，额上四方如印，有字。诸大鱼应死者，先以印封之。

◎建州石斑鱼

石斑鱼　行儒和尚说：建州有一种石斑鱼，喜欢和蛇交配。南方有很多格蜂，它们的巢大小跟壶差不多，格蜂时常会群起而螫人。当地人捕到石斑鱼后将其放在蜂树旁边炙烤，然后又绑在竹竿上，朝着太阳，让它的影子落在蜂巢里。一会儿，就会有好几百只大小如燕的鸟儿，群起啄击蜂巢，将蜂巢碎成片状如落叶一样纷纷飘下，格蜂就这样被全部消灭掉了。

石斑鱼　僧行儒言：建州①有石斑鱼，好与蛇交。南中多隔蜂②，窠大如壶，常群螫③人。土人取石斑鱼，就蜂树侧炙之，标于竿上，向日，令鱼影落其窠上。须臾，有鸟大如燕，数百，互击其窠，窠碎落如叶，蜂亦全尽。

◎鲵鱼上山

鲵鱼　长相酷似鲶鱼，它有四只脚，长着长尾巴，还能能上树。天旱的时候，它就含着水上山，用草叶遮盖自己的身体，张着大嘴，引诱鸟儿前来饮水，以此就把鸟儿

---

① 建州：今福建建瓯。
② 隔蜂：一种凶猛好斗的毒蜂。
③ 螫（shì）：被毒虫刺。

吞食了。鲵鱼的叫声像婴儿。三峡里的人食用鲵鱼，先把它捆在树上用鞭子抽打，鲵鱼身上便会渗出白色的汗液，汗液如同构树汁一样，只有让这种白汗排干净了才能食用，不然食用后会中毒。

鲵鱼　如鲇，四足，长尾，能上树。天旱，辄含水上山，以草叶覆身，张口，鸟来饮水，因吸食之。声如小儿。峡中人食之，先缚于树鞭之，身上白汗出，如构汁①，去此方可食，不尔有毒。

◎雌负雄行

鲎　雌鱼经常背雄鱼游行，因此渔夫捕到鲎鱼必定是雌雄成双，南方人常将其摆在集市上卖，而其中雄鱼比较瘦。旧时传说鲎鱼过海时雌鱼把雄鱼驮在背上，雄鱼高一尺多，就像船帆，乘风畅游。现在的鲎鱼壳上有一样东西，高七八寸，像石珊瑚，俗称为鲎帆。我在荆州时曾经有过一枚。如今闽中、岭南地区的人们特别喜欢食用鲎子酱。鲎鱼有十二只脚，壳可以做成冠，价质品相仅次于白角冠。南方人常用鲎鱼尾制作小如意。

鲎②　雌常负雄而行，渔者必得其双，南人列肆卖之，雄者少肉。旧说过海辄相负于背，高尺余，如帆，乘风游行。今鲎壳

---

① 构汁：构树分泌的汁液。
② 鲎：音hòu。

上有一物，高七八寸，如石珊瑚，俗呼为鲎帆。成式荆州尝得一枚。至今闽、岭重鲎子酱。鲎十二足，壳可为冠，次于白角[①]。南人取其尾为小如意也。

◎飞鱼凌空

飞鱼　在朗山浪水中有一种飞鱼。其鱼类身长有一尺，能飞翔。飞翔则凌云直上，止息则归栖于潭底。

飞鱼　朗山浪水有之。鱼长一尺，能飞。飞即凌云空，息即归潭底。

◎温泉鱼

温泉中鱼　南方随溪有个地方叫三亭城，在城边上有处温泉里生活着一种小鱼。

温泉中鱼　南人随溪有三亭城，城下温泉中生小鱼。

◎羊头鱼

羊头鱼　在周陵溪里有种鱼，它的头长得像羊头，民间叫作羊头鱼。这种鱼肉多刺少，也比普通的鱼要美味得多。

羊头鱼　周陵溪中有鱼，其头似羊，俗呼为羊头鱼。丰肉

[①] 白角：磨光的牛角。这里指白角冠。

少骨，殊美于余鱼。

◎ 鲻鱼

鲻鱼　济南郡东北有处鲻坑。相传在北魏景明年间，有人掘井得到一条鱼，这条鱼有镜子那么大。当天夜里，河水溢进这个坑里，坑里的人都变成了鲻鱼。

鲻①鱼　济南郡东北有鲻坑。传言魏景明中，有人穿井得鱼，大如镜。其夜，河水溢入此坑，坑中居人，皆为鲻鱼焉。

◎ 玳瑁

玳瑁　动物不进行第二次交配的，如老虎、鸳鸯和玳瑁。

玳瑁　虫不再交者，虎、鸳与玳瑁也。

◎ 鹦鹉螺

螺蚌　鹦鹉螺的形状酷似鹦鹉，见到这种螺是不吉利的。蚌在打雷时会收缩。

螺蚌　鹦鹉螺如鹦鹉，见之者，凶。蚌，当雷声则瘶②。

---

① 鲻：音zhòng。
② 瘶（zhòu）：收缩。

◎ 稻芒敬神

蟹 八月，蟹的腹中有芒。这芒是真正的稻芒。稻芒长一寸多，蟹朝东把稻芒献给海神。蟹在没有献出稻芒之前是有毒的，故而是不能吃的。

蟹 八月，腹中有芒。芒，真稻芒也。长寸许，向东输与海神。未输，不可食。

◎ 螯胶

在善苑国中有一种百足蟹，它有九尺长，四只螯。用它的螯煎成的胶名叫螯胶，胜超凤喙胶。

善苑国出百足蟹，长九尺，四螯。煎为胶，谓之螯胶，胜凤喙胶也。

◎ 糖蟹

平原郡进贡的糖蟹，是从河间地界捕捉的。每年用鲜活的蟹进贡。凿开坚冰，打着火把照着，再在水面上悬置一块老狗肉，蟹觉察到了有老狗肉就会浮上水面，这样便能捉住它。通常一枚糖蟹价值百金，用毛毡将其密封捆扎好后用驿马飞驰送到京城。

平原郡贡糖蟹，采于河间界。每年生贡。斫冰火照，悬老犬肉，蟹觉老犬肉即浮，因取之。一枚直百金以毡密束于驿马，驰至于京。

◎ 蝤蛑斗虎

蝤蛑　大的蝤蛑有一尺多长,它的两只螯特别有力,到八月时,它能和老虎搏斗,连老虎都打不过它。蝤蛑随着海潮的涨落而蜕壳,蜕一次壳就长大一些。

蝤蛑[①]　大者长尺余,两螯至强,八月,能与虎斗,虎不如。随大潮退壳,一退一长。

◎ 奔鰅

奔鰅　奔鰅又名灟,既不属于鱼类,也不属于蛟类。它体大如船,体长达两三丈。身体颜色像鲶鱼,腹部下面还有两个乳头,雄雌阴阳之别和人差不多。把它的幼子放在岸上,叫声就像婴儿啼哭。奔鰅的顶上有个孔通到头部,孔中出气吓吓作声,这时必然会刮大风,赶路的人把这当作天气的征候。相传这种鱼由懒妇变成的,杀一头可以得到三四斛油脂,用这种油脂点灯,如果是照着刻苦读书、辛勤纺织情形的光线就会十分昏暗,用来照着欢乐歌舞情形的光线就非常明亮。

---

① 蝤蛑（yóu móu）:梭子蟹,其性情凶猛,主食鱼虾贝类。

奔𫚉[1] 奔𫚉一名䱅[2]，非鱼非蛟，大如船，长二三丈，色如鲇，有两乳在腹下，雄雌阴阳类人。取其子着岸上，声如婴儿啼。顶上有孔通头，气出吓吓作声，必大风，行者以为候。相传懒妇所化，杀一头，得膏三四斛，取之烧灯，照读书、纺绩辄暗，照欢乐之处则明。

◎系臂如龟

系臂　像龟。在下海捕捞它之前，人们必须先举行祭礼，并且要说清楚打算捕捞的数量，它们就会自己出来，趁机捕捉就是。如果不守信用捕捞过多，船就会被大风大浪掀翻。

系臂　如龟。入海捕之，人必先祭，又陈所取之数，则自出，因取之。若不信，则风波覆船。

◎蛤蜊可飞

蛤蜊　风雨来临的时候，它可以用壳当成翅膀飞行。

蛤蜊　候风雨，能以壳为翅飞。

◎拥剑蟹

拥剑　这种蟹的两只螯有一只特别小，大的螯用来争

---

[1] 奔𫚉（fū）：江豚。
[2] 䱅：音jī。

斗，小的螯用来进食。

拥剑　一螯极小，以大者斗，小者食。

◎寄居蟹

寄居蟹　壳形似蜗牛壳，一头是小蟹，另一头是螺蛤。寄居蟹寄居在螺壳里，等到螺壳打开时才出来觅食，当螺壳闭合时，它就急忙进入螺壳中。

寄居　壳似蜗，一头小蟹，一头螺蛤也。寄在壳间，常候螺开出食。螺欲合，遽入壳中。

◎牡蛎

牡蛎　说起此处的"牡"字，它并不是指雄性的意思。在甲壳类动物中，只有牡蛎是由咸水结合而成的。

牡蛎　言"牡"，非谓雄也。介虫中唯牡蛎是咸水结成也。

◎玉珧

玉珧　其体形酷似蚌，有二寸长，五寸宽。它甲壳里的肉柱烤着吃，味道就跟牛百叶差不多。

玉珧[①]　似蚌，长二寸，广五寸。壳中柱，炙之如牛头

---

① 玉珧（yáo）：软体动物，肉柱称江兆柱，干制后又称干贝。是珍贵的海味。

胘项①。

◎沙丸

数丸　其形状跟蟛蜞相似，相互争抢着取土各自做泥丸，等到做满三百个潮水就来了。故又把它称作沙丸。

数丸　形似蟛蜞②，竞取土各作丸，丸数满三百而潮至。一曰沙丸。

◎千人捏

千人捏的体形就像蟹，大小如铜钱一般，甲壳十分坚固，即便是壮劳力的人用尽全力捏它，也捏不死。民间的说法是千人捏也捏不死，所以因故而得名为千人捏。

千人捏③形似蟹，大如钱，壳甚固，壮夫极力捏之不死。俗言千人捏不死，因名焉。

---

① 牛头胘项：牛胘，即牛百叶。
② 蟛蜞：螃蟹的一种。体小，头胸甲略呈方形。生活在水边的泥穴中。
③ 千人捏：又称"千人擘"。

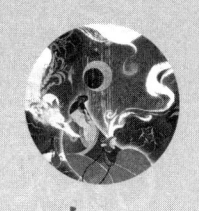

虫篇

昆虫与蛇

本篇记载了昆虫及蛇类共计三十余种。其所记大多近于真实,且有段成式的亲眼所见。

◎朽木化蝉

蝉　未蜕壳时叫作复育,相传是由蛸螂化育而成。韦翾秀才的庄园在杜曲,他曾在冬天挖掘树根,看见复育附着在树根枯朽的地方,所以感觉有些怪异。村里人说蝉就是朽木变化来的。韦翾于是剖开一只蝉细看,发现蝉腹里果然填满了朽木。

蝉　未蜕时名复育,相传言蛣蜣①所化。秀才韦翾②,庄在杜曲,尝冬中掘树根,见复育附于朽处,怪之。村人言蝉固朽木所化也。翾因剖一视之,腹中犹实烂木。

◎百合化蝶

蝶　白蛱蝶是由尺蠖的茧化育而来。顾非熊秀才年轻时曾看见粪土中有一片破烂的绿裙幅,只一会的工夫就变成了蝴蝶。工部员外郎张周封说:"在百合花的花瓣闭合后,再用泥涂抹花瓣间的缝隙,一夜过后,花瓣就变成了大蝴蝶。"

蝶　白蛱蝶,尺蠖③茧所化也。秀才顾非熊少时,尝见郁栖④中坏绿裙幅,旋化为蝶。工部员外郎张周封言:"百合花合

---

① 蛣蜣（qī qiāng）：古书上指蛸螂。
② 翾（xuān）：飞翔。
③ 尺蠖（huò）：尺蠖蛾的幼虫,种类很多,是果树和森林的主要害虫。
④ 郁栖：粪土。

之，泥其隙，经宿化为大蝴蝶。"

◎蚂蚁

蚁 秦地多出巨型黑蚁，好斗，民间叫作蚂蚁。稍小一点的颜色呈浅红。小蚁中有种黑色的、行动迟缓，但力气大，可以举起和它自身身体重量相当的东西。还有一种浅黄色的蚁，它们最具有聚合弱小力量的智慧。我小时候玩耍，常用棘刺穿上苍蝇，放在蚂蚁的必经之路上，浅黄蚁碰到苍蝇就返回蚁穴，距离蚁穴一尺或是几寸远时，刚进入穴中的蚂蚁就像绳子一样，一串一串的，连续不断地爬出来，我怀疑它们是通过声波相互召唤的。蚁行队伍每六七只之间，就会有一只大个头的间隔其中，一看就很有规律，好像队伍一样排列得整整齐齐。到搬运苍蝇时，大头的或是在两侧护卫，或是殿后，像是在防备其他蚁群一样，在做监督和防备工作。

元和年间，我在长兴坊借住。庭院中有一窝蚂蚁，样子像稍大点的窈赤蚂蚁；而且这种蚂蚁的颜色纯黑，腰节略红，头尖脚长，行走时最为轻捷。它们每次活捉到蠖或其他小虫时，将其拖进洞穴就立即毁坏洞沿的土，以此来堵住洞口，大概是为了防止抓到的猎物逃跑吧。从那以后我搬过几次家，但再也没看见过这种蚂蚁。

蚁 秦中多巨黑蚁，好斗，俗呼为马蚁。次有色窈[①]赤者。

[①] 窈：颜色浅。

细蚁中有黑者迟钝，力举等身铁。有窃黄者，最有兼弱之智。成式儿戏时，常以棘刺标蝇，置①其来路，此蚁触之而返，或去穴一尺或数寸，才入穴中者如索而出，疑有声而相召也。其行每六七，有大首者间之，整若队伍。至徙蝇时，大首者或翼②或殿，如备异蚁状也。

元和中，成式假居③在长兴里。庭中有一穴蚁，形状如窃赤之蚁之大者；而色正黑，腰节微赤，首锐足高，走最轻迅。每生致蠖及小虫入穴，辄坏垤④室穴，盖防其逸也。自后徙居数处，更不复见此。

◎旷野蚁楼

隐士程宗义说："程执恭在易州、定州任职时曾见过野外有蚂蚁修筑的土楼，竟高达三尺多。"

山人⑤程宗义云：程执恭在易、定，野中蚁楼，高三尺余。

◎蜘蛛

蜘蛛　道士许象之说："用盆把寒食饭盛在暗室地上，到了夏天，全都会变成蜘蛛。"

---

① 置：安置。
② 翼：两翼护卫。
③ 假居：借住。
④ 垤（dié）：小土堆。
⑤ 山人：多指与世无争的高人的谦称。这里指隐士。

蜘蛛　道士许象之言："以盆覆寒食饭于暗室地上，入夏，悉化为蜘蛛。"

◎ 蜈蚣

蜈蚣　绥安县有许多蜈蚣出没，大的能用气吸兔子，小的也能吸蜥蜴，当距离猎物三四尺远时，它一吸，就能使兔子或蜥蜴的骨肉全都消毁。

蜈蚣　绥安县多蜈蚣，大者能以气吸兔，小者吸蜥蜴，相去三四尺，骨肉自消。

◎ 蠮螉

蠮螉　在我的书斋里有很多这种虫子，大概是源于这种虫喜欢在书卷里做窝的缘故吧。有时它又在笔管里，发出的祝祷声清晰可闻。有时我打开书卷来看，上面全是小蜘蛛，有蝇虎大小，就赶紧用泥盖住，这时，我这才明白蠮螉不只是背负桑虫。

蠮螉[①]　成式书斋多此虫，盖好窠于书卷也。或在笔管中，祝声可听。有时开卷视之，悉是小蜘蛛，大如蝇虎[②]，旋以泥隔之，时方知不独负桑虫也。

---

① 蠮螉（yē wēng）：即螺蠃，又称"细腰蜂"。
② 蝇虎：蜘蛛名。但这种蜘蛛并不结网，只常在壁角捕食蝇等小虫。

◎颠当

颠当　我的书斋前,每次下雨过后会有很多颠当窠(秦人是这么称呼的)。颠当窠就跟像蚯蚓的洞穴一样深,洞中密布着网丝,土盖大约和地面齐平,大小像榆荚。颠当经常在洞中仰面顶着穴盖,伺机候等着苍蝇、尺蠖等经过,一旦它们从这儿经过颠当就立即翻转穴盖将其捕捉住。而且一旦把猎物捉进洞,就又将穴盖关闭了,和地面呈同一颜色,找不到一丝缝隙。颠当的外形酷似蜘蛛(如墙角乱丝网中的那种)。《尔雅》中称之为"王蛛蜴",《鬼谷子》中称之为"蛛母"。秦地有童谣调侃唱道:"颠当颠当牢守门,蠮螉寇汝无处奔。"

颠当[1]　成式书斋前,每雨后多颠当窠(秦人所呼)。深如蚓穴,网丝其中,土盖与地平,大如榆荚。常仰捍其盖,伺蝇蠖过,辄翻盖捕之,才入复闭,与地一色,并无丝隙可寻也。其形似蜘蛛(如墙角乱绹[2]中者)。《尔雅》谓之"王蛛蜴",《鬼谷子》谓之"蛛母"。秦中儿童戏曰:"颠当颠当牢守门,蠮螉寇汝无处奔。"

◎蝇类

蝇　长安城的秋天苍蝇特别多,我曾经每日读诸子之

---

[1] 颠当:又作"蛇蛸",土蜘蛛。
[2] 绹(wō):旋转盘结的发髻。

书五卷，颇为苍蝇所困扰。这些苍蝇在我眼前飞来飞去，使我根本没法看清字，赶也赶不尽。偶然拍死一只，仔细一看，翅膀特别像蝉，头冠很像蜂。苍蝇生性对腐烂的气味很敏感，特别爱叮食酒肉。经过仔细观察它的头部和翅膀，发现颜色灰白的一类声音雄壮，有金色的那一类声音清脆响亮，它发声的器官在翅膀上。青黑色的苍蝇能败坏食物。大苍蝇头部红得像火，有人说这叫大麻蝇，它是由白茅根演化而来的。

蝇　长安秋多蝇，成式尝日读百家五卷，颇为所扰，触睫隐字，驱不能已。偶拂杀一焉，细视之，翼甚似蜩①，冠甚似蜂。性察于腐，嗜于酒肉。按理首翼，其类有苍者声雄壮，负金者声清聒②，其声在翼也。青者能败物。巨者首如火，或曰大麻蝇，茅根所化也。

◎朽瓜为鱼

壁鱼　补阙张周封说：有一次亲眼所见墙壁上的白瓜子变成白色蠹鱼，由此知道了《列子》所言的"朽瓜为鱼"的内含。

壁鱼③　补阙④张周封言：尝见壁上白瓜子化为白鱼，因知

---

① 蜩（tiáo）：蝉。
② 聒（guō）：声音吵闹。
③ 壁鱼：即蠹鱼、书虫。
④ 补阙：职官名。唐代门下省、中书省属官。

《列子》言"朽瓜为鱼"之义。

◎蛄蜣[1]

蛄蜣　草里有蛄蜣树。

◎天牛兆雨

天牛虫　它是一种黑色的甲虫。长安城每到夏季便会出现天牛虫,这种虫有时会出现在篱壁里面,这时天就一定会下雨。对此,我做过七次实验,每一次都应验了。

天牛虫　黑甲虫也。长安夏中,此虫或出于离壁间,必雨。成式七度验之,皆应。

◎江湖异虫

异虫　温会在江州,与宾客一道观看打鱼。突然,有一个渔夫上岸后一路狂奔起来,温会便询问他怎么了,那人只是反手指着背部,却没法开口说话。渔夫皮肤较黑,细看之下,发现有个东西像黄树叶,有一尺多长,上面布满眼孔,紧紧地叮咬住渔夫的背部,怎么弄都弄不下来。温会让人取火来烧,那东西这才掉落在地。那东西每一个小孔下面都有一个像钉子一样的嘴巴,渔夫流了几升血后便死了,没有人认得这是什么怪虫。

---

[1] 此条文章显然,故不出译文。

异虫　温会在江州，与宾客看打鱼。渔子一人忽上岸狂走，温问之，但反手指背，不能语。渔者色黑，细视之，有物如黄叶，大尺余，眼遍其上，啮不可取。温令烧之，方落。每对一眼，底有觜如钉，渔子出血数升而死，莫有识者。

◎冷蛇降暑

冷蛇　申王得了肥胖病，肚腹上的肉下垂到了小腿，每次出行，都用白绢束住腹部。一到炎热的暑季，申王就憋闷得喘不过气来。玄宗下诏让南方进献两条冷蛇赐给申王。这种蛇有几尺长，白色，不咬人，将其握在手里就像冰块一样凉爽。申王肚腹上有好几条肉沟，夏天时就把两条冷蛇放在他肉沟里，于是申王就不再觉得暑热烦闷了。

冷蛇　申王有肉疾，腹垂至骭①，每出，则以白练束之。至暑月，常鼾息不可过。玄宗诏南方取冷蛇二条赐之。蛇长数尺，色白，不螫人，执之冷如握冰。申王腹有数约②，夏月置于约中，不复觉烦暑。

◎异蜂作窠

异蜂　有一种蜂像蜡蜂，体型稍大些，飞行劲健而迅疾，喜欢把树叶裁成圆形卷起来后塞进木孔及墙缝作窠。我曾挖掘墙壁寻找，发现每片叶子中间都包裹着不干净的

---

① 骭（gàn）：小腿。
② 约：腰带。这里指因过于肥胖在腹部上形成的肉沟。

东西，有人说这些东西会变成蜂蜜。

异蜂　有蜂如蜡蜂①，稍大，飞劲疾，好圆裁树叶，卷入木窍及壁罅中作窠。成式常发壁寻之，每叶卷中，实以不洁，或云将化为蜜也。

◎白蜂巢

白蜂巢　在我修行里这座私宅中有几亩果园。壬戌年，有一种像麻子蜂的蜂，在庭前屋檐下用粘土做巢。这个巢有鸡蛋大小，颜色纯白得惹人爱，但我弟弟厌恶白色，就捣毁了蜂巢。就在那年冬天，他果然遭遇不幸。《南史》记载宋明帝厌恶说白色，查看梁元帝《金楼子》也说："我结婚那天，风急雪大，帏幕全都变白了，便认为这是不祥之兆。"由此可见，民俗忌白色是由来已久的事情。

白蜂窠　成式修行里私第，果园数亩。壬戌年，有蜂如麻子蜂，胶土为窠于庭前檐，大如鸡卵，色正白可爱，家弟恶而坏之。其冬，果衅钟②手足。《南史》言宋明帝恶言白，问《金楼子》言："予婚日，疾风雪下，帏幕变白，以为不祥。"抑知俗忌白久矣。

---

① 蜡蜂：蜜蜂。
② 衅（xìn）钟：古代祭神时用祭祀的牲血涂钟的仪式。

◎毒蜂断脉

毒蜂　岭南长有一种毒菌,晚上会发光,雨后则腐烂,并且变为黑色巨蜂,嘴如同锯齿一样,身体长三分多。夜晚会偷偷地钻进人的耳道、鼻孔里,咬断人的心脉。

毒蜂　岭南有毒菌,夜明,经雨而腐,化为巨蜂,黑色,喙若锯,长三分余。夜入人耳鼻中,断人心系。

◎竹蜜蜂

竹蜜蜂　蜀地有种竹蜜蜂喜欢在野竹上搭巢。巢的大小同鸡蛋差不多,并且有长约一尺的蒂。巢和蜂蜜的颜色都青里透红,很是好看,这种蜂的蜂蜜要比普通蜜甜一倍。

竹蜜蜂　蜀中有竹蜜蜂好于野竹上结窠。窠大如鸡子,有蒂,长尺许。窠与蜜并绀①色可爱,甘倍于常蜜。

◎水蛆化虻

水蛆　南方的水溪涧谷中这类虫子有很多,一寸多长,呈黑色。到了盛夏季节就变成虻,螫人的毒性特别大。

水蛆　南中水溪涧中多此虫,长寸余,色黑。夏深,变为虻,螫人甚毒。

---

① 绀(gàn):天青色,青中透红的颜色。

◎水虫坏船

水虫　在象浦这个地方的河流和沙洲上有一种水虫，能钻木头啃食船板，几十天的工夫就把船啃坏了。这种虫子看起来非常非常小的。

水虫　象浦，其川渚有水虫，攒木食船，数十日船坏。虫甚微细。

◎抱枪虫

抱枪　一种水虫。样子像蛞蜣，略微大一些。腹部下面有像枪一样的尖刺，如同荆棘刺一样，它会螫人，而且是有毒的。

抱枪　水虫也。形如蛞蜣，稍大。腹下有刺似枪，如棘针，螫人有毒。

◎负子虫

负子　一种水虫，经常把幼虫背在身上。

负子[1]　水虫也，有子多负之。

---

[1] 负子：虫名。

◎十二辰虫

避役　南方有一种名叫避役的虫,也叫它十二辰虫。样子像蜥蜴,脚比较长,身体呈青红色,背上有肉鬣。夏季时,经常出现在篱壁之间。按民间的说法,见到这种虫多会发生称心如意的事。它的头会依十二时辰快速变化出十二种不同的形状。我的堂兄郛常常看到。

避役　南中有虫名避役,一曰十二辰虫。状似蛇医①,脚长,色青赤,肉鬣②。暑月时,见于篱壁间。俗云,见者多称意事。其首倏忽更变,为十二辰状。成式再从兄③郛常观之。

◎食胶虫

食胶虫　夏季,这种虫会吃松树的油脂,用前脚去粘油脂,后脚接住后再放进肛门中。

食胶虫　夏月,食松胶④,前脚傅⑤之,后脚摄之内之尻中。

◎蠛蠓如蝉

蠛蠓　样子像蝉一样,它的幼子像虾,常附着在草叶

---

① 蛇医:蜥蜴。
② 肉鬣(liè):背上如马鬃般的肉质突起物。
③ 再从兄:指同一曾祖的兄长。
④ 松胶:松树分泌的脂油。
⑤ 傅:粘附。

上。捉到幼子，母虫就会飞来找寻。如果把它们煎炸着吃，味道既辛辣但又相当美味的呢。

蟓蝐　形如蝉，其子如虾，着草叶。得其子，则母飞来就之。煎食，辛而美。

◎ 灶马

灶马　样子像蟋蟀，但比蟋蟀稍稍大一些，脚长，喜欢在灶边做窝。民间说厨房如果有灶马的话，这就意味着食物丰足的预兆。

灶马[①]　状如促织[②]，稍大，脚长，好穴于灶侧。俗言灶有马，足食之兆。

◎ 谢豹

谢豹　虢州有种虫被称为谢豹，经常在深土中活动。裴沈司马的儿子曾经挖坑时捉到过一只。大小和虾蟆差不多，像一个圆形的球，见到人就用两只前脚交叉遮住脑袋，看起来像是十分害羞的样子。它能像鼢鼠一样在地上打洞，速度特别快，只一会儿工夫就可掘到几尺深。有时它会钻出地面，但只要听见谢豹鸟的叫声，就会头部裂开而死，民间因此把这种虫子称作谢豹。

[①] 灶马：灶鸡。一种昆虫，多集于灶旁。
[②] 促织：蟋蟀。

谢豹　虢州①有虫名谢豹，常在深土中。司马裴沈子常治坑获之。小类虾蟆，而圆如毬，见人，以前两脚交覆首，如羞状。能穴地如鼢鼠②，顷刻深数尺。或出地，听谢豹鸟③声，则脑裂而死，俗因名之。

◎没盐虫

碎车虫　样子像知了一样，呈灰白色，喜欢在高树上栖息，叫声如同人吟啸一般。终南山上有这种虫。

又有书上讲，沧州民间把这种虫叫作搔前。太原有一种又大又黑的虫，叫的声音也像"知了"一样。碎车虫，有的地方又称作没盐虫。

碎车虫　状如唧聊④，苍色，好栖高树上，其声如人吟啸。终南有之。

一本云，沧州俗呼为搔前。太原有大而黑者，声唧聊。碎车，别俗呼为没盐虫也。

◎土虫

度古　样子像书带一样，颜色同蚯蚓相似，身体有足足两尺多长，头像铲子，背上有黑黄色的花纹，稍微触碰就会断。常常追逐蚯蚓，等蚯蚓不动了，就爬到蚯蚓的身

---

① 虢州：今河南灵宝。
② 鼢（fén）鼠：腰鼠。
③ 谢豹鸟：杜鹃。
④ 唧聊：知了。

上掩盖住它，过一阵子蚯蚓就化了。只在度古的腹部剩下一些涎液般的泥土。这种泥土是有毒的，鸡吃了便会死。民间把这种虫称作土虫。

度古　似书带，色类蚓，长二尺余，首如铲，背上有黑黄襕①，稍触则断。常趁②蚓，蚓不复动，乃上蚓掩之，良久蚓化。惟腹泥如涎，有毒，鸡吃辄死。俗呼土虫。

◎雷蜞

雷蜞　如蚯蚓般大小，用东西触碰它则会缩成一团，像个圆球。过一阵子，伸出脑袋，球形会慢慢变小，之后又恢复成如同蚯蚓的样子。有人说，这种虫子咬人毒性特别大。

雷蜞③　大如蚓，以物触之，乃蹙缩，圆转若鞠。良久，引首，鞠形渐小，复如蚓焉。或云，啮人毒甚。

◎岭南矛

矛　蛇头鳖身，能下水，也能爬树，生长在岭南一带，南方人称之为矛。它的油脂渗透性极强，用铜器、瓦器盛装都会向外渗透，只有用鸡蛋壳盛装才不会渗漏。矛，主

---

① 襕（lán）：上上下下相连的服装。
② 趁：追逐。
③ 雷蜞：水蛭，俗名"蚂蟥"。

治肿毒。

矛　蛇头鳖身，入水，缘树木，生岭南，南人谓之矛。膏至利，铜瓦器贮浸出，惟鸡卵壳盛之不漏，主肿毒。

◎蓝蛇

蓝蛇　它头部有剧毒，但尾巴却能解毒。这种蛇产自梧州陈家洞。南方人用它的头来合成毒药，并称之为蓝药，这种毒药毒人立马便会死。但用它的蛇尾巴晾干做成干肉，则能化解这种蛇毒。

蓝蛇　首有大毒，尾能解毒，出梧州陈家洞。南人以首合毒药，谓之蓝药，药人立死。取尾为腊①，反解毒药。

◎蚺蛇吞鹿

蚺蛇　其身长达十丈，经常吞吃鹿，等到鹿肉消化完了，就紧紧缠绕在大树上，把鹿骨头吐出来。它在养伤时，肉脂是最鲜美的。如果把妇女的衣服扔给它，它就马上盘曲在地上不动。它的胆每月在上、中、下旬位置是不一样的：上旬靠近头部，中旬在心脏部位，下旬则靠近尾部。

蚺蛇②　长十丈，常吞鹿，鹿消尽，乃绕树出骨。养创时，

---

① 腊（xī）：干肉。
② 蚺（rán）蛇：蟒蛇。

肪腴甚美。或以妇人衣投之，则蟠而不起。其胆上旬近头，中旬在心，下旬近尾。

◎ 蝎

蝎　大的鼠负虫多数会变化成蝎子。蝎子经常把幼子背在背上，我曾经看见过一只蝎子背着十多只幼子，幼子还是白色的，才如稻米粒般大小。我曾听张希复说起，在陈州的旧仓库里有蝎子，形状像铜钱，人被螫必死无疑。江南地区早先没有蝎子，开元初年，曾有一位主簿用竹筒装着带过长江，到如今江南很多地方也都有了，故当地人将其称为主簿虫。蝎子经常被蜗牛吃掉，蜗牛用它爬行的涎痕把蝎子包围起来，蝎子就不能逃跑。俗话说："错满百，被蝎子螫。"蝎子的前肢伤人称作螫，尾钩伤人称作虿。

蝎　鼠负[1]虫巨者多化为蝎。蝎子多负于背，成式尝见一蝎负十余子，子色犹白，才如稻粒。成式尝见张希复言，陈州古仓有蝎，形如钱，螫人必死。江南旧无蝎，开元初，尝有一主簿[2]，竹筒盛过江，至今江南往往而有，俗呼为主簿虫。蝎常为蜗所食，以迹规之，蝎不复去。旧说："过满百，为蝎所螫。"蝎前谓之螫，后谓之虿[3]。

---

[1] 负：鼠妇。体形椭圆，栖于缸瓮底部之阴湿之处。
[2] 主簿：职官名。主要负责文书簿籍，掌管印鉴，为掾吏之首。
[3] 虿（chài）：蝎子一类的有毒的虫。

◎建草除虱

虱　按以前的说法，人身上长了虱虫，喝赤龙洗浴的水就能除掉，虱虫厌恶水银。人生了虱子，即使薰香衣服、洗澡沐浴，也无法弄不干净。崔白道士说："荆州秀才张告，曾捉到过一只两头虱。"有一种草生长在山脚下潮湿的地方，叶子像百合，叶片对生，一根独茎，茎呈淡红色，高一至二尺，名字叫虱建草，可以除掉虮虱。还有一种水竹，叶子像竹，生长在水中，比较短小，也能除虱子。

虱　旧说虱虫，饮赤龙所浴水则愈，虱恶水银。人有病虱者，虽香衣沐浴，不得已。道士崔白言："荆州秀才张告，尝扪得两头虱。"有草生山足湿处，叶如百合，对叶独茎，茎微赤，高一二尺，名虱建草，能去虮虱。有水竹，叶如竹，生水中，短小，亦治虱。

◎蝗

蝗　荆州有一位帛师，佛号法通，本是安西人，他年轻时在东天竺出家。他说在蝗虫的腹部有梵文，有的是从天界带来的，即从忉利天、梵天而来，西域验证过蝗虫腹下的字，可以作本天坛法来禳除。如今蝗虫头部有个"王"字，实在搞不清楚这是什么原由。有人说蝗虫是由鱼卵变的，这话应该有些道理。以前说蝗虫吃庄稼是因为州郡吏员为官有问题，如果他们鱼肉百姓，蝗虫就会来吃庄稼。又如果蝗虫身黑头红，说明是武职人员的问题；如果头黑身红,则说明文职人员的问题。

蝗 荆州有帛师号法通,本安西①人,少于东天竺出家,言蝗虫腹下有梵字,或自天下来者,乃忉利天、梵天来者,西域验其字,作本天坛法禳之。今蝗虫首有"王"字,固自不可晓。或言鱼子②变,近之矣。旧言虫食谷者,部吏所致,侵渔百姓,则虫食谷。虫身黑头赤,武吏也;头黑身赤,儒吏也。

◎野狐鼻涕

野狐鼻涕 即螵蛸,世人称之为野狐鼻涕。

野狐鼻涕 螵蛸③也,俗呼为野狐鼻涕。

---

① 安西:安西都护府。
② 鱼子:鱼卵。
③ 螵蛸(piāo xiāo):螳螂产卵的囊块。

木篇

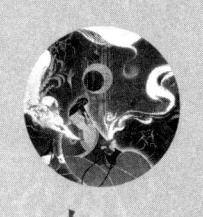

万木葱茏

本篇主要记载了竹木、藤类植物,一些是来自异域的物种,像波斯、拂林国等。

◎ 松

松　凡是说松树的针叶两粒、五粒的,"粒"字本应是"鬣"字。在我修行里私宅的大堂前,有两棵五鬣松,树干仅有碗口粗,甲子年结松子,这种松子的口味和新罗、南诏的差不多。五鬣松的树皮不会裂成鳞状。中使仇士良的水磨亭子在城东,那里有两鬣松树皮不开裂的,又有七鬣松,不知从哪里得到的。民间称为孔雀松的,是三鬣松。松树的主根在地下生长延伸遇到石头,树冠就会形如偃盖,不一定非得是千年古松才这样。

松　凡言两粒、五粒,"粒"当言"鬣①"。成式修行里私第大堂前,有五鬣松两株,大财②如碗,甲子年结实,味与新罗、南诏者不别。五鬣松,皮不鳞。中使③仇士良水硙④亭子在城东,有两鬣皮不鳞者,又有七鬣者,不知自何而得,俗谓孔雀松,三鬣松也。松命根,下遇石则偃盖⑤,不必千年也。

◎ 竹

竹　竹开花叫䈾,竹子枯死叫䈼。竹子是六十年换一次根,结子后枯死。

---

① 鬣(liè):松针。
② 财:通"才",仅仅。
③ 中使:皇宫中派出的使者。
④ 水硙(wèi):水磨。
⑤ 偃盖:指古松枝条横垂,其形如同伞盖。

竹　竹花曰葟①，死曰箹②。六十年一易根，则结实枯死。

◎ 箘堕竹

箘堕竹　有脚趾一样大小，竹肚子里有白色的膜阻隔着，那白膜就像湿面。快要长成竹子而笋壳未脱落时，就有小虫啃咬它，等到笋壳脱落以后，虫咬过的地方会留下红色的痕迹，好似绣画一般，甚是好看。

箘③堕竹　大如脚指，腹中白幕拦隔，状如湿面。将成竹而筒皮未落，辄有细虫啮之，陨箨④后，虫啮处成赤迹，似绣画可爱。

◎ 笆竹

棘竹　又名笆竹。竹节均有刺，几十根长成一丛。南方人种植棘竹来当作城墙，令外敌无法攻破。有时会自己从土里冒出竹根，和酒瓮一样大小，纵横交错，外形像缫车。人吃了这种棘竹笋会掉头发。

棘竹　一名笆竹。节皆有刺，数十茎为丛。南夷种以为城，卒不可攻。或自崩根出，大如酒瓮，纵横相承，状如缫⑤车。食

---

① 葟（fù）：竹开花。
② 箹（zhòu）：竹易根而死曰箹。
③ 箘（hán）：竹名。
④ 箨（tuò）：竹笋皮。
⑤ 缫（sāo）车：抽丝的用具。缫，缫丝。将丝从蚕茧中抽出、合并成生丝。

之，落人发。

◎筋竹

筋竹　南方人用筋竹制成长矛。筋竹笋还没有变成竹子时，可以做弓弩弦。

筋竹　南方以为矛。笋未成时，堪为弩弦。

◎百叶竹

百叶竹　一根竹枝条上有上百片叶子，这种竹子有毒。《竹谱》记载，竹类共有三十九种。

百叶竹　一枝百叶，有毒。
《竹谱》，竹类有三十九。

◎滴汁生蓐

慈竹　夏天雨后，竹梢滴下汁液到地上，就在原处贴地长出竹丛，形状像鹿角，白色，吃了可以止痢疾。

慈竹　夏月经雨，滴汁下地生蓐，似鹿角，色白，食之已痢也。

◎天下太平木

异木　大历年间，成都百姓郭远打柴的时候得到一根瑞木，木头的纹理形成"天下太平"四个字，皇帝诏令将此木收藏在藏书阁。

异木 大历中，成都百姓郭远，因樵，获瑞木一茎，理成字曰"天下太平"，诏藏于秘阁①。

◎巧工解木

长安西边持国寺的寺前有几株槐树。有位姓金的太监买下一株，让平常在宫里做工的巧匠锯开它。等他从宫廷回家，那匠人说这根木头与其他木头没有什么区别。金太监大为惋惜，就让木匠用胶把锯解的木头重新粘合好。这时木匠又说："这木头本来没有什么价值，但是我想要您知道我的手艺。"于是木匠就另外按照木头的纹理将它锯开，此时每一片木片上都有一尊天王像，天王手持的宝塔和戟也都是木头纹理形成的。

京西持国寺，寺前有槐树数株。金监买一株，令所使巧工解之。及入内②回，工言木无他异。金大嗟惋，令胶之，曰："此不堪矣，但使尔知予工也。"乃别理解之，每片一天王③，塔戟④成就焉。

---

① 秘阁：宫廷藏书之所。
② 内：内廷。
③ 天王：佛教四大天王。
④ 塔戟：佛寺中托塔天王塑像通常是一手持戟，一手擎塔。

◎木存佛像

都官员外郎陈修古说:"西川有个县,县名记不清了,县吏因为要更换监狱里的木栏杆去伐木,砍伐的木材其纹理天然形成佛像。"

都官陈修古员外言:"西川一县,不记名,吏因换狱卒木薪之,天尊形像存焉。"

◎蜻蜓树

异树 僧人娄约在常山的时候,有一天坐禅,看见有一位乡村老妇,手里拿着一棵树,栽种在庭院里,并说这是一棵蜻蜓树。过了很久以后,这棵树变得枝繁叶茂,气味芳香,有一只鸟,红色的身体长尾巴经常栖息在这棵树上。

异树 娄约居常山,据禅座,有一野妪,手持一树,植之于庭,言此是蜻蜓树。岁久芬芳郁茂,有一鸟,身赤尾长,常止息其上。

◎膨胀果

异果 赡披国有位牧人放牧成百上千头牛,有一头牛离开牛群,突然就不知道跑到哪里了,到了傍晚才回到牛群来,样貌叫声都变了,其他的牛对此也都表现出惊怕的样子。第二天,这头牛又独自离开了,牧人就跟着它。看到它进入一个洞穴，牧人也跟了进去走了五六里，里面豁然开朗，那里的奇花异树和人世间的大不相同。这头牛在一处吃草，但不知吃的是什么草。有一种黄金色的果实，牧人偷偷摘了一个想带回去，被鬼夺走了。又过了一天，牧人又去摘这种果实。返回至洞口时，鬼又想来夺走，牧人急忙将果实一口吞了下去，身子便立刻开始膨胀，致使他头刚出洞口，身子却堵在了洞穴无法出来，几天后，牧人变成了石头。

异果　赡披国有人牧牛千百余头，有一牛离群，忽失所在，至暮方归，形色鸣吼异常，群牛异之。明日，遂独行，主因随之。入一穴，行五六里，豁然明朗，花木皆非人间所有。牛于一处食草，草不可识。有果作黄金色，牧牛人窃一将还，为鬼所夺。又一日，复往取此果。至穴，鬼复欲夺，其人急吞之，身遂暴长，头才出，身塞于穴，数日化为石矣。

◎柑子

柑子　天宝十年，玄宗对宰相说："先前在宫里种了几棵柑子树，今年秋天结了一百五十颗果子，和江南、蜀地进贡的味道也并没什么不同。"宰相进呈贺表说："雨露均沾，天下同一而泽被万物；草木有灵性，依地气而暗通四方。故能获得长江以外之珍惜果实，而成为宫中的花果。"相传玄宗到四川那年，罗浮山的柑子不结果。岭南有种蚁，比关中地区的蚂蚁大，在柑子树上做巢，在柑子树结果时，这种蚂蚁经常在果子上爬动，所以这种柑子的皮又薄又滑，而且柑果经常被包在蚁巢里。到了深冬季节再摘下来,那味道比普通的柑子要甜美得多。

甘子　天宝十年,上谓宰臣曰:"近日于宫内种甘子数株,今秋结实一百五十颗,与江南、蜀道所进不异。"宰臣贺表曰:"雨露所均,混天区而齐被;草木有性,凭地气而潜通。故得资江外之珍果,为禁中之华实。"相传玄宗幸蜀年,罗浮甘子不实。岭南有蚁,大于秦中蚂蚁,结窠于甘树,实时,常循其上,故甘皮薄而滑,往往甘实在其窠中。冬深取之,味数倍于常者。

◎樟木

樟木　江南人多用樟木来造船,这种船有的能与蛟龙对抗,以保证行船的安全。

樟木　江东人多取为船,船有与蛟龙斗者。

◎丹若

石榴　又名丹若。萧梁大同年间,东州后堂的石榴树结的果实都是成双成对。南诏的石榴籽实大,皮薄得像藤纸,味道远胜过洛阳的石榴。很甜美的石榴汁被称作天浆,能解乳石毒。

石榴　一名丹若。梁大同中,东州后堂石榴皆生双子。南诏石榴,子大,皮薄如藤纸,味绝于洛中。石榴甜者,谓之天浆，能已乳石①毒。

◎柿树七绝

柿　民间常说柿树有七绝：一、树龄长；二、树荫浓密；三、树上没有鸟窝；四、树上不长虫；五、经霜的叶子可供赏玩；六、优质的果实；七、落叶肥大。

柿　俗谓柿树有七绝：一寿，二多阴，三无鸟巢，四无虫，五霜叶可玩，六嘉实，七落叶肥大。

◎金吉

汉帝杏　济南郡的东南面，有座分流山，山上盛产杏，大小和梨差不多，颜色黄得像橘，当地人称其为汉帝杏，也叫金杏。

汉帝杏　济南郡之东南，有分流山，山上多杏，大如梨，色黄如橘，土人谓之汉帝杏，亦曰金杏。

◎脂衣柰

脂衣柰　汉代的时候，有种紫柰和升斗一样大，果核是紫色的，花是青色的，研磨它就能磨出汁液，可用来当漆使用，如果弄到衣服上，就不容易洗掉了。

---

① 乳石：古代有服乳石法。乳指石钟乳，石指白石英、紫石英、赤石脂之类。

脂衣柰[①]　汉时，紫柰大如升，核紫花青，研之有汁，可漆，或着衣，不可浣也。

◎仙人枣

仙人枣　晋朝的时候，洛阳太仓的南面有一方翟泉，翟泉西边有一座华林园。园内种有仙人枣树，枣长五寸，枣核细得跟针一样。

仙人枣　晋时，太仓南有翟泉，泉西有华林园。园有仙人枣，长五寸，核细如针。

◎楷树

楷　孔子墓茔上有很多楷树。

楷[②]　孔子墓上特多楷木。

◎薝葡花

栀子　其他的花很少有六片花瓣的，只有栀子花是六瓣。陶弘景说："栀子花像雪花一样有六片花瓣，七条花棱，花气特别香。"据说就是西域的薝葡花。

---

① 柰（nài）：果名。
② 楷（jiē）：木名即黄连木。

栀子　诸花少六出，唯栀子花六出。陶贞白言："栀子翦花[①]六出，刻房七道，其花香甚。"相传即西域薝葡[②]花也。

◎仙桃

仙桃　出自郴州苏耽仙坛。当有人诚心祈祷时，仙桃就会落到仙坛上，有时多至五六颗。仙桃形状像石块，桃皮为红黄色，剖开仙桃，里面好像有三重桃核。把桃核研磨服下，可以治愈多种疾病，尤其可以治疗邪气。

仙桃　出郴州苏耽仙坛。有人至心祈之，辄落坛上，或至五六颗。形似石块，赤黄色，破之，如有核三重。研饮之，愈众疾，尤治邪气。

◎娑罗树

娑罗　巴陵有座寺庙，庙中僧舍床下忽然长出一棵树，砍掉又长。外国僧人见到这棵树说："这是娑罗树。"元嘉初年，这棵树开出一朵像莲花一样的花。天宝初年，安西道进献娑罗枝，奏状说："臣所管四镇和拔汗那国最为邻近。该国有一种娑罗树，特别奇绝。不让凡草遮阴，不让恶禽栖息。树干高耸堪比松桧，树荫浓密不亚于桃李。最近派遣官员前往拔汗那，命其采折娑罗树枝两百棵。希望能在宫中生根，在宫中发芽，长满叶子娑罗树覆盖形成阴影，毗邻月中

---

① 翦花：雪花。
② 薝（zhān）葡：即栀子。

丹桂，连枝接影，遥对天上白榆。"

娑罗[1]　巴陵有寺，僧房床下，忽生一木，随伐随长。外国僧见曰："此娑罗也。"元嘉初，出一花如莲。天宝初，安西道进娑罗枝，状[2]言："臣所管四镇，有拔汗那[3]，最为密近。木有娑罗树，特为奇绝。不庇凡草，不止恶禽。耸干无惭于松栝[4]，成阴不愧于桃李。近差官拔汗那，使令采得前件树枝二百茎。如得托根长乐，擢颖建章，布叶垂阴，邻月中之丹桂，连枝接影，对天上之白榆。"

◎赤白柽

赤白柽　出自凉州。把大的烧成炭，再浸入灰汁，得到的液体可以把铜煮成银。

赤白柽[5]　出凉州。大者为炭，入以灰汁，可以煮铜为银。

◎祁连仙树

仙树　祁连山上有仙树果实，行旅之人吃了便不再饥渴。又名四味木。它的果实像枣，用竹刀剖开来吃竟是甜

---

[1] 娑罗：又作"沙罗""莎罗"，是一种常绿大乔木，原产印度、东南亚等地。佛教四大圣树之一。
[2] 状：文体的一种。用于陈述事件经过或人的事迹。
[3] 拔汗那：西域古国名。汉代称大宛，隋代称钹汗。
[4] 栝（guā）：树名。
[5] 柽（chēng）：树名。即河柳。

的，用铁刀剖开则是苦的，用木刀剖开又是酸的，用芦刀剖开则是辛辣的。

仙树　祁连山上有仙树实，行旅得之，止饥渴。一名四味木。其实如枣，以竹刀剖则甘，铁刀剖则苦，木刀剖则酸，芦刀剖则辛。

◎木五香

木五香　根是檀香，树干是沉香，花是鸡舌香，叶是藿香，树胶是薰陆香。

木五香　根旃檀，节沉香，花鸡舌，叶藿，胶薰陆。

◎花椒

花椒　可以用来吸附水银。茱萸药性属于上行，花椒药性属于下行。

椒　可以来水银。茱萸气好上[①]，椒气好下。

◎构树

构　谷田长期荒废，一定会长出构树。叶子有瓣的叫楮，没有瓣的叫构。

[①] 上：药性上行。中医理论认为中药作用于人体，有升、降、沉、浮四种趋向。

构　谷田久废，必生构。叶有瓣曰楮①，无曰构。

◎ 黄杨木

黄杨木　这种树木有一个特性是生长很缓慢。世人看重黄杨，因为它不易燃烧。有人说可以用水来做试验，在水中会下沉的木头就不会燃烧。砍取这种木材，必须在阴天，且夜晚没有星星，这样伐取的黄杨木做枕头才不会开裂。

黄杨木　性难长。世重黄杨，以无火。或曰，以水试之，沉则无火。取此木，必以阴晦，夜无一星，则伐之，为枕不裂。

◎ 大宛葡萄

葡萄　民间说葡萄藤喜欢向西南方向生长。庾信对魏使尉瑾说："我在邺城的时候，吃过这种葡萄，味道非常奇特。"陈昭问："葡萄是什么形状？"徐君房说："就像软枣一样。"庾信说："您太不会观察事物了，为什么不说像生荔枝呢？"魏崔肇师说："魏武帝说过：'夏末秋初之时，还有暑热。酒醉一夜后醒来，和着露水吃葡萄。不像糖那么甜，也不像醋那么酸。'一提起就会让人垂涎三尺，何况亲自品尝过。"尉瑾说："这种葡萄实际原产自大宛国，张骞出使西域时带回来的，有黄、白、黑三种。成熟的时候，一颗紧挨着一颗，犹如星星珠宝攒在一起。西域多用它来

---

① 楮（chǔ）：树名。树皮可造纸。

酿酒，每年都要来进贡。在汉代的长安葡萄种植似乎也不少。杜陵有田五十亩，田中有上百株葡萄树。现在京城里也不只是禁苑里才有。"庾信说："如今每个园子里，每户人家都在种植了。"陈昭问："味道与橘柚相比怎么样？"庾信说："葡萄汁液的味道超过橘柚，香气不及橘柚。"尉瑾说："橘柚虽以金色的皮包裹着白色的瓤，加之又被包装精美后当作贡品。但以入口化渣而言，还是不如葡萄。"

蒲萄　俗言蒲萄蔓好引于西南。庾信谓魏使尉瑾曰："我在邺，遂大得蒲萄，奇有滋味。"陈昭曰："作何形状？"徐君房曰："有类软枣。"信曰："君殊不体物，何得不言似生荔枝？"魏肇师①曰："魏武有言：'末夏涉秋，尚有余暑。酒醉宿醒②，掩露而食。甘而不饴，酸而不酢③。'道之固以流沫称奇，况亲食之者。"瑾曰："此物实出于大宛，张骞所致，有黄、白、黑三种。成熟之时，子实逼侧，星编珠聚。西域多酿以为酒，每来岁贡。在汉西京④，似亦不少。杜陵⑤田五十亩，中有蒲萄百树。今在京兆，非直止禁林也。"信曰："乃园种户植，接荫连架。"昭曰："其味何如橘柚？"信曰："津液奇胜，芬芳减之。"瑾曰："金衣素裹，见苞作贡。向齿自消，良应不及。"

---

① 肇师：即为崔肇师。
② 酲（chéng）：醉酒。
③ 酢（cù）：醋。
④ 西京：长安。
⑤ 杜陵：在今陕西西安东南。

◎王母葡萄

贝丘县南面有处葡萄谷，谷中的葡萄，人们可以前去就地食用，如果有人想摘下带回家，结果就会迷路。这种葡萄被世人称之为王母葡萄。天宝年间，昙霄和尚云游天下名山，来到这里吃了王母葡萄。又看见葡萄的枯藤还可以当手杖用，有手指那么粗，长五尺多，于是拿回寺里种植，枯藤竟然栽活了。这株葡萄藤高达数仞，浓荫遮地方圆十丈，抬头仰望，有如巨大的帷盖。结的果实粒粒饱满，晶莹欲滴，当时人称它为草龙珠帐。

贝丘[1]之南，有蒲萄谷，谷中蒲萄，可就其所食之，或有取归者，即失道，世言王母蒲萄也。天宝中，沙门昙霄，因游诸岳，至此谷，得蒲萄食之。又见枯蔓堪为杖，大如指，五尺余，持还本寺植之，遂活。长高数仞，荫地幅员十丈，仰观若帷盖焉。其房实磊落，紫莹如坠，时人号为草龙珠帐焉。

◎凌霄

凌霄　花里的露水，会损害人的眼睛。

凌霄[2]　花中露水，损人目。

---

[1] 贝丘：古地名。在今山东博兴东南。
[2] 凌霄：紫葳科，攀援藤本植物。

◎钟藤

松桢　即钟藤。有的叶片很大，晋安人把它当作盘子用。

松桢　即钟藤也。叶大者，晋安人以为盘。

◎侯骚

侯骚　蔓生植物，果实像鸡蛋，吃着既甜美又清凉，人吃了身体轻盈，还能解酒。据《广志》记载，这是王太仆进献的。

侯骚　蔓生，子如鸡卵，既甘且冷，轻身消酒。《广志》言，因王太仆[①]所献。

◎蠡荠

蠡荠　果实像弹丸一样，魏武帝经常吃。

蠡荠　子如弹丸，魏武帝常啖之。

◎酒杯藤

酒杯藤　同手臂一样粗，花瓣坚实得可以装酒。果实大如手指，吃了可以解酒。

[①] 太仆：职官名。掌管皇帝的舆马和牲畜之事。

酒杯藤　大如臂，花坚可酌酒。实大如指，食之消酒。

◎凉州白柰

白柰　产自凉州的野猪泽，有兔头那么大。

白柰　出凉州野猪泽，大如兔头。

◎比闾造车

比闾　出自白州。开的花像羽毛，砍下比闾来造车，整日行驶也不会损坏。

比闾　出白州[1]。其华若羽，伐其木为车，终日行不败。

◎菩提道树

菩提树　出自摩伽陀国，在摩诃菩提寺。释迦如来佛在此树下悟道成佛，又叫思惟树，树干黄白色，枝叶翠绿色，冬天也不会凋落。在佛入灭的那天，树叶变色凋落，之后又重新长出新叶来。此后每到这天，国王和民众都大做佛事，收集一些菩提叶带回家，将其当作祥瑞之物。这株菩提树高四百尺，下面有银塔环绕。该国的国民一年四季都会在这里焚香散花，绕树行礼。贞观年间，朝廷多次派遣使者前往，在寺里设台供奉并赠送袈裟。到高宗显庆五年，又在寺内立碑，以记载佛的圣德。这株菩提树的梵

---

[1] 白州：今广西博白。

语名称有两个：一是宾拨梨婆力叉，二是阿湿曷咃婆力叉。《大唐西域记》称作卑钵罗，因为佛在树下成道，就以道为称呼，所以号为菩提婆力叉，汉语翻译为道树。当年中天竺的无忧王砍伐这棵树，让管理火的婆罗门堆积木柴焚烧它。熊熊的火焰之中，忽然长出两棵树，无忧王因此忏悔，便把这两棵树称作灰菩提树，周围用石头围起来。到了设赏迦王时，又来挖掘它，都挖到泉水了树根还未断绝，于是就在坑里点火焚烧，又用甘蔗汁来浇灌，想让树根焦烂。后来摩揭陀国的满胄王，即无忧王的曾孙，用千头牛的乳汁浇灌这棵树，过了两夜，树又重新长成为原来的样子。满胄王又把原来的石墙加高到二丈四尺。玄奘到西域时，看见树已高出石墙两丈多。

菩提树　出摩伽陀国，在摩诃菩提寺。盖释迦如来成道时树，一名思惟树，茎干黄白，枝叶青翠，经冬不凋。至佛入灭[1]日，变色凋落，过已还生。至此日，国王、人民大作佛事，收叶而归，以为瑞也。树高四百尺，下有银塔，周回绕之。彼国人四时常焚香散花，绕树作礼。唐贞观中，频遣使往，于寺设供，并施袈裟。至高宗显庆五年，于寺立碑，以纪圣德。此树梵名有二，一曰宾拨梨婆力叉，二曰阿湿曷咃[2]婆力叉。《西域记》谓之卑钵罗，以佛于其下成道，即以道为称，故号菩提婆力叉，汉翻

---

[1] 入灭：指佛教中僧侣死亡。
[2] 咃（tuō）：音译用字。

为道树。昔中天[①]无忧王[②]剪伐之,令事火婆罗门积薪焚焉。炽焰中忽生两树,无忧王因忏悔,号灰菩提树,遂周以石垣。至设赏迦[③]王,复掘之,至泉,其根不绝,坑火焚之,溉以甘蔗汁,欲其焦烂。后摩揭陀国满胄王,无忧之曾孙也,乃以千牛乳浇之,信宿,树生如旧。更增石垣,高二丈四尺。玄奘至西域,见树出垣上二丈余。

◎贝多树

贝多 产自摩伽陀国。树高六七丈,到了冬天也不会落叶。贝多树有三种:其一多罗婆力叉贝多,其二多梨婆力叉贝多,其三部阇婆力叉贝多。多罗、多梨都是用树叶写经,部阇一类是用树皮来写。贝多是梵语,汉语翻译为叶。贝多婆力叉,就是汉语中的树叶。西域佛经用这三种树皮或树叶书写,如果保护得好能传承五六百年。

《嵩山记》记载说嵩高寺里有思惟树,其实就是贝多树。佛家有《贝多树下思惟经》,顾微《广州记》称贝多叶像枇杷叶,都记载得不对。

交趾一带出产贝多枝,是制作弹弓的首选材料。

贝多[④] 出摩伽陀国。长六七丈,经冬不凋。此树有三种:一者多罗婆力叉贝多,二者多梨婆力叉贝多,三者部阇婆力叉贝

---

① 中天:中天竺。
② 无忧王:即阿育王。
③ 设赏迦:高达国国王,信奉湿婆,仇视佛教。
④ 贝多:梵语音译,意为树叶。后借指佛经。

多。多罗、多梨并书其叶,部阇一色取其皮书之。贝多是梵语,汉翻为叶。贝多婆力叉者,汉言树叶也。西域经书用此三种皮叶,若能保护,亦得五六百年。

《嵩山记》称嵩高寺中有思惟树,即贝多也。释氏有《贝多树下思惟经》,顾微《广州记》称贝多叶似枇杷,并谬。

交趾近出贝多枝,弹材中第一。

◎ 龙脑香

龙脑香树　出自婆利国,婆利国称其为固不婆律,波斯国也有。树高八九丈,树干粗的要六七人合抱,叶片呈圆形而背面是白色的,不开花也不结果。龙脑香树有肥有瘦,瘦的有婆律膏香。也有人说瘦的出龙脑香,肥的出婆律膏香。香脂在树心,从中截断树干劈开就可得到,脂膏便从树干一端流出来,砍树做个凹坑去承接。如果用来入药,则另有其他的制作方法。

龙脑香树　出婆利国,婆利呼为固不婆律,亦出波斯国。树高八九丈,大可六七围,叶圆而背白,无花实。其树有肥有瘦,瘦者有婆律膏香。一曰瘦者出龙脑香,肥者出婆律膏也。在木心,中断其树劈取之,膏于树端流出,斫树作坎而承之。入药用,别有法。

◎ 辟邪树

安息香树　出自波斯国,波斯称其为辟邪树。树高三丈,树皮是黄黑色,树叶有四个角,经过冬天也不会凋落。

安息香树二月开黄色的花，花心微绿，不结果。划开树皮，流出的树胶就像饴糖，这就是安息香。等上六七个月后安息香会凝结得坚固，这时就能取来使用了。焚烧这种香，可以通达神明，避一切恶。

安息香树　出波斯国，波斯呼为辟邪树。树长三丈，皮色黄黑，叶有四角，经寒不凋。二月开花，黄色，花心微碧，不结实。刻其树皮，其胶如饴，名安息香。六七月坚凝，乃取之。烧之通神明，辟众恶。

◎无石子

无石子　原产自波斯国，波斯称其为摩贼。树高六七丈，周长八九尺，树叶像桃叶而稍稍长些。三月开花，为白色，花心微红色。果实圆圆的如同弹丸，刚开始是青色的，成熟之后变成黄白色。有虫啃食成孔的说明它已经很成熟了，表皮没有虫孔的可以入药。这种树一年结无石子，一年结跋屡子，像指头一样大，三寸长，外面有壳，里面的果仁像栗黄，可以吃。

无石子[①]　出波斯国，波斯呼为摩贼。树长六七丈，围八九尺，叶似桃叶而长。三月开花，白色，花心微红。子圆如弹丸，初青，熟乃黄白。虫食成孔者正熟，皮无孔者入药用。其树一年生无石子，一年生跋屡子，大如指，长三寸，上有壳，中仁如栗

---

① 无石子：也作"无食子"。乔木名，产于中东沙漠地带。

黄①，可啖。

◎紫矿树

　　紫矿树　原产自真腊国，真腊国称其为勒佉。波斯国也有这种树。树高一丈，枝条繁密，树叶与橘叶相似，经过冬天就凋落了，三月开花，白色的，不结果。遇上大雾和露水以及被雨水打湿，这树的枝条就会冒出紫矿。波斯国使者乌海和沙利深所说的都一样，真腊国使者折冲都尉沙门陀沙尼拔陀说："蚂蚁把土运到树顶做窝，蚁窝里的土壤受雨露滋润，凝结成紫矿。"昆仑国出产的紫矿好，波斯国的稍微差些。

　　紫矿树　出真腊国②，真腊国呼为勒佉。亦出波斯国。树长一丈，枝条郁茂，叶似橘，经冬而凋，三月开花，白色，不结子。天大雾露及雨沾濡，其树枝条即出紫矿。波斯国使乌海及沙利深所说同，真腊国使折冲都尉③沙门陀沙尼拔陀言："蚁运土于树端作窠，蚁壤得雨露，凝结而成紫矿。"昆仑国者善，波斯国者次之。

◎阿虞截

　　阿魏　原产自伽阇那国，即北天竺国。伽阇那国称其

---

① 菓黄：果子。果子除去外壳而肉色黄，故称。
② 真腊国：中南半岛的一个农业古国。今位于柬埔寨北部。
③ 折冲都尉：职官名。掌宿卫、教习之职。

为形虞。波斯国也有，称作阿虞截。这种树高八九丈，树皮呈青黄色。三月开始长叶子，形状像老鼠的耳朵，不开花也不结果。截断它的枝条，流出的汁液像饴糖一样甜，时间久了就坚硬凝固了，这时就叫它阿魏。这与拂林国僧鸾所说相同。摩伽陀国和尚提婆又说：取这种树的汁液，与米豆屑混和在一起，就能合成了阿魏。

阿魏① 出伽阇那国②，即北天竺也。伽阇那呼为形虞。亦出波斯国，波斯国呼为阿虞截。树长八九丈，皮色青黄。三月生叶，叶似鼠耳，无花实。断其枝，汁出如饴，久乃坚凝，名阿魏。拂林国③僧鸾所说同。摩伽陀僧提婆言：取其汁，和米豆屑，合成阿魏。

◎阿勃参

婆那娑树 原产自波斯国，拂林国也有，称作阿勃参。树高五六丈，树皮呈青绿色。树叶极光净，冬夏都不会凋落。不开花但能结果，果实从树茎上长出，和冬瓜一样大，外面有层壳包裹着，果壳上有刺，果瓤特别甘甜，可以食用。核有枣那么大，一颗果实有几百枚核。核里面的仁就像栗子，炒来吃，味道很鲜美。

---

① 阿魏：药名。
② 伽阇（shé）那国：就是北天竺国。
③ 拂林国："罗马"之讹音，古国名。汉代称大秦（即古罗马帝国），隋唐时称作拂林，在今西亚及地中海沿岸一带。

婆那娑树① 出波斯国，亦出拂林，呼为阿蔀嚲②。树长五六丈，皮色青绿。叶极光净，冬夏不凋。无花结实，其实从树茎出，大如冬瓜，有壳裹之，壳上有刺，瓤至甘甜，可食。核大如枣，一实有数百枚。核中仁如栗黄，炒食之，甚美。

◎窟莽

波斯枣 原产自波斯国，波斯国称其为窟莽。这种树高三四丈，树周长五六尺。树叶像土藤一样，一年四季都不凋落。二月开花，形状像蕉。花有两萼，逐渐裂开一道缝，里面有十多个子房。子实长二寸，子实的皮呈黄白色，有核，成熟后则变成紫黑色，形状像干枣，味道甘甜像糖一样，可以食用。

波斯枣③ 出波斯国，波斯国呼为窟莽。树长三四丈，围五六尺。叶似土藤，不凋。二月生花，状如蕉。花有两甲，渐渐开罅，中有十余房。子长二寸，黄白色，有核，熟则紫黑，状类干枣，味甘如饧④，可食。

◎婆淡

偏桃 原产自波斯国，波斯国称其为婆淡。这种树高五六丈，周长四五尺，叶似桃叶而稍宽大。三月开花，花

---

① 婆那娑树：即波罗蜜树。常绿乔木。果长椭圆形，味甜，可食。
② 嚲：音duǒ。
③ 波斯枣：即椰枣。
④ 饧（táng）：通"糖"。

呈白色。花掉后则结果，形状像桃子而稍微扁一些，所以称作偏桃。果肉苦涩不能吃。果核里有仁，味道甘甜，西域各国都把它当作珍果。

偏桃[①]　出波斯国，波斯呼为婆淡。树长五六丈，围四五尺，叶似桃而阔大。三月开花，白色。花落结实，状如桃子而形偏，故谓之偏桃。其肉苦涩，不可啖。核中仁甘甜，西域诸国并珍之。

◎群汉

槃砮穑树　原产自波斯国，拂林国也有，拂林国称其为群汉。树高三丈，周长四五尺，树叶像细榕，经寒冬也不会凋落。花像橘，呈白色。果实呈绿色，和酸枣一般大，味道甜腻，可以食用。西域人用它榨油后涂抹在身上，可以去除风痒。

槃砮穑树　出波斯国，亦出拂林国，拂林呼为群汉。树长三丈，围四五尺，叶似细榕，经寒不凋。花似橘，白色。子绿，大如酸枣，其味甜腻，可食。西域人压为油，以涂身，可去风痒。

◎齐虚

齐暾树　原产自波斯国，拂林国也有，拂林国称其为

---

① 偏桃：木名。

齐虚（读音阳兮反）。树高二三丈，树皮呈青白色，花像柚，特别芳香。果实像杨桃一样，在五月成熟。西域人用它来榨油，榨出的油用来煎煮饼果，就像我们使用的黑芝麻油一样。

齐暾树[1]　出波斯国，亦出拂林国，拂林呼为齐虚（音阳兮反[2]）。树长二三丈，皮青白，花似柚，极芳香。子似杨桃，五月熟。西域人压为油，以煮饼果，如中国之用巨胜[3]也。

◎昧履支

胡椒　原产自摩伽陀国，称作昧履支。胡椒苗蔓延生长，枝茎很柔弱。叶长一寸半，有细枝，同叶一齐生长叶齐长，枝条上结有果实，两两相对。叶子早晨展开傍晚闭合，闭合时就把果实裹在叶片里。果实的形状像花椒，味道特别辛辣，六月开始采收。现在的人做胡盘肉食都用它。

胡椒　出摩伽陀国，呼为昧履支。其苗蔓生，茎极柔弱。叶长寸半，有细条，与叶齐，条上结子，两两相对。其叶晨开暮合，合则裹其子于叶中。子形似汉椒，至辛辣，六月采。今人作胡盘肉食，皆用之。

---

[1] 齐暾（tūn）树：即波斯橄榄。
[2] 反：反切，古代一种注音方法。
[3] 巨胜：黑胡麻，即芝麻。

◎ 多骨

白豆蔻　出自伽古罗国，称作多骨。形状像芭蕉，叶子像杜若，高八九尺，冬夏都不凋落。花是浅黄色的，它的籽结成丛条状，就像葡萄那样。它的籽刚长出来的时候是微青色，成熟之后就变成白色。七月开始采收。

白荳蔻　出伽古罗国，呼为多骨。形似芭蕉，叶似杜若①，长八九尺，冬夏不凋。花浅黄色，子作朵②，如蒲萄。其子初出，微青，熟则变白。七月采。

◎ 荜拨梨

荜拨　出自摩伽陀国，称作荜拨梨，拂林国称其为阿梨诃咃。苗高三四尺，茎细得像筷子。叶子像鱼腥草，果实像桑椹。八月开始采收。

荜拨③　出摩伽陀国，呼为荜拨梨，拂林国呼为阿梨诃咃。苗长三四尺，茎细如箸。叶似蕺④叶，子似桑椹。八月采。

◎ 预勃梨咃

番㳠齐　出自波斯国，拂林国称其为预勃梨咃。树高一

---

① 杜若：香草名。夏日开白花味辛香。
② 朵：成朵状串状的东西。
③ 荜（bì）拨：胡椒的一种。
④ 蕺（jí）：鱼腥草。

丈多，周长有一尺左右，树皮呈青色，皮薄而极光净。树叶同阿魏相似，每三叶为一簇生长在枝条末端，不开花也不结果。西域人经常在八月砍伐它，到腊月，又长出新的枝条，非常茂盛。如果不剪除老枝，反而会枯死。七月截断它的枝条，其断口处有黄汁流出，其形态像蜜一样微微有些香气，可以入药治病。

醋齐[①]　出波斯国，拂林呼为顸[②]勃梨咃。长一丈余，围一尺许，皮色青，薄而极光净。叶似阿魏，每三叶生于条端，无花实。西域人常八月伐之，至腊月，更抽新条，极滋茂。若不剪除，反枯死。七月断其枝，有黄汁，其状如蜜，微有香气，入药疗病。

◎阿梨去伐

波斯皂荚　出自波斯国，称作忽野檐默，拂林国称其为阿梨去伐。树高三四丈，周长四五尺，树叶像枸橼叶而稍短小，经历寒冬也不凋落。不开花就结果了，皂荚长二尺，里面有隔膜，隔膜里各有一颗籽粒，有指头大，呈红色，特别坚硬，籽粒的中心黑得像墨，甜得像糖，可食用，也可入药。

---

① 醋（bié）齐：白松香。
② 顸（hān）：方言。粗大。

波斯皂荚[①]　出波斯国，呼为忽野檐默，拂林呼为阿梨去伐。树长三四丈，围四五尺，叶似枸橼[②]而短小，经寒不凋。不花而实，其荚长二尺，中有隔，隔内各有一子，大如指头，赤色，至坚硬，中黑如墨，甜如饴，可啖，亦入药用。

◎阿縒

没树　出自波斯国，拂林国称其为阿縒。高一丈多，树皮呈青白色，树叶像槐叶而稍长些，花像橘花而稍大些。果实呈黑色，同山茱萸大小，味道酸甜，可食用。

没树[③]　出波斯国，拂林呼为阿縒。长一丈许，皮青白色，叶似槐叶而长，花似橘花而大。子黑色，大如山茱萸，其味酸甜，可食。

◎阿勃参

阿勃参　出自拂林国。树高一丈多，树皮呈青白色。叶片很细，两两相对。花像蔓菁一样，呈纯黄色。果实像胡椒，呈红色。砍断其枝条，流出的汁液如油一般，用来涂抹疥癣，没有不起效的。这种油特别贵重，价钱比金子还贵。

---

① 波斯皂荚：山扁豆荚。
② 枸橼：常绿小乔木，叶为长椭圆形。
③ 没树：没香树。树脂即没药。

阿勃参　出拂林国。长一丈余，皮青白色。叶细，两两相对。花似蔓菁，正黄。子似胡椒，赤色。研其枝，汁如油，以涂疥癣，无不瘥者。其油极贵，价重于金。

◎捺祗

捺祗　出自拂林国。苗高三四尺，根同鸭蛋般大小。叶片像蒜苗，叶子的中心抽出的条很长，茎端有花，花分六瓣，呈红白色，花心呈黄红色，不结果实。苗株冬生夏死，跟荞麦是同类植物。采其花挤压取油脂，再用油脂涂抹在身上可以去除风气，拂林国国王以及国内的贵人都在用它。

捺祗①　出拂林国。苗长三四尺，根大如鸭卵。叶似蒜，叶中心抽条甚长，茎端有花六出，红白色，花心黄赤，不结子。其草冬生夏死，与荞麦相类。取其花，压以为油，涂身，除风气，拂林国王及国内贵人皆用之。

◎野悉蜜

野悉蜜　出自拂林国，波斯国也有。苗高七八尺，叶子像梅叶，四季都十分繁茂。花分五瓣，呈白色，不结果实。花开的时候漫山遍野都散发着香气，和岭南的詹糖相似。西域人经常采摘这种花来挤压会流出油脂，这种油脂很是香滑。

① 捺祗（zhī）：中古波斯语，指水仙。

野悉蜜[①]　出拂林国，亦出波斯国。苗长七八尺，叶似梅叶，四时敷荣。其花五出，白色，不结子。花若开时，遍野皆香，与岭南詹糖[②]相类。西域人常采其花，压以为油，甚香滑。

◎底珍

底称实　阿驿，波斯国称其为阿驿，拂林国称其为底珍。树高四五丈，枝叶繁茂。复叶有五片小叶，像蓖麻，不开花就直接结果。果实呈红色，类似楟子，味道像干柿子，一个月成熟一次。

底称[③]实　阿驿，波斯国呼为阿驿，拂林呼为底珍。树长四五丈，枝叶繁茂。叶有五出，似楟麻，无花而实。实赤色，类楟子，味似干柿，而一月一熟。

---

① 野悉蜜：也作"耶悉茗"，即素馨，外形像茉莉。
② 詹糖：也作"詹唐"，香名。
③ 底称实：无花果。

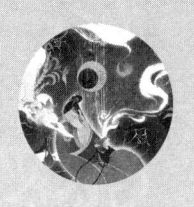

草篇

百草群芳

本篇记载的是芝类、草类。以及各类花草之属。

◎截柱献芝

芝　天宝初年，临川人李嘉胤居住的房屋上长出了灵芝草，形状像天尊一样。太守张景佚将此灵芝草连柱子一起截断进献给了朝廷。

芝　天宝初，临川郡人李嘉胤所居柱上生芝草，形类天尊。太守张景佚，截柱献之。

◎紫芝

大历八年，庐州庐江县长出紫芝，高一丈五尺。芝的种类有很多。

大历八年，庐州庐江县紫芝生，高一丈五尺。芝类至多。

◎参成芝

参成芝　折断以后还能接上。

参成芝　断而可续。

◎九子夜光芝

夜光芝　这种夜光芝一株长有九颗子，子实坠地后如同七寸大小的镜子，晚上看到它如同牛的眼睛。茅君在句曲山种植这种芝。

夜光芝　一株九实，实坠地如七寸镜，夜视如牛目。茅君种于句曲山。

◎隐辰芝

隐辰芝　形状像北斗，以星为节，以茎为纲。

隐辰芝　状如斗，以星为节，以茎为纲。

◎凤脑芝

凤脑芝　《仙经》上说：掘地六尺，种下一枚玉环，灌上半升黄水，用土盖上后筑牢。三年后，长出类似于匏一样的苗，果实像桃子，有五种颜色，名字叫作凤脑芝。吃了它的果实，吐口唾沫在地上就会化为凤凰，乘着凤凰就可得道成仙。

凤脑芝　《仙经》言：穿地六尺，以环宝一枚种之，灌以黄水①五合②，以土坚筑之。三年，生苗如匏③，实如桃，五色，名凤脑芝。食其实，唾地为凤，乘升太极④。

◎白符芝

白符芝　下大雪的时候，开白花。

---

① 黄水：一种道教神水。
② 合（gě）：古时容量单位，相当于一升的十分之一。
③ 匏（páo）：一年生草本植物，果实似葫芦。
④ 升太极：指得道成仙。

白符芝　大雪而白华。

◎ 五德芝

五德芝　形状像车马一样。

五德芝　如车马。

◎ 神鸟衔芝

菌芝　形状像楼一样。
但凡坚持学道三十年不懈怠，天下的金翅鸟就会衔着菌芝飞来。

菌芝　如楼。
凡学道三十年不倦，天下金翅鸟①衔芝至。

◎ 罗门山石芝

吃了罗门山的石芝，能修成地仙。

罗门山食石芝，得地仙②。

---

① 金翅鸟：佛教天龙八部有迦楼罗，又称"金翅鸟"，人面，鸟嘴，羽冠，腰部以上为人身，以下则为鸟身。
② 地仙：道教仙人谱系中的一类。在天为天仙，在地则为地仙。

◎ 石莲

莲　石莲落入水中一定会沉，只有在煎盐咸卤水中才能浮起来。大雁吃了莲子，通过粪便排出，便撒落在山石之间，上百年也不会腐烂。相传橡子掉入水中就会变成莲子。

莲　石莲①入水必沉，唯煎盐咸卤能浮之。雁食之，粪落山石间，百年不坏。相传橡子落水为莲。

◎ 金苔

苔　开成末年，慈恩寺唐三藏院后屋檐下的台阶上长出像苦苣一样的苔藓，遍布在地砖上，呈蓝绿色，淡嫩可爱。太和初年，谈论僧义林改葬基法师。当时的情形是刚一开棺香气便扑鼻而来，基法师的遗体侧卧在砖台上，形貌如生前一样。砖上苔藓有两寸多厚，呈现出一片金色，气味如檀香的味道。

苔　慈恩寺②唐三藏院后檐阶，开成末，有苔状如苦苣③，布于砖上，色如蓝绿，轻嫩可爱。谈论④僧义林，太和初，改葬基

---

① 石莲：石莲子，指经秋坚硬如石的莲子。
② 慈恩寺：唐代长安著名的寺院。在今陕西西安。
③ 苦苣（qǔ）：一二年生草本植物。嫩叶可食。
④ 谈论：讲论佛教经义。

法师[1]。初开龛,香气袭人,侧卧砖台上,形如生。砖上苔厚二寸余,作金色,气如栴檀。

◎ 瓦松

瓦松　崔融《瓦松赋序》说:"崇文馆的瓦松,长在屋檐下。倘若称它为木的话,问遍山中的樵夫都不知道;要说它是草呢,又翻遍《神农本草》也少有记载。"《赋》说:"明亮辉耀直立秀美高高挺出,形状像金芝一样长在屋瓦上;一棵棵悬在空中,犹如白榆种在天上。花的枝条浓密,根茎相连,夹杂着沾湿露水的柴苔,笼罩着如烟般的碧瓦。高凌碧瓦,云烟隐现。"又说:"自愧不如魏宫的乌韭,自惭难比汉殿的红莲。"崔公学识广博,无所不知,难道会不知道瓦松已经有文献记载了吗?

《博雅》记载:"长在屋上的叫作昔耶,长在墙上的叫作垣衣。"《广志》称它为兰香,长在老屋的瓦上。魏明帝很喜欢瓦松,便命人从西边的长安把长有瓦松的瓦运到洛阳,盖到屋顶上。前代诗人的诗中,多用"昔耶"一词。梁简文帝《咏蔷薇》一诗说:"缘阶覆碧绮,依檐映昔耶。"有人说构木上多松栽土,木气向外散发,所以屋瓦上就会长出瓦松。

大历年间修葺含元殿的时候。有一人呈上文状请求盖瓦,并且说:"这儿的瓦工活,只有我才能干,我祖父以

---

[1] 基法师:即为释窥基,俗姓尉迟,京兆长安人。十七岁时出家,后为玄奘弟子,随师在慈恩寺译经。

前就给含元殿盖过瓦。"其他工匠都不服气，于是他就问："你们有谁能保证瓦盖完以后，不长瓦松的吗？"众人这才服气。

又有一个叫李阿黑的人，也能修葺房屋，盖瓦时将瓦片排列得像牙齿一样，中间不留一丝缝隙，瓦上也不会长出瓦松。《本草》上说："瓦衣叫屋游。"

瓦松[1]　崔融《瓦松赋序》曰："崇文馆瓦松者，产于屋霤[2]之下。谓之木也，访山客而未详；谓之草也，验农皇[3]而罕记。"《赋》云："煌煌特秀，状金芝[4]之产霤；历历虚悬，若星榆之种天。葩条郁毓，根柢连卷，间紫苔而裛[5]露，凌碧瓦而含烟。"又曰："惭魏宫之乌韭[6]，恧[7]汉殿之红莲。"崔公学博，无不该悉，岂不知瓦松已有著说乎？

《博雅》："在屋曰昔耶，在墙曰垣衣。"《广志》谓之兰香，生于久屋之瓦。魏明帝好之，命长安西载其瓦于洛阳，以覆屋。前代词人诗中，多用"昔耶"。梁简文帝《咏蔷薇》曰："缘阶

---

[1] 瓦松：多年生常绿草木，生屋瓦之上及深山石罅中，叶厚细长而尖，多数重叠，其形如松，故名"瓦松"。
[2] 屋霤（liù）：屋檐。
[3] 农皇：即神农氏，传说曾遍尝百草，治病救人，教民稼穑。这里代指《神农本草经》。
[4] 金芝：这里代指瓦松。
[5] 裛（yì）：通"浥"。沾湿。
[6] 乌韭：又名"垣衣"，生在墙上阴地的苔藓。
[7] 恧（nǜ）：惭愧。

覆碧绮①，依檐映昔耶。"或言构木②上多松栽土，木气泄，则瓦生松。

大历中，修含元殿。有一人投状请瓦，且言："瓦工惟我所能，祖父已尝瓦此殿矣。"众工不服，因曰："若有能瓦毕，不生瓦松乎？"众方服焉。

又有李阿黑者，亦能治屋，布瓦如齿，间不通綖③，亦无瓦松。《本草》："瓦衣谓之屋游。"

◎瓜忌香

瓜　特别忌香气，其中又特别忌麝香的味道。太和初年郑注赴职河中府，随从的一百多名姬妾全都骑着马，她们的脂粉香气飘了好几里远，这味道人们闻到也刺鼻。当年从京城至河中府沿路种的瓜苗都死了，一个瓜都没结出来。

瓜　恶香，香中尤忌麝。郑注太和初赴职河中，姬妾百余尽骑，香气数里，逆于人鼻。是岁自京至河中所过路，瓜尽死，一蒂不获。

◎两角菱

芰　现在的人不区分菱和芰，一律只称菱芰，各种解

---

① 碧绮（qǐ）：这里形容碧草如绮。
② 构木：这里是指构屋所用之木。
③ 綖：通"线"。

释草木的书也不加区分，唯有王安贫《武陵记》说："四角、三角的叫作芰，两角的叫作菱。"如今苏州的折腰菱多是两角。我过去在荆州的时候，有僧人送我一斗郢城菱，三角且没有尖刺，所以可随意揉搓。

芰　今人但言菱芰，诸解草木书亦不分别，唯王安贫《武陵记》言："四角、三角曰芰，两角曰菱。"今苏州折腰菱多两角。成式曾于荆州，有僧遗一斗郢城①菱，三角而无芒，可以挼莎②。

◎薢茩

芰　一种名称叫水栗，又叫薢茩。

汉武帝昆明池中，有浮根菱，根暴露在水面上，叶子却浸没在水下，也称青水芰。

玄都有一种菱，它的颜色呈碧色，形状像鸡飞起来的样子，被称作翻鸡芰。仙人凫伯子经常来采摘它。

芰　一名水栗，一名薢茩③。

汉武昆明池中④，有浮根菱，根出水上，叶沦没波下，亦曰青水芰。

玄都有菱，碧色，状如鸡飞，名翻鸡芰。仙人凫伯子常采之。

---

① 郢城：在今湖北江陵西北。
② 挼（ruó）莎：两手相互揉搓。
③ 薢茩：音xiè hòu。
④ 昆明池：汉武帝时开凿的人工湖泽，故址在今西安城南。

◎菟丝子

菟丝子　大多生长在靠近荆棘和灰藋的地方，生活在山上的人都怀疑这两种草的习性相似。

兔丝子　多近棘及藋①，山居者疑二草之气类也。

◎鹿活草

天名精　又叫鹿活草。当年青州刘愫，在刘宋元嘉年间射中一头鹿，剖开鹿的五脏，将鹿活草填到鹿子腹中，鹿竟然摇晃着站了起来。刘愫觉得很奇怪，就从鹿腹中拔出这种草，鹿又倒下了。一连试了三次都这样，刘愫就悄悄地采了这种草来种植，一般用来主治外伤骨折。民间称其为刘愫草。

天名精　一曰鹿活草。昔青州刘愫，宋元嘉中射一鹿，剖五脏，以此草塞之，蹶然而起。愫怪而拔草，复倒。如此三度，愫密录此草种之，多主伤折。俗呼为刘愫草。

◎并蒂牡丹

牡丹　以前的史书没有对牡丹的记载，唯有《谢康乐集》里记载说在竹林和水边多有牡丹。我查阅了隋代《种植法》七十卷，里面也没有对牡丹的记载，由此可知隋

---

① 藋（diào）：灰藋，与藜相似。

代的花药里也是没有牡丹的。开元末年，裴士淹做郎官时，奉使幽冀等地而回，行至汾州众香寺，得到一棵白牡丹，并将它带回长安种在私宅里。天宝年间，这棵白牡丹成了京城的奇赏。说是当时的名士写有《裴给事宅看牡丹》诗，但这诗没找到。只有一本书里有首诗说："长安年少惜春残，争认慈恩紫牡丹。别有玉盘乘露冷，无人起就月中看。"太常博士张乘曾听裴通祭酒说起过这首诗。房相也曾说："牡丹之会，我没参加。"至德年间，马仆射镇守太原，又得到红色和紫色两种牡丹，并将其移植在城里。元和初年还很少，如今它的数量差不多跟蜀葵一样普遍了。

韩愈侍郎有个远房子侄，从江淮来到京城，年龄很小，韩愈便让他在学校里跟随其他子弟一起读书，可其他子弟全都被他的欺凌。韩愈知道以后，就为他在街西的僧院借了一处地方，让他读书。十多天后，寺庙主纲又向韩愈诉说其子侄狂放轻率，韩愈立即命他回来，责备他说："市场上的生意人做买卖养家糊口，尚且有一技之长，你如今这样作为，是为了什么呢？"子侄下拜赔罪，慢慢地说道："我有一门手技，遗憾的是叔叔您并不知道。"于是指着阶前的牡丹说："叔叔想要这丛花变成青、紫、黄、红无论什么颜色，只要您说就行了。"韩愈对此大为吃惊，于是给他提供所需东西让他去尝试。子侄就竖起竹席围住牡丹丛，不让人偷看。之后他便挖掘牡丹丛的四面，一直深掘到根部，宽到可以容人坐下。只拿紫矿、轻粉、朱砂，早晚去打理花根。总共用了七天时间，七天过后再把坑填满，并对叔叔说："可惜足足晚了一个月。"当时正是初冬。牡丹本来是紫色的,等到花开的时候,颜色有白、有红、有绿。每朵花上还有一联诗,字为紫色,字迹分明,上面的诗是韩愈贬官潮州时写的,其中一韵为"云横秦岭家何在,雪拥蓝关马不前"十四个字。韩愈大为惊异。子侄随后便告辞回到江淮,一直不愿做官。

兴唐寺有一株牡丹,元和年间开花一千二百朵。颜色有正晕、倒晕、浅红、浅紫、深紫、黄白檀等,唯独没有深红色。还有花叶中没有心蕊的,它的花是复瓣的,这种花的花面直径有七八寸。

兴善寺素师院里的牡丹颜色绝美。元和末年,在一个枝头上开出并蒂花。

牡丹　前史中无说处,惟《谢康乐集》中,言竹间水际多牡丹。成式检隋朝《种植法》七十卷中,初不记说牡丹,则知隋朝花药中所无也。开元末,裴士淹为郎官,奉使幽冀回,至汾州众香寺,得白牡丹一窠,植于长安私第。天宝中,为都下奇赏。当时名公有《裴给事宅看牡丹》诗,诗寻访未获。一本有诗云:"长安年少惜春残,争认慈恩紫牡丹。别有玉盘乘露冷,无人起就月中看。"太常博士张乘尝见裴通祭酒说。又房相①有言:"牡丹之会,琯不预焉。"至德中,马仆射镇太原,又得红紫二色者,移于城中。元和初犹少,今与戎葵②角多少矣。

韩愈侍郎有疏从子侄,自江淮来,年甚少,韩令学院中伴

---

① 房相:即为房琯,河南(今河南洛阳)人。
② 戎葵:即蜀葵。

子弟，子弟悉为凌辱。韩知之，遂为街西假僧院，令读书。经旬，寺主纲①复诉其狂率，韩遽令归，且责曰："市肆贱类营衣食，尚有一事长处，汝所为如此，竟作何物？"侄拜谢，徐曰："某有一艺，恨叔不知。"因指阶前牡丹曰："叔要此花青、紫、黄、赤，唯命也。"韩大奇之，遂给所须试之。乃竖箔曲②，尽遮牡丹丛，不令人窥。掘棵四面，深及其根，宽容人座。唯赍紫矿、轻粉③、朱红，旦暮治其根。凡七日，乃填坑，白其叔曰："恨校④迟一月。"时冬初也。牡丹本紫，及花发，色白红历绿。每朵有一联诗，字色紫分明，乃是韩出官⑤时诗，一韵曰"云横秦岭家何在，雪拥蓝关⑥马不前"十四字。韩大惊异。侄且辞归江淮，竟不愿仕。

兴唐寺有牡丹一窠，元和中，着花一千二百朵。其色有正晕、倒晕、浅红、浅紫、深紫、黄白檀等，独无深红。又有花叶中无抹心者，重台⑦花者，其花面径七八寸。

兴善寺素师院，牡丹色绝佳。元和末，一枝花合欢⑧。

◎无义草

金灯　又称九形。开花时不长叶，长叶时不开花。民

---

① 主纲：纲正。主管僧侣的僧官。
② 箔曲：竹帘、竹席之类。
③ 轻粉：一种道教外丹黄白术药物。
④ 校：太，很。
⑤ 出官：这里指贬官潮州刺史。
⑥ 蓝关：即蓝田关，在今陕西蓝田南。
⑦ 重台：花有复瓣，称作"重台"。
⑧ 合欢：并蒂。

间不喜欢在家里栽种这种花，又将它称之为无义草。

金灯　一曰九形。花叶不相见，俗恶人家种之，一名无义草。

◎独摇

合离　根像芋头一样，周围有十二个游离的子实环绕着它，根须相互牵连着而实际上没有连在一起，习性相似的聚在一起。又名独摇，又名离母。而当地人所吃的则统称为赤箭。

合离[①]　根如芋魁，有游子十二环之，相须而生，而实不连，以气相属。一名独摇，一名离母。若土人所食者，合呼为赤箭。

◎胡葵

蜀葵　本来是生长在我国北方的葵，又名胡葵。像葵而相对较大，呈红色，可以用来织布。枯萎时烧成灰后可以用来保存火种，且很久火也不会熄灭。花有复瓣的。

蜀葵　本胡中葵也，一名胡葵。似葵大者，红，可以缉为布。枯时烧作灰，藏火，火久不灭。花有重台者。

---

① 合离：合离草。其根即天麻。

◎落苏

茄子 "茄"字本来是莲茎的名，读音为革遐反。现在读为伽，不知道依据来自哪里。我趁过节的时候吃了几个伽子，偶然问及工部员外郎张周封关于茄子的故事，张周封说："茄子又名落苏，关于它的情况《食料本草》里有记载。"现在这本书被误写成了《食疗本草》，最早出自《拾遗本草》。我记得沈约《行园》诗说："寒瓜方卧垄，秋蒜正满陂。紫茄纷烂漫，绿芋郁参差。"又有异名为昆仑瓜。

岭南的茄子，老根都长成了树，高达五六尺。姚向曾任南选使时亲眼看见过。因此《本草》里记载说广州有慎火树，树干粗到要三四个人才能合抱。慎火就是景天，民间称其为护火草。

茄子煮熟了来吃可以滋养肠胃，行气化痰。茄子的根能医治手脚生的疮。如果想要多结茄子，等它开花的时候，用茄子的叶子铺在路上，用灰围起来，人再用脚去踩踏，一定会结出很多的茄子，民间把这种方式叫作嫁茄子。和尚经常把茄子烤来吃，味道很鲜美。有一种新罗国品种的茄子，颜色比我们常见的茄子稍白些，其形状像鸡蛋一样是圆形的。西明寺和尚造玄的院子里有这个品种。

《水经》说："石头城西边对着蔡浦，浦长有百里，上面有大荻浦，下面有茄子浦。"

茄子 "茄"字本莲茎名，革遐反。今呼伽，未知所自。成式因就节下食伽子数蒂，偶问工部员外郎张周封伽子故事，张云:"一名落苏,事具《食料本草》。"此误作《食疗本草》,原出《拾遗本草》。成式记得隐侯[1]《行园》诗云:"寒瓜方卧垄,秋菰正满陂。紫茄纷烂漫,绿芋郁参差。"又一名昆仑瓜。

岭南茄子,宿根成树,高五六尺。姚向曾为南选使,亲见之。故《本草》记广州有慎火树,树大三四围。慎火即景天也,俗呼为护火草。

茄子熟者,食之厚肠胃,动气发瘵。根能治灶瘑。欲其子繁,待其花时,取叶布于过路,以灰规之,人践之,子必繁也,俗谓之嫁茄子。僧人多炙之,甚美。有新罗种者,色稍白,形如鸡卵。西明寺僧造玄院中有其种。

《水经》云:"石头西对蔡浦,浦长百里,上有大荻浦,下有茄子浦。"

◎千佛芝

异菌 开成元年春,在我修行里的私宅书斋前,有几枝枯萎的紫荆被蠹虫咬断了,于是我就将它砍掉,只留了一尺多的树桩。到开成三年秋天,枯树根上长出一株菌,有斗那么大,菌下面有五个菌杆,菌顶有黄白两道晕,边缘垂下裙边鹅鞴一样,有一尺多高。到中午的时候,颜色变黑而死。用火烧,气味和芋香一样。我曾经把香炉放在树桩上,常常念诵佛经,弟子认为这是好的征兆。后来我阅读各类志怪之书,南齐吴郡褚思庄,一直以来信奉佛教,睡在屋梁下,他家屋檐旁边的矮柱是楠木制作的,离地有

---

[1] 隐侯:即沈约,南朝诗人。

四尺多高，楠木上有节疤。永明年间，忽然长出一种像芝的东西，长在节疤上，呈黄色，且鲜艳明亮，一天天地长大，几天后，就长成了千佛的形状，相貌、手指以及佛光、衣服等，无不完备，就像是金箔凸起的样子，摸着甚是柔软。它经常在春末时长出来，秋末时落下，落下时佛的形象还和原样一样，只是变成褐色的了。每当千佛芝落下的时候，他就把它收藏在家中的箱子里。积累了五年，思庄不再睡在那下面，家中也没有其他特别昌盛的事，只是全家人的寿命都很长。思庄的父亲去世时已九十七岁，那时思庄的兄长也年已七十，身体仍然强健如同壮年。

异菌　开成元年春，成式修行里私第书斋前，有枯紫荆数枝蠹折，因伐之，余尺许。至三年秋，枯根上生一菌，大如斗，下布五足，顶黄白两晕，缘垂裙如鹅鞴①，高尺余。至午，色变黑而死。焚之，气如芋香。成式常置香炉于枿②台上，每念经，门生以为善征。后览诸志怪，南齐吴郡褚思庄，素奉释氏，眠于梁下，短柱是楠木，去地四尺余，有节。永明中，忽有一物如芝，生于节上，黄色鲜明，渐渐长，数日，遂成千佛状，面目爪指及光相③衣服，莫不完具，如金鍱④隐起，摩之殊软。常以春末生，秋末落，落时佛形如故，但色褐耳。至落时，其家贮之箱中。积五年，思庄不复住其下，亦无他显盛，阖门寿考。思庄父

---

① 鹅鞴（bèi）：用鹅毛制成的车继。
② 枿（niè）：树木砍伐后留下的桩。
③ 光相：佛光。
④ 金鍱（yè）：金箔。鍱，薄铁片。

终九十七,兄年七十,健如壮年。

◎竹节芝

另外,在大同十年的时候,梁简文帝时的延香园中的竹林里冒出一株灵芝,长八寸,芝的头盖像鸡头实,呈黑色。芝柄像藕柄,里面是干的、通的,皮质都是纯白色,根下是浅红色的。芝盖处像竹节一样,一层又一层。从结节处又长出一重,好像编织的罗网,四面周长约五六寸,圆圆地围绕一圈,罩在芝柄上,且与芝柄保持了点缝隙,看样子似乎每节与芝柄并不相连接。它就像结网的众多网眼,轻巧可爱,和芝柄也能相分离。翻阅查找道书,它和威喜芝相类似。

又梁简文延香园,大同十年,竹林吐一芝,长八寸,头盖似鸡头实[1],黑色。其柄似藕柄,内通干空,皮质皆绝白,根下微红。鸡头实处似竹节,脱之又得脱也。自节处别生一重,如结网罗,四面周可五六寸,圆绕周匝,以罩柄上,相远不相着也。其似结网众目,轻巧可爱,其与柄皆得相脱。验仙书,与威喜芝相类。

◎舞草

舞草　出产于雅州。一根独茎三片叶子,叶子像决明草。一片叶子在茎的顶端,另外两片叶子长在茎的中间,

---

[1] 鸡头实:芡实。

互相对着。如果有人靠近它唱歌或是击掌打节奏哼曲子，它的叶子就会随着歌曲的节奏舞动起来。

舞草　出雅州。独茎三叶，叶如决明。一叶在茎端，两叶居茎之半，相对。人或近之歌及抵掌讴曲，必动叶如舞也。

◎护门草

护门草　恒山北边有一种名叫护门的草。把这种草放置在门上，夜里如果有人经过，草就会对其发出呵斥的声音。

护门草　常山①北，草名护门。置诸门上，夜有人过，辄叱之。

◎仙人绦

仙人绦　出产于衡山。这种草没有根蒂，在石头上生长着。形状像同心带一样，有三股，呈绿色，它是并不常见之物。

仙人绦②　出衡岳。无根蒂，生石上。状如同心带，三股，色绿，亦不常有。

---

① 常山：此指北岳恒山。
② 绦（tāo）：用丝线编成的带子。

◎ 南海睡莲

睡莲　南海有一种睡莲,到了夜间花就低下头浸入水中。屯田郎中韦绶在担任南海从事时,亲眼见过这种现象。

睡莲　南海有睡莲,夜则花低入水。屯田韦郎中从事[①]南海,亲见。

◎ 夜明苔

蔓金苔　晋朝时,外国进献蔓金苔。颜色如金,像萤火虫聚集在一起,大得像鸡蛋一样。把它投入水中,金光在水中蔓延,光亮映着日光像火焰一样。也叫夜明苔。

蔓金苔　晋时,外国献蔓金苔。色如金,若萤火之聚,大如鸡卵。投之水中,蔓延波上,光泛铄日如火。亦曰夜明苔。

◎ 异蒿藏鼠

异蒿　田在实是田布的儿子。太和年间,他曾经路过蔡州北边,见到路旁有一种草长得像蒿草,草茎像手指一样粗,茎的顶端聚集了很多叶子,就像鹳鹈的巢搭在树顶一样。把顶端折下来细看,叶片里竟有几十只小老鼠,只有皂荚子大小,它们的眼睛还未睁开,正发出啾啾的叫声。

[①] 从事:职官名。这里是为州郡从事的意思。

异蒿　田在实，布之子也。太和中，尝过蔡州北，路侧有草如蒿，茎大如指，其端聚叶，似鹪鹩①巢在颠。折视之，叶中有小鼠数十，才若皂荚子，目犹未开，啾啾有声。

◎天竺蜜草

蜜草　北天竺国出产蜜草，蔓生，叶片很大，到了秋冬季节也不会死亡。经过几次霜露之后就变成了蜜，就像塞上的蓬盐一样。

蜜草　北天竺国出蜜草，蔓生，大叶，秋冬不死。因重霜露遂成蜜，如塞上蓬盐。

◎老鸦筿篱

老鸦筿篱　叶子像牛蒡但比较窄，果实成熟时呈黑色，形状像筿篱一样。

老鸦筿篱　叶如牛蒡②而狭，子熟时，色黑，状如筿篱。

◎鸭舌草

鸭舌草　生长在水里，像莼菜一样，民间称其为鸭舌草。

---

① 鹪鹩（jiāo liáo）：鸟名。体形较小，鸣声动听。
② 牛蒡（bàng）：两年生草本植物。根和嫩叶可食，种子可入药。

鸭舌草　生水中，似莼①，俗呼为鸭舌草。

◎胡蔓草

胡蔓草　生长在邕、容二州之间。丛生，花有点像栀子花，稍微大些，不成朵状，呈黄白色，叶子稍微有点黑。如果人误食了，几天就会死。这时喝白鹅、白鸭的血则可以解毒；或是用一件东西扔向它，并祝祷说："我买你。"这样吃下就不会死。

胡蔓草　生邕②、容③间。丛生，花偏如栀子，稍大，不成朵，色黄白，叶稍黑。误食之，数日卒。饮白鹅、白鸭血则解；或以一物投之，祝曰："我买你。"食之不死。

◎铜匙草

铜匙草　生长在水里，叶子像剪刀一样。

铜匙草　生水中，叶如剪刀。

◎经冬不死草

水耐冬　这种草长在水里，经过冬天也不会死，在我城南的村庄别墅池塘里有这种草。

---

① 莼（chún）：多年生水草，浮在水面。可食。
② 邕：邕州，今广西南宁。
③ 容：容州，今广西北流。

水耐冬　此草经冬在水不死，成式于城南村墅池中有之。

◎终南山天芋

天芋　生长在终南山里，叶子舒展如同荷叶而且比较厚。

天芋　生终南山中，叶如荷而厚。

◎水韭

水韭　生长在水边，样子像韭菜且叶子细长，可以食用。

水韭　生于水湄，状如韭而叶细长，可食。

◎连钱草

地钱　叶子呈圆形且茎很细，有蔓，生长在溪水边。又称积雪草，也叫作连钱草。

地钱[①]　叶圆茎细，有蔓，生溪涧边。一曰积雪草，亦曰连钱草。

◎无心草

蚍蜉酒草　又叫鼠耳，是象形的说法。也叫作无心草。

---

① 地钱：苔类植物。叶圆如圆形铜钱，故名。

蚍蜉酒草　一曰鼠耳，象形也。亦曰无心草。

◎牵牛子

盆甑草　即牵牛子。结了果实后就断开了，牵牛子的形状像盆甑一样，里面有的果实长得像龟。藤蔓像山药一样。

盆甑草　即牵牛子也。结实后断之，状如盆甑，其中有子，似龟。蔓如薯蓣①。

◎蛮中藤子

蔓胡桃　产自南诏。像扁螺一样大，有两隔，它的味道如同胡桃。有人称其为蛮中藤子。

蔓胡桃②　出南诏。大如扁螺，两隔，味如胡桃。或言蛮中藤子也。

◎油点草

油点草　叶子与甜菜的叶子类似，每片叶子上都有相对的黑点。

---

① 薯蓣：山药。
② 蔓胡桃：野胡桃。

油点草　叶似䓪苴[①]，每叶上有黑点相对。

◎莳田之候

三白草　这种草幼苗时不白，进入夏天叶尖才开始变白。农夫把它视为耕田种地的物候，叶子经过三次变白后，草就会长得非常茂盛了。它的叶子像山药。

三白草　此草初生不白，入夏，叶端方白。农人候之莳田，三叶白，草毕秀矣。其叶似薯蓣。

◎勃逻回

博落回　有巨毒，生长在江淮地区的山谷中。茎和叶片像麻，茎的中间是空心的，吹的时候会发出像"勃逻回"的声音，因而得名。

博落回　有大毒，生江淮山谷中。茎叶如麻，茎中空，吹作声，如"勃逻回"，因名之。

◎蒟蒻

蒟蒻　根有碗口那么大。到了秋天，从叶子上滴下的露水，滴到地里就会长出新苗。

[①] 䓪苴（dá）：甜菜。

蒟蒻[①]　根大如碗。至秋，叶滴露，随滴生苗。

◎鬼皂荚

鬼皂荚　生长在江南低湿的地方，像皂荚样，高一二尺，果实可用来洗头，促进头发生长。叶子还可以用来清洗衣服上的污垢。

鬼皂荚　生江南地泽，如皂荚，高一二尺，沐之，长发。叶亦去衣垢。

◎通脱木

通脱木　像蓖麻，生长在山边。花粉主治恶疮。中间是空心，空心中有一些瓤，它的颜色洁白可爱，人们做刺绣时用它来制作饰品。

通脱木　如蜱麻[②]，生山侧。花上粉主治恶疮。心空，中有瓤，轻白可爱，女工[③]取以饰物。

◎毗尸沙花

毗尸沙花　又名日中金钱花。这种花原来产于国外，梁大同二年由人进献而传入中国。

---

① 蒟蒻（jǔ ruò）：又称"蒻头""鬼头""鬼芋"。
② 蜱麻：即蓖麻。
③ 女工：女子从事的刺绣、纺织等手工活。

毗尸沙花　一名日中金钱花。本出外国，梁大同一年进来中土。

◎左行草

左行草　这种草能使人变得无情。范阳长期进贡此草。

左行草　使人无情。范阳长贡。

◎迄千秋

青草槐　龙阳县神牛山南面有一种植物叫青草槐，丛生，高一尺多。开的花像金灯，仲夏开花，有记载说它又叫迄千秋。

青草槐　龙阳县神牛山南，有青草槐，丛生，高尺余。花若金灯，仲夏发花，一本云迄千秋。

◎江淮竹肉

竹肉　江淮地区有一种竹肉，生长在竹节上，像弹丸一样，味道像白鸡一样。这种竹总朝北生长。又有一种大树鸡，形状像杯盘，叫作胡孙眼。

竹肉[①]　江淮有竹肉，生竹节上，如弹丸，味如白鸡。竹皆

[①] 竹肉：又称"竹燕"。寄生在朽竹根节上的一种菌类植物。

向北，有大树鸡①，如桮棬②，呼为胡孙眼。

◎庐山石耳

石耳　庐山有一种石耳，性属热。

石耳　庐山有石耳，性热。

◎野狐丝

野狐丝　庭院里有一种草，蔓生，呈白色，花呈微红色，大小如粟米，秦地人称其为野狐丝。

野狐丝③　庭有草，蔓生，色白，花微红，大如粟，秦人呼为野狐丝。

◎金钱花

金钱花　一说本产自国外，梁朝大同二年由人进献传入中国。梁朝时，荆州的掾吏通过玩双陆来赌钱，钱输完了，就用金钱花作为抵押。鱼弘说赢得金钱花胜过赢钱。

金钱花　一云本出外国，梁大同二年进来中土。梁时，荆州掾属双陆④，赌金钱，钱尽，以金钱花相足。鱼弘谓得花胜得钱。

---

① 树鸡：一种大木耳。
② 桮棬（bēi quān）：杯盘。桮，通"杯"。棬，曲木做成的饮器。
③ 野狐丝：菟丝子。
④ 双陆：古代一种博戏。

◎夜舒荷

荷　汉明帝时，池中长有分枝荷，荷的一根茎上长了四片荷叶，形状如同并排的车盖。荷的莲子像黑色的珠子，可以用来装饰玉珮。汉灵帝时，有一种夜舒荷，一根茎上有四朵莲花，叶子在夜晚舒展，在白天则是卷曲着的。

荷　汉明帝时，池中有分枝荷，一茎四叶，状如骈[①]盖。子如玄珠，可以饰珮也。灵帝时，有夜舒荷，一茎四莲，其叶夜舒昼卷。

◎识梦草

梦草　汉武帝时从外国进献而来，与蒲草相似，白天蜷缩着入地，晚上又像萌芽一样长出来。人们把这种草揣在怀里，自己就能识梦并知道梦的好坏。汉武帝思念李夫人，怀揣着这种草就能梦见她。

梦草　汉武时异国所献，似蒲，昼缩入地，夜若抽萌。怀其草，自知梦之好恶。帝思李夫人[②]，怀之辄梦。

[①] 骈：两马并驾称作骈。
[②] 李夫人：汉武帝宠妃，乐师李延年、贰师将军李广利的妹妹。容貌艳丽，善歌舞，早卒。

◎仙人花

乌蓬　叶子如同鸟的翅膀，民间称其为仙人花。

乌蓬　叶如鸟翅，俗呼为仙人花。

◎雀芋

雀芋　形状像雀头一样，放在干地上反而变得湿润，放在湿润的地方又会变干。飞鸟碰到雀芋就会往下掉，走兽触到它则会变僵硬。

雀芋　状如雀头，置干地反湿，置湿处复干。飞鸟触之堕，走兽遇之僵。

◎望舒草

望舒草　产自扶支国。草是红色的，叶子像荷叶一样。月亮出来时叶子便舒展开来，月亮隐而不见时叶片卷曲起来。

望舒草　出扶支国。草红色，叶如莲叶。月出则舒，月没则卷。

◎霸瑞红草

红草　山戎的北面有一种草，茎长一丈，叶子像车轮一样，颜色像朝霞一样。齐桓公时，山戎进献了这种草的种子，于是就把它种在庭中，以此把它当作称霸天下的祥瑞。

红草　山戎[①]之北有草，茎长一丈，叶如车轮，色如朝虹。齐桓时，山戎献其种，乃植于庭，以表霸者之瑞。

◎合欢草

神草　魏明帝时，园中种有合欢草，形状长得像蓍草，一株草有上就有上百根茎，白天众多枝条繁密，到了晚上则会合成为一根茎，因此称它为神草。

神草　魏明时，苑中合欢草，状如蓍，一株百茎，昼则众条扶疏，夜乃合一茎，谓之神草。

◎芸薇

三蔬　晋朝时洛阳有一座芳蔬园，在金墉城的东面。园中有种名叫芸薇的菜，可将它细分为三类：紫色的为上蔬，味道辛辣；黄色的为中蔬，味道甘甜；青色的为下蔬，味道咸。人们经常把三蔬作为御膳用菜，还将其用来铺垫食物。

三蔬　晋时有芳蔬园，在金墉之东。有菜名芸薇，类有三

[①] 山戎：也称"北戎"，我国古代北方少数民族，居于今河北东部。春秋时，与齐、郑、燕等诸侯国国境相接。

种：紫色为上蔬，味辛；黄色者为中蔬，味甘；青者为下蔬，味咸。常以三蔬充御菜，可以藉①食。

◎掌中芥

掌中芥　原产自末多国。如果把它的种子放在手掌中吹，则会吹一下长一下，待它长到三尺长就可以种在地上了。

掌中芥　末多国出也。取其子置掌中，吹之，一吹一长，长三尺，乃植于地。

◎水网藻

水网藻　汉武帝昆明池中有一种叫水网藻的植物，它枝横侧在水面上，有八九尺长，和网眼很相似。即便是野鸭游到藻丛里，都无法再游出来，因而得名。

水网藻　汉武昆明池中有水网藻，枝横侧水上，长八九尺，有似网目。凫鸭入此草中，皆不得出，因名之。

◎地日草

地日草　南方有一种叫地日草的植物，三足乌想要下来吃这种草，羲和驾驭着日车，用手挡住三足乌的眼睛，担心三足乌吃了这种草沉浸在美味中而不想再动了。东方

---

① 藉：铺垫。

朔说：他小时候，有一口井塌了，坠落到地下，几十年无依无靠。有人带着他去了这种草生长的地方，但隔着红泉不能渡过去。那人给了他一只木屐，于是他乘着木屐渡过红泉，到达长有地日草的地方并吃到了它这种草。

地日草　南方有地日草，三足乌[1]欲下食此草，羲和[2]之驭，以手掩乌目，食此则美闷不复动。东方朔[3]言：为小儿时，井陷，坠至地下，数十年无所寄托。有人引之，令往此草中，隔红泉不得渡。其人以一只屐，因乘泛红泉，得至草处食之。

◎挟剑豆

挟剑豆　乐浪的东面有处融泽。融泽里生长着一种豆荚，形状像人手里拿着一把剑，横斜着生长。

挟剑豆[4]　乐浪东，有融泽。之中生豆荚，形似人挟剑，横斜而生。

◎牧靡草

牧靡　建宁郡乌句山南边五百里的地方生长着一种牧靡草，这种草可以解毒。百草茂盛的时候，如果鸟儿因误吃使乌喙中了毒，它们一定会急忙飞到牧靡山，啄食牧靡

---

[1] 三足乌：传说中太阳里的神鸟。
[2] 羲和：传说中驾驭日车者。
[3] 东方朔：字曼倩，平原厌次（今山东德州市陵城区）人。西汉辞赋家。
[4] 挟剑豆：刀豆。一年生缠绕性草本植物。

草来解毒。

牧靡[①]　建宁郡乌句山南五百里,牧靡草可以解毒。百卉方盛,乌鹊误食乌喙[②]中毒,必急飞牧靡上,啄牧靡以解也。

---

① 牧靡:升麻。多年生草本植物,根茎为不规则块状。可入药。
② 乌喙:又称"乌头""土附子",是一种有毒植物。

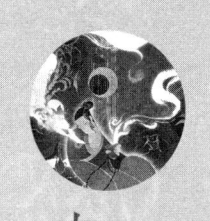

肉攫部

驯鹰之乐

本篇所记为养鹰、驯鹰之专论,内容涉及捕鹰、鹰网、驯鹰、鹰性、鹰品等相关鹰事的诸多常识记载。

◎捕鹰之法

捕鹰法　七月二十日为上时，内地的鹰多而塞外的鹰特别少。八月上旬为次时，八月下旬为下时，这时塞外的鹰都飞到内地来了。

鹰网眼，一寸八分见方，纵向八十个眼，横向五十个眼。用黄檗混和栎树汁浸染它，使网的颜色和土的颜色相似。蠹虫喜欢咬食鹰网，也可以用黄檗来防范它。

还有网竿、都杙、吴公等制作鹰网的配件。

磔竿有两种，一种是鹑竿，一种是鸽竿。鸽子飞翔时能从很远就看到鹰，经常比人先发现。如果看见鸽子上跳振翅，不停地察看，那么随着察看的方向，就能等到鹰的出现。

取鹰法　七月二十日为上时，内地者多，塞外者殊少。八月上旬为次时，八月下旬为下时，塞外鹰毕至矣。

鹰网目，方一寸八分，纵八十目，横五十目。以黄檗[1]和杼[2]汁染之，令与地色相类。蠹虫好食网，以檗防之。

有网竿、都杙[3]、吴公。

---

① 黄檗（bò）：又名"黄柏"，落叶乔木，茎、皮可作黄色染料，也可入药。
② 杼（zhù）：栎树，树皮可作染料。
③ 网竿、都杙（yì）：都属于鹰网的配件。

磔①竿二,一为鹑竿,一为鸽竿。鸽飞能远察见鹰,常在人前。若竦身动盼,则随其所视候之。

◎ 网眼

捕捉木鸡、木雀、鹞子 捕捉用的网的网眼二寸见方,纵向有三十个网眼,横向有八十个网眼。

取木鸡、木雀、鹞 网目方二寸,纵三十目,横八十目。

◎ 验雏

大凡鸷类猛禽,其幼鸟一出生就很聪明,从壳里出来以后,它们就会在窝外边排便。大鸟担心它们从窝里掉下去,也担心它们被太阳曝晒,受热生病,于是就摘取那些带叶的树枝插在窝的周围,以防止幼鸟掉落,同时还可以遮凉。捕鹰者想要验证雏鸟的大小,就以窝边所插的带叶树枝作为判断的标准。如果刚出生一两天,那周围的叶子虽然有些枯萎却仍带青色。到六七天后,叶子就有些黄了。十天后叶子就枯落了,说明这时雏鸟就长大些了,可以捕捉了。

凡鸷鸟,雏生而有惠,出壳之后,即于窠外放巢②。大鸷恐

---

① 磔(zhé)竿:以鸽子之类的鸟儿作为诱饵用来捕鹰的木架。磔,肢体分裂,因引诱用的鸟儿会被鹰抓伤撕裂,故名。
② 放巢:指鹰排粪便。

其堕坠，及为日所曝，热暍^①致损，乃取带叶树枝插其巢畔，防其坠堕及作阴凉也。欲验雏之大小，以所插之叶为候^②。若一日、二日，其叶虽萎，而尚带青色。至六七日，其叶微黄。十日后枯瘁^③，此时雏渐大，可取。

◎变色匿形

大凡禽兽，一定会将自己的身体行迹藏匿在相似颜色的环境中。故而蛇的颜色和地面相似，茅兔的毛则与草色同为全红色，老鹰的颜色也随着树的颜色。

凡禽兽，必藏匿形影，同于物类也。是以蛇色逐地，茅兔必赤，鹰色随树。

◎雏鹰

鹰巢　也叫菆。把鹰称作菆子的，就是指雏鹰。鹰四月一日停止放飞，五月上旬把毛拔了关进笼子里。拔毛先从头开始，必须在清晨时拔完头顶，到巳时将整个头部拔完。然后从颈下拔飐毛，一直拔到尾部。尾根下面的毛叫作飐毛，它背部的毛和两翅的大翎、覆翮以及十二根尾毛等，全部都要拔掉。两翅的大毛一共有四十四根，覆翮翎也是四十四根。八月中旬再将鹰放出笼。

---

① 暍（yè）：中暑。
② 候：征兆。
③ 枯瘁（cuì）：枯落，枯死。

鹰巢　一名蔌①。鹰呼蔌子者，雏鹰也。鹰四月一日停放，五月上旬拔毛入笼。拔毛先从头起，必于平旦②过顶，至伏鹑则止。从颈下过飏③毛，至尾则止。尾根下毛名飏毛，其背毛并两翅大翎、覆翮④及尾毛十二根等，并拔之。两翅大毛合四十四枝，覆翮翎亦四十四枝。八月中旬出笼。

◎雕和角鹰

雕和角鹰等，三月一日停止放飞，四月上旬关进笼子里。

雕、角鹰等，三月一日停放，四月上旬置笼。

◎鹘

鹘，待北飞的鹰过去完之后就停止放飞，四月上旬关进笼子，不拔毛。

鹘，五月上旬停止放飞，六月上旬拔毛，关进笼子。

鹘⑤，北回鹰过尽停放，四月上旬入笼，不拔毛。

鹘，五月上旬停放，六月上旬拔毛，入笼。

---

① 蔌（chù）：鸟巢。
② 平旦：清晨。
③ 飏（yáng）：飞扬。
④ 翮（hé）：鸟翎的茎，翎管。这里代指翅羽，因其坚利，古时又称"剑羽"。
⑤ 鹘（hú）：隼，一种猛禽。

◎鸷鸟换羽

凡是鸷鸟之类，第一次换毛时为鸽子的颜色，第二次换羽毛时就由苍黄色变为苍青色，第三次则变为真正的鹰的羽毛的颜色。从此以后，无论变换多少次，都是纯正的鹰羽的颜色。

凡鸷击等，一变为鸽，二变为鸼①转鸧②，三变为正鸧。自此以后，至累变，皆为正鸧。

◎白鸽

白鸽　嘴和爪子都是白色的，从第一次换毛后变为苍黄色，经过多次换毛，但它的白色是一定不变的。如果嘴和爪子是黑色的，胸前的纵向的纹理、翎毛尾斑节微微有黄色的，第一次换毛为苍黄色，而两翅上的翎毛以及两股的毛夹杂有类似紫白的颜色，其余的白色不变。

白鸽　觜爪白者，从一变为鸼，至累变，其白色一定，更不改易。若觜爪黑者，臆前纵理、翎尾斑节微微有黄色者，一变为鸼，则两翅封③上及两胜之毛间似紫白，其余白色不改。

---

① 鸼（biǎn）：鹰类两岁时的羽色（苍黄色）。
② 鸧（cāng）：鸟名，其身体为苍青色。这里代指鹰的羽色。
③ 封：隆起物。

◎ **鹘品**

齐王高纬在武平六年得到幽州行台仆射河东潘子晃送的白鹘，全身洁白如雪，看它的胸前还有淡淡的纵向的白斑花纹，花纹中若隐若现地又泛出些浅红色。嘴根的颜色，微带些青白色，到嘴尖渐渐变为乌黑色。它的爪子颜色和嘴相同，蜡胫的颜色全是黄白红。这种样子的鹘为上品。黄麻色的鹘，第一次换毛变为苍黄色，羽毛颜色不容易改变，只是胸前纵向的斑纹渐渐变得宽而短。幼鹘以后多次变色，背上的羽毛会增加一些青色，胸前的纵向纹理变得短而细，膝上渐渐变得亮白。这是次一等的颜色。

齐王高纬，武平六年，得幽州行台仆射河东潘子晃所送白鹘，合身如雪色，视臆前微微有纵白斑之理，理色暧昧如纁①。觜本②之色，微带青白，向末渐乌。其爪亦同于觜，蜡③胫④并作黄白赤。是为上品。黄麻色，一变为鸦，其色不甚改易，惟臆前纵斑渐阔而短。鸦转出后，乃至累变，背上微加青色，臆前纵理转就短细，渐加膝上鲜白。此为次色。

◎ **青麻色鹘**

青麻色鹘　它的羽毛变色和黄麻鹘的苍黄色完全相同。

---

① 纁（xūn）：浅红色。
② 本：根部。
③ 蜡：淡黄如蜡的颜色。
④ 胫：小腿。

这是下品。又有罗乌鹘、罗麻鹘。

青麻色　其变色，一同黄麻之鹘。此为下品。又有罗乌鸧[①]、罗麻鸧。

◎白兔鹰

白兔鹰　嘴和爪子是白色的，自起初羽色换为苍黄，多次换毛后，其白色是固定的，不容易改变嘴和爪子的黑中带有一些青白色，胸前纵向纹理及翎尾斑节带有一些黄色的，第一次换毛背上和翅尾稍微变为灰色，胸前的纵向纹理变成横向的，颜色基本没有变化，两股间还是白色的。变为苍黄色后，它的灰色略带褐色而又渐渐变白。那种嘴和爪子为深黑色而身上黄鹘斑纹颜色略深的，首次换毛变成苍黄色，变为苍黄色以后经过多次变化，胸前横向纹理变细，就慢慢地变成苍青色。

白兔鹰　觜爪白者，从一变为鸧，乃至累变，其白色一定，更不改易。觜爪黑而微带青白色，臆前纵理及翎尾斑节微有黄色者，一变背上翅尾微为灰色，臆前纵理变为横理，变色微漠若无，胜间仍白。至于鸧转以后，其灰色微褐而渐渐向白。其觜爪极黑，体上黄鹘斑色微深者，一变为青白鸧，鸧转之后，乃至累变，臆前横理转细，则渐为鸧色也。

---

① 鸧：通"鹘"。

◎齐王获鹰

齐王高洋在天保三年得到一对白兔鹰,不知他是从何处得到的。这对鹰全身羽毛洁白如雪,鹰眼为紫色,爪子根部为白色,向爪尖逐渐变成浅黑色。蜡胫都是黄色的,当时称为金脚。

齐王高洋,天保三年,获白兔鹰一联①,不知所得之处。合身毛羽如雪,目色紫,爪之本白,向末为浅乌之色。蜡胫并黄,当时号为金脚。

◎野叉献鹰

又高齐武平初年,领军将军赵野叉进献了一对白兔鹰。这对鹰从头到顶,远远地看全是白色的,靠近了仔细地看才能看到羽毛中心有紫色痕迹。它背上的羽毛,毛心点缀着白底紫斑,紫色外面有白红色环绕,白色之外又有黑边。翅膀上的羽毛也是以白色为底,紫色点缀其上。胸前羽毛以白色为底,稍稍带有一些浅红色纵纹。鹰眼的颜色为金黄,嘴根的颜色微白,向嘴尖逐渐变为黑。蜡胫为浅黄色,脚趾的颜色也是黄的,爪的颜色和嘴相同。

又高齐②武平初,领军将军赵野叉献白兔鹰一联,头及顶,

---

① 联:双,对。
② 高齐:即北齐。

遥看悉白，近边熟视，乃有紫迹在毛心。其背上以白地紫迹点其毛心，紫外有白赤周绕，白色之外，以黑为缘。翅毛亦以白为地，紫色节之。臆前以白为地，微微有纁赤纵理。眼黄如真金，觜本之色微白，向末渐乌。蜡作浅黄色胫，指之色亦黄，爪色与觜同。

◎散花白

散花白　嘴和爪子的颜色为黑中带一些青白的，羽色首次变为紫色花纹的白鹞。鹞以后会经过多次变色，横向的花纹会变细，胸脯前紫色逐渐消失而变成白色。嘴和爪子是深黑色的那个品种，初变为青白鹞。鹞转以后会经过多次变色，横向的花纹变细，胸脯前慢慢变成灰白色。

散花白　觜爪黑而微带青白色者，一变为紫理白鹞。鹞转以后，乃至累变，横理转细，臆前紫渐灭成白。其觜爪极黑者，一变为青白鹞。鹞转之后，乃至累变，横理转细，臆前渐作灰白色。

◎红色鹰

红色鹰　羽色首次变为鹞色，其中带有黑色。鹞转以后，经过多次变色，横向花纹变细，胸前羽毛慢慢变成白色，背上的羽毛颜色不变，这是上等羽色。

赤色　一变为鹞，其色带黑。鹞转以后，乃至累变，横理转细，臆前微微渐白，其背色不改，此上色也。

◎白唐

白唐　白唐这种鹰首次变为青鹘，其中稍微带有一些灰色。鹘转以后，经过多次变色，横向花纹变细，胸前羽毛慢慢变成白色。

白唐　一变为青鹘，而微带灰色。鹘转之后，乃至累变，横理转细，臆前微微渐白。

◎鹩烂堆黄

鹩烂堆黄　羽色初变之后，它的颜色像鹙氅一样。鹘转以后，经过多次变色，横向花纹变细，胸前羽毛慢慢变成白色。

鹩烂堆黄　一变之鹘，色如鹙氅①。鹘转之后，乃至累变，横理转细，臆前渐渐微白。

◎黄色鹰

黄色鹰　羽色第一次变化之后，经过多次变色，颜色与鹙氅相似，只是稍深些，更像鹩烂堆黄，羽色变化也相同。

黄色　一变之后，乃至累变，其色似于鹙氅，而色微深，

---

① 鹙氅（qiū chǎng）：鹙毛，可用来做外套或是仪仗中的旗幡。

大况鹞烂堆黄，变色同也。

◎青斑鹰

青斑鹰　羽色第一次为青父鸹。转变为鸹之后，经过多次变色，横向花纹变细，胸前羽毛慢慢变白。这是次等的颜色。

青斑　一变为青父鸹。鸹转之后，乃至累变，横理转细，臆前微微渐白。此次色也。

◎白唐鹰

白唐鹰　"唐"，是指黑色，是说花斑上有黑色。羽毛颜色第一次变为青白鸹，夹杂着黑色。转变为鸹之后，经过多次变色，横向花纹变细，胸前羽毛慢慢变成白色。

白唐　"唐"者，黑色也，谓斑上有黑色。一变为青白鸹，杂带黑色。鸹转之后，乃至累变，横理转细，臆前渐渐微白。

◎赤斑唐鹰

赤斑唐鹰　指花斑上有黑色。羽色第一次变为鸹，颜色多为黑色。转变为鸹之后，经过多次变色，横向花纹变细，胸前的黑色羽毛虽然逐渐变为褐色，但人们还是叫它黑鸹。

赤斑唐　谓斑上有黑色也。一变为鸹，其色多黑。鸹转之后，乃至累变，横理转细，臆前黑虽渐褐，世人仍名为黑鸽。

◎青斑唐鹰

青斑唐鹰 指花斑上有黑色。羽色第一次变为鹪，颜色带有青黑。转变为鹪之后，经过多次变色，横向花纹虽然变细，但胸前的羽色仍然是青黑无光的。这是下等羽毛的颜色。

青斑唐 谓斑上有黑色也。一变为鹪，其色带青黑。鹪转之后，乃至累变，横理虽细，臆前之色，仍常暗黪[①]。此下色也。

◎鉴识雌雄

鹰的雌雄，只以体形的大小不同，其余外形没有区别。雉鹰体形虽小，却是雄鹰，羽色颜色庞杂，从最初的变化到多次变化和兔鹰相同，不作另外叙述。雉鹰一岁时，胸前纵向的花纹宽阔的，世人称为乞鸟斑，到后来变为鹪鸽的时候，胸前纵向的花纹变为横向的花纹，但仍然宽大。如果胸前纵向花纹理本来就细的，后来变为鹪鸽的时候，那胸前横向的花纹也是细的。

鹰之雌雄，唯以大小为异，其余形相，本无分别。雉鹰虽小，而是雄鹰，羽毛杂色，从初及变，既同兔鹰，更无别述。雉鹰一岁，臆前纵理阔者，世名为鸧斑，至后变为鹪鸽之时，其臆

[①] 黪（cǎn）：颜色青黑无光。

纵理变作横理，然犹阔大。若臆前纵理本细者，后变为鹘鸼之时，臆前横理亦细。

◎沙里白

荆窠白鹰，身体短但粗大，有五斤多重，捕捉鸟的速度很快，又叫沙里白。生活在代北沙漠里的荆棘丛中，飞往雁门、马邑一带。

荆窠白者，短身而大，五斤有余，便①鸟而快，一名沙里白。生代北沙漠里荆窠上，向雁门、马邑飞。

◎代都红鹰

代都红鹰，背上的羽毛是紫色的，须毛是黑色的，有白色的眼睛和白色的羽毛。体重在三斤半以上，四斤以下，捕捉兔子为生。生活在代川的赤岩里，飞往灵丘、中山、白峒一带。

代都赤者，紫背黑须，白睛白毛。三斤半以上、四斤以下，便兔。生代川赤岩里，向灵丘、中山、白峒飞。

◎西道白

漠北白鹰，体形又长又大，有五斤多重，身上的斑纹很细且腿短，是鹰类中最好的品种。生活在沙漠之北，具

---

① 便：敏捷。这里是捕捉的意思。

体不知有多远，飞往代川、中山一带。又名西道白。

漠北白者，身长且大，五斤有余，细斑短胫，鹰内之最。生沙漠之北，不知远近，向代川、中山飞。一名西道白。

◎ 房山白鹰

房山白鹰，背上的羽毛是紫色的，斑纹细，体重在三斤以上、四斤以下，捕捉兔子为生。生活在代东、房山一带的白杨和椴树上，飞往范阳、中山一带。

房山白者，紫背细斑，三斤以上、四斤以下，便兔。生代东、房山白杨、椴树上，向范阳、中山飞。

◎ 渔阳白鹰

渔阳白鹰　腹部和背部的羽毛都是白色的，大的有五斤重，捕捉兔子为生。生活在徐无山及东西曲，又称它为大曲、小曲。生活在白叶树上，飞往章武、合口、博海这些地方。

渔阳白　腹背俱白，大者五斤，便兔。生徐无及东西曲，一名大曲、小曲。白叶树上生，向章武、合口、博海飞。

◎ 东道白鹰

东道白鹰　腹部和背部的羽毛都是白色的，大的有六斤多重，是鹰类中体形最大的。生活在卢龙、和龙以北的地方，不知具体远近，飞往涣林、巨黑、章武、合口、光州这些地方。虽然力量稍弱，但如果碰到飞得快的，可以超过渔阳白鹰。

东道白　腹背俱白，大者六斤余，鹰内之最大。生卢龙、和龙以北，不知远近，向涣林、巨黑、章武、合口、光州飞。虽稍软，若值快者，越于前鹰。

◎土黄鹰

土黄鹰　山谷到处都有。生活在柞树和栎树上，体形有的大，有的小。

土黄　所在山谷皆有。生柞、栎树上，或大或小。

◎黑皂骊鹰

黑皂骊鹰　这种鹰大的有五斤重。生活在渔阳的山松、杉树上，很容易死亡。有的飞得快。飞往章武方向。

黑皂骊[①]　大者五斤。生渔阳山松、杉树上，多死。时有快者。章武飞。

◎白皂骊鹰

白皂骊鹰　这种鹰大的有五斤重。在渔阳、白道、河

---

① 骊：黑色。

阳、漠北等地方，随处可见。生活在枯柏树上，捕捉鸟儿。飞往灵丘、中山、范阳、章武一带。

白皂骊　大者五斤。生渔阳、白道、河阳、漠北，所在皆有。生柏枯树上，便鸟。向灵丘、中山、范阳、章武飞。

◎青斑鹰

青斑鹰　这种鹰大的有四斤重。生活在代北及代川的白杨树上。花色斑纹细的飞得快。飞往灵丘山、范阳一带。

青斑　大者四斤。生代北及代川白杨树上。细斑者快。向灵丘山、范阳飞。

◎鹑鹰茬子

鹑鹰茬子　青黑色的飞得快。换毛的时候换得很干净，眼睛是明亮的，是没有养过幼鸟的鹰，飞得尤其快。如果眼屎多，毛换得不彻底的，就是那些养育过幼鸟的鹰，这种鹰没什么作用，容易养死。另外粪便头没有裂开，即使排得远也是聚集在一起。有的排便时弯曲着背发出声音，这是短命的征兆。口内呈红色，爪掌发热，隔着衣服也觉得蒸人逼人，这是长命的征兆。尾巴上的羽毛重重叠叠，吐出猎物的毛球时打嗝，单腿站立着用另一只爪子梳理面部的羽毛，把头埋在羽毛里睡觉，这些都是长命的征兆。

鹆鹰荏子① 青黑者快。蜕②净眼明，是未尝养雏，尤快。若目多眵③，蜕不净者，已养雏矣，不任用，多死。又条④头无花，虽远而聚。或条出句⑤然作声，短命之候。口内赤，反掌热，隔衣蒸人，长命之候。叠尾、振卷打格⑥、只立理面毛，藏头睡，长命之候也。

◎鸷鸟飞忌

大凡鸷鸟飞翔时，特别害怕食物误入气管，一旦呛进叉，必死无疑。叉的位置在咽喉骨前皮下，缺盆骨内，嗉囊之下。

凡鸷鸟飞，尤忌错喉⑦，病入叉，十无一活。在咽喉骨前皮里，缺盆骨内，膆⑧之下。

◎吸筒

吸筒 用银质薄片做成的，粗细和角鹰的翅管一样。比鹰小的，其吸筒的粗细也随它翅管的粗细而定。

---

① 鹆鹰荏子：半大的鹰。
② 蜕：鸟换毛。
③ 眵（chī）：眼屎。
④ 条：鹰的粪便。鹰排便称"出条"。
⑤ 句（gōu）然：弯曲的样子。
⑥ 振卷打格：鸷鸟吃了猎物的毛不会消化，隔一段时间会卷成球状吐出来，并有打嗝声。
⑦ 错喉：食物误入气管。
⑧ 膆（sù）：通"嗉"。鸟类喉咙下装食物的地方。

吸筒① 以银鍱②为之，大如角鹰翅管。鹰以下，筒大小准其翅管。

◎病相

凡是晚上排便不超过五次的，就活不到好久。粪便像红小豆汁，中间又夹杂着白色物的，就会死。凡是网损、摆伤、兔蹋伤、鹤兵爪伤，都是有病的。

凡夜条不过五条数者，短命。条如赤小豆汁，与白相和者死。凡网损③、摆伤、兔蹋伤、鹤兵爪④，皆为病。

---

① 吸筒：或是为鹰治病疗伤的器具。
② 鍱（yè）：金属薄片。
③ 网损：网捕受伤。
④ 鹤兵爪：鹤双脚里第一趾名兵爪。

支动

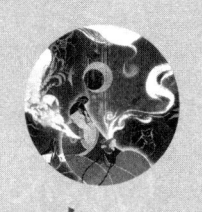

禽兽雌雄

本篇「支动」和「支植上」「支植下」是对「广动植」的补遗，记载简略且广博。

◎木兔

传说北海有一种鸟,人们称之为木兔,长得很猫头鹰。

北海有木兔①,类鸋䳎②。

◎鼠食盐

传言说老鼠如果吃了盐的话,它的身体就会变轻。

鼠食盐则身轻。

◎乌贼鱼骨

乌贼背上的骨片,就如同通草一样的轻脆,可以用它来雕刻玩物。

乌贼鱼骨,如通草,可以刻为戏物。

◎章鱼

章鱼,在每个月的八日、十八日、二十八日这三天会比其他时间多出很多。

---

① 木兔:鸟名。猫头鹰一类,喜欢食鸡。
② 鸋䳎:即鹤鹠,猫头鹰。

章举[1],每月三八则多。

◎虾姑

虾姑,它的样子像蜈蚣。它还有一个名字叫管虾。

虾姑[2],状若蜈蚣。管虾。

◎海术

在南海中有一种水生动物,它的左前脚长,右前脚短,嘴巴长在胁旁背上。它经常用左脚捕捉猎物,然后放在右脚上,右脚中有牙齿咬碎猎物,之后才送进嘴里。它体形有三尺多长。它的叫声是"术术",南方人就管它叫海术。

南海有水族,前左脚长,前右脚短,口在胁傍背上。常以左脚捉物,寘于右脚,右脚中有齿嚼之,方内于口。大三尺余。其声"术术"[3],南人呼为海术。

◎豺狼

一般而言,猎人不捕杀豺狼,是因为"豺"和"财"同音。

另外,南方人非常讨厌豺狼对着人嚎叫。

---

① 章举:章鱼。
② 虾姑:又作"虾蛄",节肢甲壳类动物。
③ 术(zhú)术:拟声词。

猎者不杀豺,以"财"为同声。

又,南方恶豺向人作声。

◎鸡嘴鱼身

卫公幼年时,曾在明州见过一种奇异的水生动物。它们长着两只脚,嘴像鸡嘴,身像鱼身。

卫公幼时,尝于明州见一水族,有两足,觜似鸡,身如鱼。

◎江怪

卫公十一岁的时候,他经过瞿塘峡时,亲眼看见江流中有一动物,样子像婴儿,长有翅膀,而且这种生物的翅膀跟鹦鹉的翅膀差不多。卫公知道这肯定是个怪物,但当时他没有表现出有什么异样的神色,等到晚上刮大风时才向别人说起。

卫公年十一,过瞿塘,波中睹一物,状如婴儿,有翼,翼如鹦鹉。公知其怪,即时不言,晚风大起方说。

◎赤沙湖鲤

句容县的赤沙湖中生长有一种吃朱砂的鲤鱼,这种鱼的鱼身稍微带点红色,吃起来味道也是极为鲜美的。

句容赤沙湖食朱砂鲤,带微红,味极美。

◎负朱鱼

负朱鱼，它的味道也是极为鲜美的，并且它的每片鳞甲上都有一个小小的红斑点。

负朱鱼，亦绝美，每鳞一点朱。

◎濮固羊

在北边有一种叫濮固羊动物，体形大而且肉质美味。

向北有濮固羊，大而美。

◎丙穴鱼

丙穴鱼喜欢喝钟乳石上的水，这种鱼食性甘温。

丙穴鱼，食乳水，食之甚温。

◎逆鳞鳖

鳖，它身体的鳞甲差不多有一半都是逆向生长的。

鳖，身一半以下，鳞尽逆。

◎蝇灾

太和七年，在河阴这个地方忽然出现一种蝇，数量庞大，飞起来遮天蔽日的，简直就跟蝗虫差不多，这种情况持续了三天才停止。但在河阳地界经过了十天才散尽。有个叫李犨的人当时在做县尉，向我的三从兄说起过。

太和七年，河阴忽有蝇，蔽天如蝗，止三日。河阳界，经旬方散。有李犨，时为尉，向予三从兄说。

◎ 玳瑁

南方玳瑁的斑点全是不清晰的，唯有振州这个地方的玳瑁和海外舶来的一样。我曾看见过卫公以前白书上写成"瑇瑁"字样。

南中玳瑁，斑点尽模糊，唯振州玳瑁如舶上者。尝见卫公先白书上作此"瑇瑁"字。

◎ 鹅警鬼

卫公说："鹅能警示戒备鬼魅，鸂鶒厌胜火灾，孔雀能避邪恶。"

卫公言："鹅警鬼，鸂鶒厌火，孔雀辟恶。"

◎ 牛尾狸

洪州盛产一种动物叫牛尾狸，肉味非常鲜美。

洪州有牛尾狸，肉甚美。

◎ 斗鸡

威远军子将臧平喜好斗鸡，他有一只斗鸡，其体形要比平常普通的斗鸡高过几寸，没有别的斗鸡可以成为它的对手。威远监军用十匹布帛强行从臧平手里买走了这只斗鸡，趁着寒食节进献入宫。当时，诸位王子皇孙都喜欢斗鸡取乐，而这只斗鸡斗败了十多只对手，还在场内威风凛凛，趾高气扬。因此穆宗是非常的开心呀，当即赏赐威远监军一百匹布帛。负责当场斗鸡的人看这只鸡的大脚爪觉得似曾相识，便奏报说："这只斗鸡其实还有个亲兄弟，长着长爪趾，特别爱鸣叫，前年以两百万钱的价格卖给了河北道的军将。"

威远军子将臧平者，好斗鸡，高于常鸡数寸，无敢敌者。威远监军与物十四强买之，因寒食乃进。十宅诸王皆好斗鸡，此鸡凡敌十数，犹擅场怗气①。穆宗大悦，因赐威远监军帛百匹。主鸡者想其蹠②距③，奏曰："此鸡实有弟，长趾善鸣，前岁卖之河北军将，获钱二百万。"

◎ 巴州兔

韦绚说："巴州的兔子身上长得有像狸猫一样的花斑。"

---

① 怗气：指恃气发威，趾高气扬的样子。
② 蹠：足。
③ 距：大。

韦绚云:"巴州兔作狸斑。"

◎ 体形迥异

但凡是鹰、隼一类的大型鸟类,都是雄鸟体形小而雌鸟体形大,而对于一般的鸟则都是雄鸟大而雌鸟小。

凡鸷鸟,雄小雌大,庶鸟皆雄大雌小。

◎ 异虫啮蚓

我集贤院的同僚宇文献说:在吉州这个地方有一种奇怪的虫,体长三寸多,长有六只脚,这种虫见到蚯蚓必定是要将其咬作两段,而蚯蚓刚被咬断的两段身体会分别变成这种怪虫的样子,与之非常酷似,肉眼基本上看不出差异。

予同院①宇文献云:吉州有异虫,长三寸余,六足,见蚓必啮为两段,才断,各化为异虫,相似无别。

◎ 赤腰蜂

还有一种名为赤腰蜂的虫子,它们是把自己的卵产在蜘蛛的腹部下面。

又有赤腰蜂,养子于蜘蛛腹下。

---

① 院:指集贤殿书院。

◎ 河豚

河豚的肝脏和卵都是有毒的。因此，食用河豚，必须同芦蒿一同吃，原因是由于芦蒿可以解这种毒。江淮一带的人吃河豚，都是和着芦蒿一起食用的。

鯸鮧[①]鱼，肝与子俱毒。食此鱼，必食艾[②]，艾能已其毒。江淮人食此鱼，必和艾。

◎ 木枝化蚓

夔州刺史李贻孙说：曾看见过树枝变成了蚯蚓。

夔州刺史李贻孙云：尝见木枝化为蚓。

◎ 鲤鱼

在道书里面经常把鲤鱼当成是龙一样来看待，所以道士一般情况下是不会吃鲤鱼的，这并不是因为它和丹药物性相反。庶子张文规也说过："医方里不主张吃鲤鱼，觉得它的物性就好比鱼类当中的猪肉一样。"

道书以鲤鱼多为龙，故不欲食，非缘反药。庶子张文规又曰："医方中畏食鲤鱼，谓若鱼中猪肉也。"

---

① 鯸鮧（hóu yí）：河豚。
② 艾：这里指水艾，即芦蒿，又称"蒌蒿"。

◎峡中异蝶

卫公李德裕的画上有三峡中长相奇特的蝴蝶，其翅膀的宽度是四寸多，毛色呈深褐色，每只翅膀上都长着两只金眼。

卫公画得峡中异蝶，翅阔四寸余，深褐色，每翅上有二金眼。

◎獐鹿无魂

卫公又说："道书上讲，獐鹿是没有灵魂的，所以它们是可以被人们食用的。"

公又说："道书中言，獐鹿无魂，故可食。"

◎郎巾

我在很小的时候曾听说过"郎巾"这个词语，起初我还以为就是狼的筋呢。在武宗会昌四年的时候，官府集市买卖郎巾，一次我夜间会客，询问郎巾是何物，大家竟然都不知道郎巾究竟是个什么东西，也有人跟我小的时候的想法一样，怀疑就是狼筋。在座的老和尚泰贤说："泾原节帅段祐的宅第在招国坊，有一次丢了十多件银器。贫僧当时还是沙弥，经常跟随我的师父出入段公府上，段公就命令我带上一千钱到西市胡商那里去购买郎巾。当我走到修竹南街的金吾铺时，正好偶遇官健儿朱秀，并向他打听何处可以购买到郎巾。朱秀说：'这个很容易得到，只是人们不认识罢了。'于是他就在老墙上掘出三只，样子像巨虫，两头发光，身上带着黄色。段祐得到郎巾，就命人集合奴婢在院里围成一圈，并用火炙烤郎巾。虫子被烤得惊慌不知所措的样子，身体便不停地蠕动起来。这时，只见一个女奴面部神情怪异，眼睛不停眨动，一询问，果然她就是那个偷窃了银器准备逃跑的人。"

予幼时尝见说郎巾，谓狼之筋也。武宗四年，官市郎巾，予夜会客，悉不知郎巾何物，亦有疑是狼筋者。坐老僧泰贤云："泾帅段祐宅在招国坊，尝失银器十余事。贫道时为沙弥，每随师出入段公宅，段因令贫道以钱一千，诣西市贾胡求郎巾。出至修竹南街金吾铺①，偶问官健朱秀，秀曰：'甚易得，但人不识耳。'遂于古培②摘出三枚，如巨虫，两头光，带黄色。祐得，即令集奴婢环庭炙之。虫慄蠕动，有一女奴脸唇瞤③动，诘之，果窃器而欲逃者。"

◎象管

象管　在环王国里野象随处可见，成群结队，一头雄象要负责管理三十多头雌象。雌象的牙只有二尺长，它们轮流供给雄象水草，睡卧时雌象就环绕守护着雄象。雄象

---

① 金吾铺：金吾卫士卒所居之处。
② 培：墙。
③ 瞤（shùn）：眼皮跳动。

如果死了，所有雌象就会一起挖坑将雄象埋葬，悲伤哭号好很久才各自走散。还有一点，环王国的人驯养野象，是为了驱使大象代替人们去打柴。

象管　环王国[①]野象成群，一牡管牝三十余。牝牙才二尺，迭供牡者水草，卧则环守。牡象死，共挖地埋之，号吼移时方散。又国人养驯，可令代樵。

◎四季熊胆

熊胆，春季长在熊的头部，夏季长在腹部，秋季长在左脚，冬季长在右脚。

熊胆，春在首，夏在腹，秋在左足，冬在右足。

◎巨蛇泛江

安南蛮江到五六月份的时候蛇特别的多，甚至还有巨蛇爬上江岸，它们的头就像张开的帽子，成千上万条蛇跟在这种巨蛇的后面，跟它们一起涌进越王城。

南安蛮江蛇至五、六月，有巨蛇泛江岸，首如张帽，万万蛇随之，入越王城。

---

① 环王国：又称"占城国"，在今越南的中南部。

◎西域野牛

野牛体形壮实高达一丈多，头部长得像鹿，它的角呈盘曲状，角长一丈，全身长着白毛，尾巴也长得跟鹿尾巴很相似。出产地在西域。

野牛高丈余，其头似鹿，其角丫戾①，长一丈，白毛，尾似鹿。出西域。

◎潜牛

潜牛　在勾漏县的大江里，有一种潜牛，它长得酷似水牛。当它每次上岸打斗时，角变软了就立即潜入江水中，角变硬后又出水继续打斗。

潜牛　勾漏县大江中，有潜牛，形似水牛。每上岸斗，角软还入江水，角坚复出。

◎蒙贵

猫　瞳孔在傍晚变成圆的，中午时则竖成一条线。它的鼻头经常是凉凉的，只有夏至那一天是暖暖的。它的毛不长跳蚤和虱子这类寄生虫。在黑暗中用手倒摸黑猫的毛，就会有火星闪动。常言道家养的猫洗脸时爪子抓过了耳朵部位，就会有客人到访。楚州谢阳县的猫，有褐花色的；

---

① 丫戾：盘曲。

灵武的猫有类似红叱拨和青骢色的。猫又名蒙贵,还另有一个别名叫乌员。平陵城,即古时的谭国,传说这个城里曾有一只猫,它的脖子上常挂一只金锁,身上长有钱形的花纹,跳跃时就好像蝴蝶在飞一样,城里的人经常都能见到它。

猫 目睛暮圆,及午,竖敛如綖。其鼻端常冷,唯夏至一日暖。其毛不容蚤虱。黑者,暗中逆循其毛,即若火星。俗言猫洗面过耳,则客至。楚州谢阳出猫,有褐花者;灵武有红叱拨[①]及青骢色者。猫一名蒙贵,一名乌员。平陵城,古谭国也,城中有一猫,常带金锁,有钱,飞若蛱蝶,士人往往见之。

◎鼠

老鼠 旧时传说鼠王尿精,一滴精液就会变成一只老鼠。还有一种说法是鼠母的头和脚像老鼠,尾巴灰色,嘴形尖利,大小如同水獭。老鼠天生都特别害怕狗。尿一滴精就变成一只老鼠。所以如果闹鼠灾,多数是由鼠母引起的,鼠母所到之处,动辄就繁殖出成千上万只老鼠。鼠肉味道特别鲜美。凡是有老鼠啮咬死人眼睛的,那只鼠必定是鼠王无疑。民间认为,老鼠咬破上衣有喜。老鼠咬衣服,一定要咬上衣,没咬上衣的话就会带来不吉利。

鼠 旧说鼠王,其溺精,一滴成一鼠。一说,鼠母,头脚

---

① 红叱拨:唐玄宗时名马。

似鼠，尾苍口锐，大如水中獭。性畏狗。溺一滴成一鼠。时鼠灾，多起于鼠母，鼠母所至处，动成万万鼠。其肉极美。凡鼠食死人目睛，则为鼠王。俗云，鼠啮上服有喜。凡啮衣，欲得有盖，无盖凶。

◎千岁燕

千岁燕　齐鲁一带把燕子叫作乙。燕子筑巢的时候会避开戊巳这天。《玄中记》说："千岁的燕子，巢口朝向北方。"《述异要》说："五百岁的燕子，会长出胡须。"

千岁燕　齐鲁之间，谓燕为乙。作巢避戊巳。《玄中记》云："千岁之燕，户北向。"《述异要》云："五百岁燕，生胡髯。"

◎鹧鸪

鹧鸪　飞翔的次数是随着月份的变化而变化的，比如正月，飞一次就待在窝里不再飞了。到十二月就飞翔十二次。因此鹧鸪是最难捕捉的，南方人采取铺网方式来捕捉它们。

鹧鸪　飞数逐月，如正月，一飞而止于窠中，不复起矣。十二月，十二起。最难采，南人设网取之。

◎鹊巢

鹊巢　喜鹊选择搭窝的地方，只会在高高的树梢，不会选低垂在地面的树枝。另外，喜鹊靠传枝受孕。如果在端午当天的午时，焚烧喜鹊窝来熏灸病人，病人就会立即康复。

鹊窠　鹊构窠，取在树杪枝，不取堕地者。又缠枝受卵。端午日午时，焚其窠灸病者，疾立愈。

◎勾足

勾足　鹲鸰交配时，脚爪会相互勾在一起，叫声尤其急促，并且还不停地扇动着翅膀，双方看起来像是在打斗，它们经常会因此掉到地上。世人便用它们的勾足当作媚药。

勾足　鹲鸰交时，以足相勾，促鸣鼓翼如斗状，往往坠地。俗取其勾足为媚药。

◎壁镜

壁镜　一天在江枫亭聚会，大家相互谈论起治病的单方。我记得治疗壁镜咬伤可用白矾。再次拿这个事请教许君，他确认是用桑木柴灰汁，煮沸三次，滤取灰汁，加白矾调成药膏，涂在疮口上就好了这药膏还可以解蛇毒。从商州、邓州到襄州一带，多有壁镜，被咬伤毒到后必死无疑。当时在座的还有人说："逢巳年时候不适宜杀蛇。"

壁镜　一日江枫亭会，众说单方①。成式记治壁镜用白矾。

---

① 单方：仅用一二味药，指专治某种疾病的简单药方。

重访许君，用桑柴灰汁，三度沸，取汁，白矾为膏，涂疮口即差①，兼治蛇毒。自商、邓、襄州，多壁镜，毒人必死。坐客或云："巳年不宜杀蛇。"

◎大蝎

大蝎　住在安邑县北门的人说：有一只蝎子跟琵琶大小差不多，经常从洞里爬出来，但不毒人。但是人们仍然还是很害怕它。这个事已经持续多年了。

大蝎　安邑县北门，县人云：有一蝎如琵琶大，每出来，不毒人。人犹是恐其灵。积年矣。

◎红蝙蝠

红蝙蝠　刘君说："在南方地区的红蕉地里，红蕉开花的时候，就会有红色的蝙蝠聚集在花里，正是由于这种现象的发生，南方人管它们叫红蝙蝠。"

红蝙蝠　刘君云："南中红蕉②，花时，有红蝙蝠集花中，南人呼为红蝙蝠。"

◎鱼伯

青蚨　样子看起来像蝉一样，但它们的体形比蝉要稍

---

① 差：后作"瘥"，痊愈。
② 红蕉：芭蕉科植物，俗称美人蕉。

微大一些，味道辛辣，可以食用。每当产卵时必定依附在草叶上，卵的大小如同蚕卵一样。人们把它的卵取回家，母青蚨就会跟着飞来，不论远近母青蚨都能准确找到地方。然后每个卵都放小钱并用布巾包好，埋在东向背阴的墙根下，三天后再取出来，作为子钱；又用母虫的血涂在另外的钱上，也照样包好埋三天再取出来，作为母钱。每次买东西时，若用子钱，则子钱随后就会回到母钱处；反之，若用母钱，母钱随后也会回到子钱处。如此这般，可以一直下去循环。但如果是购买金银珠宝，钱付出以后就不再回来了。青蚨，还有一个别名叫鱼伯。

青蚨[①]　似蝉而状稍大，其味辛，可食。每生子，必依草叶，大如蚕子。人将子归，其母亦飞来，不以近远，其母必知处。然后各致小钱于巾，埋东行阴墙下，三日开之；即以母血涂之如前。每市物，先用子，即子归母；用母者，即母归子。如此轮还，不知休息。若买金银珍宝，即钱不还。青蚨，一名鱼伯。

◎ 寄居蟹

寄居蟹　体形酷似螺但有脚，所以形体又跟蜘蛛相近。这种蟹本来没有外壳，是它们钻进空螺壳里背着螺壳行动。只要碰到它们，它们立即就会把脚缩回去，就像螺完全缩回壳中一样。用火烤它，寄居蟹就会从壳里爬出来逃走，人们这才发现原来它们是寄居在螺壳里的。

---

① 青蚨（fú）：传说中的一种昆虫。后来青蚨也用作钱的代名词。

寄居之虫　如螺而有脚，形似蜘蛛。本无壳，入空螺壳中，载以行。触之缩足，如螺闭户也。火炙之，乃出走，始知其寄居也。

◎螺蠃

螺蠃　现在称之为蠘蟓。它作为动物，但只有雄性，没有雌虫，所以既不交配也不产卵。它取桑虫的幼子祝祷之后就把它们变成了自己的幼子。蜂类动物大概也是像这样的。

螺蠃　今谓之蠘蟓也。其为物，纯雄无雌，不交不产。取桑虫之子，祝之，则皆化为己子。蜂亦如此耳。

◎祖州鲫鱼

鲫鱼　东南海中有个叫祖州的地方，那里出产鲫鱼，鱼身可长达八尺，吃这种鲫鱼可以解暑或避风。这种鱼其实外形长得和江河里的小鲫鱼差不多。浔阳有青林湖鲫鱼，大的有两尺多，小的也足足有一尺，口感鲜美，肥而不腻，吃了也能起到避寒解暑的作用。

鲫鱼　东南海中有祖州，鲫鱼出焉，长八尺，食之宜暑而避风。此鱼状，即与江湖小鲫鱼相类耳。浔阳有青林湖鲫鱼，大者二尺余，小者满尺，食之肥美，亦可止寒热也。

◎ 黄魟鱼

黄魟鱼 它通体黄色没有鳞甲，头尖尖的，鱼身跟大槲叶较为相似。嘴在颌下，眼睛后面有耳朵，耳孔一直通到脑部。鱼尾巴长约一尺，其尾巴末端有三根刺，刺的毒性是特别强的。（魟字读音同烘。）

黄魟鱼 色黄无鳞，头尖，身似大槲①叶。口在颌下，眼后有耳，窍通于脑。尾长一尺，末三刺，甚毒。（魟音烘。）

◎ 螃螖

螃螖 它是靠近海边生长的一种大鱼，背脊上有骨头分别对应十二时辰。它又被称之为篱头溺和螃螖。它的尿液具有很强的毒性。

螃螖 傍海大鱼，脊上有石十二时。一名篱头溺，一名螃螖。其溺甚毒。

◎ 鳝鱼

在郸县有一位姓侯后生，在沤麻池边捕捉到一条鳝鱼。这条鳝鱼有一尺那么粗。他把这条鳝鱼烧来吃了之后，他的白发变黑了，先前掉了的牙齿也重新长出新的来，从那以后他的身体也变得更加轻健。

---

① 槲（hú）：一种落叶乔木。

郯县侯生者，于沤①麻池侧，得鳝鱼，大可尺围。烹而食之，发白复黑，齿落更生，自此轻健。

◎琵琶鱼

剑鱼　当海鱼长到一千岁的时候就变化成剑鱼。剑鱼又被称之为琵琶鱼，因它们长得像琵琶又喜欢鸣叫而得名。当虎鱼老了就会变成蛟。江里的小鱼有的会变成蝗虫而蚕食庄稼，这类鱼活到一百岁时还会变成老鼠。

剑鱼　海鱼千岁为剑鱼。一名琵琶鱼，形似琵琶而喜鸣，因以为名。虎鱼②老则为蛟。江中小鱼化为蝗而食五谷者，百岁为鼠。

◎金驴

金驴　晋朝朗法师住在金榆山，在他圆寂的时候，他平时所乘坐的驴上山去走丢了。有人看到那头驴已经变成一头金驴了。到山里打柴的人还经常听见金驴的鸣叫声，当地人说："金驴一鸣，天下太平。"

金驴　晋僧朗住金榆山，及卒，所乘驴上山失之。时有人见者，乃金驴矣。樵者往往听其鸣响，土人言："金驴一鸣，天下太平。"

---

① 沤：长时间浸泡。
② 虎鱼：一种具有较强攻击性的鱼类。

◎圣龟

圣龟　贞元末年，福州某村有个人卖掉一笼子的乌龟，一共有十三只。卖药人徐仲花了五镮钱将这一笼子龟十三只全部买下。村里人对他说："这是圣龟，千万不要宰杀。"徐仲就把龟放在院里，其中一只龟爬到另一只龟背上，由这只龟背着走，另外专门有八只龟在前面爬行，就好像是专门在前面开路的开路先锋一样，这些龟都有六寸大小。徐仲见此情景就把龟带到乾元寺后林中放生，一个晚上的工夫，全都消失不见了。

圣龟　福州，贞元末，有村人卖一笼龟，其数十三。贩药人徐仲，以五镮①获之。村人云："此圣龟，不可杀。"徐置庭中，一龟藉龟而行，八龟为导，悉大六寸。徐遂放于乾元寺后林中，一夕而失。

◎运粮驴

运粮驴　在西域厌达国这个地方，有寺户用几头驴运粮上山，这几头驴并不需要寺户主人的吆喝驱赶，驴自己就能来回。它们从寅时出发，午时到达，准时准点，分毫不差。

---

① 镮（huán）：古代的货币单位。

运粮驴　西域厌达国，有寺户①以数头驴运粮上山，无人驱逐，自能往返，寅发午至，不差晷②刻。

◎邓州卜者

邓州占卜者　有个书生家住邓州，他曾经到州郡南部去玩耍，过了几个月都没回家。他的家人去请占卜的人为他占卜，占卜的人看着卦象说："太奇怪了！我都搞不清楚为什么会出现这样的情况，请重新祝祷。"家人祝祷完毕，卜者轻轻地擦拭龟甲并换了个地方烧灼，过了一会又说："您要占卜的那位行人，从龟甲上的裂纹来看，似病非病，似死非死，一年以后他自己就会回来。"果然半年以后，书生回来了，并说："我在游玩某座山的一处深洞的时候，进去时碰到一个东西，我像是中了邪一样，身体蜷伏在地上，四肢也不能动弹，我整个人也是昏昏沉沉的，半醉半醒状态。只见一个东西从亮处进到洞里，接着又退回去了。过了很久又进到洞里，它一直爬到我跟前，伸着脖子靠近我的嘴巴、鼻子。我仔细一看，原来那是只巨龟。差不多过了十次呼吸的时间巨龟才离开了。"书生估算了一下认为那个时间，恰好就是当时家里人正在为他占卜的时间。

邓州卜者　有书生住邓州，尝游郡南，数月不返。其家诣卜者占之，卜者视卦曰："甚异！吾未能了，可重祝。"祝毕，拂

---

① 寺户：依附于寺院的民户。
② 晷（guǐ）刻：时刻。

龟改灼，复曰："君所卜行人，兆①中如病非病，如死非死，逾年自至矣。"果半年，书生归，云："游某山深洞，入值物，蛰如中疾，四肢不能动，昏昏若半醉。见一物自明入穴中，却返。良久又至，直附身，引颈临口鼻，细视之，乃巨龟也。十息顷方去。"书生酌其时日，其家卜吉时焉。

◎ 五时鸡

五时鸡　在影鹅池的北边有一个叫鸣琴苑的地方。每当夜晚来临，鸡就会随着打更的鼓节而鸣叫，从深夜到黎明，一更就叫一声，五更则叫五声，因而便把它们称之为五时鸡。

五时鸡　影鹅池北，有鸣琴苑。伺夜鸡鸣，随鼓节而鸣，从夜至晓，一更为一声，五更为五声，亦曰五时鸡。

◎ 鹧鸪怀南

鹧鸪　像雌性的野鸡，它只朝向南方飞行，而不向北飞。正如杨孚《交州异物志》记载："有一种鸟像雌野鸡，名叫鹧鸪。它心向南方，不朝北飞。"

鹧鸪　似雌雉，飞但南，不向北。杨孚《交州异物志》云："鸟像雌雉，名鹧鸪。其志怀南，不向北徂。"

---

① 兆：灼龟甲所成的裂纹。

◎猬

刺猬　见到老虎便跳到老虎耳朵里去。

猬　见虎，则跳入虎耳。

◎鹞子

鹞子　它的两只翅膀各有复翎，左复翎名为撩风，右复翎名为掠草。带着这种长有复翎的鹞子打猎，一定会猎获到更多的猎物。

鹞子　两翅各有复翎，左名撩风，右名掠草。带两翎出猎，必多获。

◎鸥不饮泉

据民间口口相传说，鸥平时不喝泉水和井水，只是在遇到下雨淋湿了翅膀时，才会喝水。

世俗相传云，鸥不饮泉及井水，惟遇雨濡翮，方得水饮。

◎独角神羊

开元二十一年，在富平县那个地方出了一只独角神羊，它的肉角竟然是长在了头顶的正上方，并且肉羊角的周围长有一簇白色的羊毛。谈论这件事的人认为这是獬豸。

开元二十一年，富平县产一角神羊，肉角当顶，白毛上捧。议者以为獬豸①。

◎獬豸穷奇

獬豸看见双方争斗就会用角去抵触理亏的那个人，与之相反的是，穷奇则会向那个理亏的人施以恩惠、好处。同样是兽，他们的是非好恶各有不同。所以君子用獬豸来冠名，而穷奇则成为小人的代名词。

獬豸见斗不直者触之，穷奇②见斗不直者煦③之。均是兽也，其好恶不同。故君子以獬豸为冠，小人以穷奇为名。

◎鼠胆在肝

老鼠的胆长在其肝脏上面的，当老鼠活着时才能取到它的胆。

鼠胆在肝，活取则有。

---

① 獬豸（xiè zhì）：传说中的独角异兽，能分辨是非曲直，见人争斗就用角去抵理亏的人。
② 穷奇：传说的恶兽，像虎能飞，喜欢助纣为虐，闻人争斗就会吃掉理直的人。
③ 煦：恩惠。

支植上

草木晖晖

本篇专门记载植物多达五十余种，其旨在于让世人多多了然植类特性。甚好。

◎ 辛夷丁香

在李卫公的平泉庄里种植有黄辛夷、紫丁香。

卫公平泉庄,有黄辛夷①、紫丁香②。

◎ 都胜

都胜,它开紫色的花,其花有两重花心。几片叶子向上卷起,这就像芦花的花朵一样,其花蕊呈黄色,叶子非常细小。

都胜,花紫色,两重心。数叶卷上如芦朵,蕊黄,叶细。

◎ 那提槿

那提槿,开紫色的花,有两层叶子,外面一层叶子卷心,在卷心处抽出一根茎,有一寸多长。叶端分成五瓣花蒂,每瓣中花蕊都是紫色的,根茎上有黄叶。

那提槿,花紫色,两重叶,外重叶卷心,心中抽茎,高寸余。叶端分五瓣如蒂,瓣中紫蕊,茎上黄叶。

---

① 辛夷:香木名。
② 紫丁香:又称"丁香""百结",叶似茉莉,花有淡紫、紫红或蓝色,是园林栽种的名贵花卉。

◎月桂

月桂，叶如木犀，开浅黄色的花，花有四瓣，花蕊的颜色是青色的。花盛开时就像柿子的蒂。这种月桂出产地在钟山。

月桂，叶如桂，花浅黄色，四瓣，青蕊。花盛发如柿蒂。出蒋山①。

◎溪荪

溪荪，像高粱姜，生长在水中，它的出产地在茅山。

溪荪②，如高粱姜，生长在水中，出产地在茆山。

◎桂州山茶

山茶花，像海石榴花，出产地在桂州，蜀地也有。

山茶，似海石榴③，出桂州，蜀地亦有。

◎贞桐

贞桐，枝梢抽赤黄颜色的枝条，枝条又侧边对生，分

---

① 蒋山：即钟山，在今江苏南京。
② 溪荪（sūn）：又称"芳荪"，即水菖蒲。
③ 海石榴：即石榴。因从海外传入，故称。

为三层。它开的花有茄子那么大，呈黄颜色，一根枝茎上多达五六十朵。

贞桐①，枝端抽赤黄条，条复旁对，分三层。花大如落苏②，花作黄色，一茎上有五六十朵。

◎夹竹桃

夹竹桃，它的叶子跟竹叶相似，三茎为一层，茎端分条像贞桐，花朵比较小，类似木槲的花朵。出产地在桂州。

俱那卫③，叶如竹，三茎一层，茎端分条如贞桐，花小，类木槲。出桂州。

◎黎州瘴川花

瘴川花，它酷似石榴花，五朵为一簇。叶子狭窄细长重叠，承托在花下，其美堪称花中之冠，西蜀的花不能与之相提并论。它的出产地为黎州的按辔岭。

瘴川花，差类海榴，五朵簇生。叶狭长重沓，承于花底，色中第一，蜀色不能及。出黎州按辔岭。

---

① 贞桐：木名。梧桐的一种。
② 落苏：茄子的别名。
③ 俱那卫：夹竹桃。

◎木莲花

木莲花,叶子跟辛夷的叶子差不多,花朵跟莲花相似,它的颜色跟荷花的颜色也相近。出产地为忠州的鸣玉溪,邛州也有。

木莲花,叶似辛夷,花类莲,花色相傍。出忠州鸣玉溪,邛州亦有。

◎牡桂

牡桂,叶子大小类似苦竹叶,叶子中间有一条脉络很像笔迹,花蒂的叶片为三重复叶,复叶末端又一分为二,叶子表面的颜色呈浅黄,靠近分叉处为浅红色。花有六瓣,是白色的;花心凸起像荔枝,其颜色为紫色。出产地在婺州山中。

牡桂,叶大如苦竹叶,叶中一脉如笔迹,花蒂叶三瓣,瓣端分为两歧,其表色浅黄,近歧浅红色。花六瓣,色白;心凸起如荔枝,其色紫。出婺州山中。

◎簇蝶花

簇蝶花,花朵是一丛丛的聚成一簇,花簇中有一个花蕊,形状像莲蓬,颜色是浅红色的。出产地在温州。

簇蝶花，花为朵，其簇一蕊，蕊如莲房①，色如退红②。出温州。

◎山桂

山桂，叶片如同麻的叶子，开着紫色的小花，叶子呈黄色而簇生，好像慎火草的叶子一样。出产地在丹阳山中。

山桂，叶如麻，细花，紫色，黄叶簇生，如慎火草。出产地在丹阳山中。

◎海外那伽花

那伽花，形状如同三春无叶花，花的颜色为白色，花蕊的颜色为黄色，一朵花有六个花瓣。来自海外。

那伽花，状如三春无叶花，色白，心黄，六瓣。出舶上。

◎人子藤

南安有一种人子藤，呈红色，藤蔓末端长得有刺。结的果实像人的模样。昆仑人焚烧它来集象。在南方也不容易见到这种藤。

南安有人子藤，红色，在蔓端有刺。其子如人状。昆仑烧

---

① 莲房：莲蓬。
② 退红：浅红。

之集象。南中亦难得。

◎三赖草

三赖草,如同黄金的颜色,生长在高崖之上,獠子用弓弩将其射下来,它是媚药里面效果最好的。

三赖草,如金色,生于高崖,老子①弩射之,魅药中最切用。

◎桂花耐日

卫公说:"桂花三月开,黄而不白。"大庾的诗都认为"桂花耐日",另外张曲江的诗也觉得是"桂华秋皎洁"。可知卫公说错了。

卫公言:"桂花三月开,黄而不白。"大庾诗皆称"桂花耐日",又张曲江诗"桂华秋皎洁"。妄矣。

◎柿盘

在各类树木中,当以柿树的根系最为盘曲坚固,故而民间把柿树根称之为柿盘。

木中根固,柿为最,俗谓之柿盘。

---

① 老子:即獠子,又作"獠子",此为古时对西南少数民族的称呼。

◎夏梨产地

曹州、扬州、淮口等地出产夏梨。

曹州及扬州、淮口,出夏梨。

◎滑州樱桃

卫公说:"滑州的樱桃十二颗排列起来有一尺长。"

卫公言:"滑州樱桃,十二枚长一尺。"

◎灵寿花

韦绚说:"湖南有灵寿花,几个花蒂聚成一丛而开放,花朵丛呈圆形如同太阳一般,花色像木槿是红色的,春秋都开花。这不是用来制作手杖的那种灵寿木。"

韦绚云:"湖南有灵寿花,数蒂簇开,视日,如槿①,红色,春秋皆发。非作杖者。"

◎石榴花

韦绚又说:"在衡山的祝融峰的山脚下的法华寺内,有石榴花像木槿,开红花,春秋都开。"

---

① 槿:一种落叶灌木。

又言:"衡山祝融峰下法华寺,有石榴花如槿,红花,春秋皆发。"

◎ 衡山无棘

卫公又说:"衡山上以前没有荆棘,全境的草木都不会有伤人的。我曾在江南任职,那里原来也无荆棘,润州仓库有时要堵住墙与墙之间的缝隙,就只要种植蔷薇枝就行了。"

卫公又言:"衡山旧无棘,弥境草木无有伤者。曾录知①江南,地本无棘,润州仓库或要固墙隙,植蔷薇枝而已。"

◎ 蜀花鸟图

卫公说:"有一幅《蜀花鸟图》,画的花草有金粟、石阑、水礼、独用将军、药管。石阑的叶子十分奇特,它的根好像棕树根,其叶片大。大多数木类都只有一条叶脊,只有桂叶有三条叶脊。最近看到的菝葜也长有三条叶脊。"

卫公言:"有《蜀花鸟图》,草花有金粟②、石阑、水礼、独用将军、药管。石阑叶甚奇,根似棕,叶大。凡木脉皆一脊,唯桂叶三脊。近见菝葜③,亦三脊。"

---

① 录知:任职。
② 金粟:桂花的别名,因其花蕊点缀如金粟。
③ 菝葜(bá qiā):一种藤本植物,俗称金刚藤。

◎莼鱼

莼根,用来做羹,吃起来味道是极美的,江南地区又把它称其为莼龟。

莼根,羹之绝美,江东谓之莼龟。

◎萝卜根

王旻说:"萝卜的根块不论是生吃还是熟吃都是凉性的。"

王旻言:"萝蔔①根茎,并生熟俱凉。"

◎桑槿

重台朱槿,酷似桑树,故而在南方称其为桑槿。

重台朱槿②,似桑,南中呼为桑槿。

◎金松

金松,它的叶子像麦门冬,在叶片中间长有一缕类似于金线的东西。出产地在浙东,而且台州是特别的多。

---

① 萝蔔:即萝卜。
② 朱槿:又名"扶桑"。

金松，叶似麦门冬①，叶中一缕如金绽。出浙东，台州犹多。

◎草鼓

卫公说："回纥草鼓长得就很像鼓的样子。闹饥荒时，它的果实可以当菜吃充饥。"

卫公言："回纥草鼓，如鼓。及难，果能菜。"

◎孟娘菜

江淮一带生长有孟娘菜，特别适合把它和肉一同烹饪食用。

江淮有孟娘菜，并益肉食。

◎防风子

另有青州的防风子容易和毕拨搞混淆，几乎可以以假乱真。

又青州防风子②，可乱毕拨③。

---

① 麦门冬：即麦冬，多年生常绿草本植物。根小块，似麦，可入药。
② 防风子：即防风的果实，可入药。防风为多年生草本植物。
③ 毕拨：胡椒科植物，果实有小指大，青黑色。

◎ **水底蘋**

另有太原晋祠里，冬季生长有水底蘋，冬天也并不会枯冻死，吃起来味道是特别的美味的。

又太原晋祠，冬有水底蘋，不死，食之甚美。

◎ **石竹**

卫公说："蜀地的石竹能开出碧绿色的花。"

卫公言："蜀中石竹①，有碧花。"

◎ **牡丹**

卫公又说："贞元年间，牡丹已经算得上是比较名贵的了。柳浑有诗云：'近来无奈牡丹何，数十千钱买一窠。今朝始得分明见，也共戎葵校几多。'"我还曾经看到过卫公的藏画，图中有玄宗时冯绍正画的《鸡图》，当时就已经画有牡丹在上面了。

又言："贞元中，牡丹已贵。柳浑善言：'近来无奈牡丹何，数十千钱买一窠。今朝始得分明见，也共戎葵校几多。'"成式又尝见卫公图中有冯绍正《鸡图》，当时已画牡丹矣。

---

① 石竹：多年生草本植物，叶似小竹叶而细窄，有节，开红白色小花。

◎同心木芙蓉

在卫公的庄园里,以前有出现过同心并蒂的木芙蓉的情况。

卫公庄上,旧有同心蒂木芙蓉。

◎金钱花

卫公说:"金钱花会伤害人们的眼睛。"

卫公言:"金钱花损眼。"

◎猴郎达树

紫薇,北方人称其为猴郎达树,其意思是讲树没有皮,所以猴子不能爬上去。在北方这种树长得非常高大,要有几人才能合抱它。

紫薇,北人呼为猴郎达树,谓其无皮,猿不能捷也。北地其树绝大,有环数夫臂者。

◎天浆

卫公说:"石榴中很甜的那种,被称之为天浆,这种甜汁天浆能够化解乳石的毒性。"

卫公言:"石榴甜者,谓之天浆,能已乳石毒。"

◎石竹生瘿

东都洛阳的名胜有三溪。如今张文规的庄园正好靠近溪边,那里有一竿石竹上面长了一个瘤子,现在已经长得像李子那么大了。

东都胜境有三溪。今张文规庄近溪,有石竹一竿生瘿,今大如李。

◎麻黄

麻黄,茎端开花,花较小,呈黄色,丛簇而生。果实跟覆盆子的果实是差不多的,可以吃的。到冬季来临的时候则会枯死,就像枯草的习性一样,春天到了的时候又会复苏返青。

麻黄,茎端开花,花小而黄,簇生。子如覆盆子,可食。至冬枯死,如草,及春却青。

◎合掌柏

太常博士崔硕说:"汝州的西边一带有练溪,那里长着很多与众不同的柏树。到了晚秋时节,这些柏树的叶子会朝上聚拢合在一起,故此民间管它叫合掌柏。"

太常博士崔硕云:"汝西有练溪,多异柏。及暮秋,叶上敛,俗呼合掌柏。"

◎碧花玫瑰

洛阳卖花木的人说:"在嵩山深处生长着一种碧色的玫瑰花,但现在已经灭绝了。"

洛中鬻花木者言:"嵩山深处,有碧花玫瑰,而今亡矣。"

◎衡山石

崔硕又说:"常卢潘说:衡山石的别名叫怀。"

崔硕又言:"常卢潘云:衡山石名怀。"

◎三色石楠花

三色石楠花　衡山的石楠花有紫色、碧色、白色三种颜色,花朵有牡丹花那么大,但也有不开花的。

三色石楠花[①]　衡山石楠花有紫、碧、白三色,花大如牡丹,亦有无花者。

◎石抵松根

卫公说:"三鬣松和孔雀松有所不同的。"又说:"想要松树不往高里长,种植的时候拿石头抵在它的主根之下,这样一来,不必等它长到千年的时候就枝条垂落,大如伞

---

① 石楠花:别名"千年红",蔷薇科石楠属常绿灌木或小乔木。

盖了。"

卫公言："三鬣①松与孔雀松别。"又云："欲松不长，以石抵其直下根，便不必千年方偃②。"

◎木兰变色

在太和年间的时候，洛阳敦化坊某户百姓家栽种了一株木兰，其颜色是深红色的。后来桂州观察使李勃家的负责守宅的人花了五千钱将其买下，李宅在河的北边，过了一年，这株木兰花由红色变成了紫色。

东都敦化坊百姓家，太和中，有木兰一树，色深红。后桂州观察使李勃看宅人以五千买之，宅在水北，经年花紫色。

◎佛桑树

处士郑又玄说："在福建那个地方种植的有较多的佛桑树，其树枝枝叶跟一般的桑树叶是差不多的，唯有不同的是它的枝条是向上勾的；花房如同桐花，花骨朵儿长一寸多，类似于重台的形状，它花的颜色也有呈浅红色的。"

处士郑又玄云："闽中多佛桑树③，树枝叶如桑，唯条上勾，

---

① 三鬣（liè）：三针。
② 偃：偃盖，喻古松枝条横垂如伞盖。
③ 佛桑树：即扶桑（朱槿）。

花房如桐花,含①长一寸余,似重台状,花亦有浅红者。"

◎ 仙人独梮树

独梮树　在顿丘以南的应足山里生长着这种树。应足山上有一棵树,树干高达十多丈,树皮呈青色而且十分光滑,看上去如同碧绿的翡翠一般,枝干向上耸立,果实像五彩缤纷的绣囊,叶片酷似亡子镜,世人把它称作仙人独梮树。

独梮②树　顿丘南应足山有之。山上有一树,高十余丈,皮青滑,似流碧,枝干上耸,子若五彩囊,叶如亡子镜,世名之仙人独梮树。

◎ 龙木

木龙树　徐地高冢城南有一座叫木龙寺的寺庙,寺庙里有三层砖塔,高达一丈左右。砖塔旁边长了一棵大树,树枝盘曲向上直到塔顶。树的枝干纵横交错,树冠是平的,可容纳十多人坐在上面。枝梢向四周下垂,就好像一顶百子帐。没有人知晓这是什么树,寺里的和尚称其为龙木。梁武帝还曾经专门派人来把这树画下来。

木龙树　徐之高冢城南,有木龙寺,寺有三层砖塔,高丈

---

① 含:含苞待放。指花骨朵儿。
② 梮:音dòu。

余。塔侧生一大树,萦绕至塔顶。枝干交横,上平,容十余人坐。枝杪四向下垂,如百子帐①。莫有识此木者,僧呼为龙木。梁武曾遣人图写焉。

◎鱼甲松

鱼甲松　在洛阳生长着一种叫鱼甲松的树。

鱼甲②松　洛中有鱼甲松。

---

① 百子帐:北方游牧民族的帐篷,供宴饮或居住用。
② 鱼甲:此谓松树皮如鱼鳞。

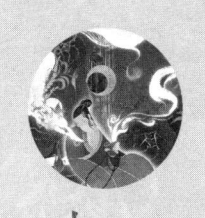

支植下

奇花异木

本篇承前篇述旨,继续记载植物三十余种,以兹补全为美。

◎ 青杨木

青杨木　出产地为三峡地区。用这种木料做的床，睡觉连跳蚤都没有。

青杨木　出峡中。为床，卧之无蚤。

◎ 夏州槐

夏州槐　夏州只有一处驿站里面长有几株槐树，当盐州有时需要槐叶的时候，就由盐州这方发公文去夏州取。

夏州槐　夏州唯一邮[①]有槐树数株，盐州或要叶，行牒求之。

◎ 蜀楷木

蜀楷树　蜀地有一种树长得特别像柞树，当其他的树生长繁荣的时候，它却凋零犹如枯树桩一般，失去了生机。等到了严冬时节，它才萌芽，并长出浓密的树荫，蜀人称其为楷木。

蜀楷木　蜀中有木类柞，众木荣时枯桩，隆冬方萌芽布阴，蜀人呼为楷木。

---

① 邮：驿站。负责传递文书，供车马食宿。

◎古文柱

古文柱　齐建元二年夏季，从庐陵长溪流下来的水流不断地冲击着山麓，致使山麓塌方面积长达六七尺，竟然在土石下面显露出一千多根木柱，每根柱子都有十围粗。长的有一丈，短的也有八九尺，柱头上还写有古代的文字，但难以辨认识别。江淹以此去向王俭请教，王俭说："江东人不熟悉隶书，这是秦汉时期的柱子呀。"

古文柱　齐建元二年夏，庐陵长溪水冲击山麓崩，长六七尺，下得柱千余根，皆十围①。长者一丈，短者八九尺，头题古文，字不可识。江淹以问王俭，俭云："江东不闲②隶书，秦汉时柱也。"

◎色绫木

色绫木　在台山生长着一种色绫木，木头的纹理如同绫纹一样。老百姓拿它来制作枕头，并把这种木头做成的枕头称作色绫枕。

色绫木　台山有色绫木，理如绫文。百姓取为枕，呼为色绫枕。

---

① 围：这里指两手的拇指和食指合围的长度。
② 闲：通"娴"。

◎鹿木

鹿树　在武陵郡北边有两棵鹿树,它们是伏波将军马援亲手栽种的。此二树有很多结节。

鹿木　武陵郡北,有鹿木二株,马伏波所种。木多节。

◎倒生树

倒生树　此树依山而生长,树根在地面之上。有人触碰到它的叶子,叶子就会闭合;等人离开了,叶子又会舒展张开。出自东海。

倒生木　此木依山生,根在上,有人触则叶禽,人去则叶舒。出东海。

◎黝木

黝木　树节酷似蛊兽,可以用它来制作木鞭。

黝木　节似蛊兽,可以为鞭。

◎桄榔树

桄榔树　古南海县生长着一种桄榔树,树顶上的叶子会长出面粉,大的树可以产出面粉一百斛。用牛奶调和着食用,味道是很美味的呢。

桄榔树　古南海县有桄榔树,峰头生叶有面,大者出面百斛。以牛乳啖之,甚美。

◎怪松

怪松　南康生长着一株奇异的松树。在很久以前有个刺史,每次请画工来画这株松树,这株怪松必定会有几枝枯萎。后来刺史家里来了一位客人和妓女,他们围坐在松树下饮酒,过了一天这棵松树竟然死了。

怪松　南康有怪松。从前刺史每令画工写松,必数枝衰悴。后因一客,与妓环饮其下,经日松死。

◎河伯下材

河伯下材　在中宿县的山下,有一座神庙,溱水流到这个地方,则会波涛澎湃,汹涌作声,木筏漂到此处便会沉入水底,并且消失得无影无踪,不复出现,所以当地老百姓都认为这里应该是河伯下材的地方。

河伯下材　中宿县山下有神宇,溱水至此,沸腾鼓怒,槎木泛至此沦没,竟无出者,世人以为河伯下材。

◎交让木

交让木　据《武陵郡记》载:"白雉山上生长着一种树,名为交让,它是在其他树开花繁茂之后,它的枝条才开始萌芽,到第二年也是如此更替荣枯的。"

交让木 《武陵郡记》："白雉山有木,名交让,众木敷荣[①]后,方萌芽,亦更岁迭荣也。"

◎三枝槐

三枝槐　相国李石,他在河中永乐县有自己的宅第。他庭院里有一株槐树,一根主干竟然分出三个枝杈,两枝高过堂前屋脊,另一枝则没有超过。跟李石堂同辈的有兄弟三人,他们兄弟三人分别是李石、李程和李福,李石和李程都登第拜相,只有李福一人仅仅担任过七镇使相而已。

三枝槐　相国李石,河中永乐有宅。庭槐一本,抽三枝,直过堂前屋脊,一枝不及。相国同堂兄弟三人,曰石,曰程,皆登第宰执,唯福一人,历七镇使相而已。

◎无患木

无患木　烧起来气味很香,还可以避邪气。它有两个名字,一个名字叫噤娄,另一个名字叫桓。从前有位名叫瑶眊的神巫,他能用符咒劾治各种魔鬼,擒拿各种精怪,然后再用无患木将它们打死。世人争着效仿,都用这种木头做成工具来驱鬼,并因此称这种木头为无患木。

无患木　烧之极香,辟恶气。一名噤娄,一名桓。昔有神

[①] 敷荣:花开茂盛。

巫曰瑶眊①，能符劾百鬼，擒魑魅，以无患木击杀之。世人竞取此木为器用却鬼，因曰无患木。

◎醋心树

醋心树　杜师仁曾经是租的房屋居住的，租住的庭院里有棵巨大的杏树。邻居有位老人每次挑水经过这棵杏树旁，必定都会叹息着说："这树可惜了！"杜师仁问他为什么这样说，老人说："我很擅长给树看病，给树除病虫害，这棵树有病害，我来帮它治吧。"于是诊断了树的某一处后说道："这树害的是醋心病。"杜师仁用手指在虫蛀的地方蘸了一下放进口中尝了尝，尝出蛀洞处有点淡淡的醋味。老人用一个小钩在虫蛀处反复往外钩拉，最后钩出一条像小蛇一样的白虫子。然后老人在树疮处敷上药，又叮嘱说："树结果后，当果子还是青皮时节的时候就必须打落十之八九，这样树才会有救。"杜师仁照他的话做，果然杏树长得更加茂盛了。后来老人又说："我曾看过三卷《栽植经》，里面说树木有害醋心病的。"

醋心树　杜师仁尝赁居，庭有巨杏树。邻居老人每担水至树侧，必叹曰："此树可惜！"杜诘之，老人云："某善知木病，此树有疾，某请治。"乃诊树一处，曰："树病醋心。"杜染指于蠹处尝之，味若薄醋。老人持小钩披蠹，再三钩之，得一白虫，

---

① 眊：音mào。

如蝠①。乃傅药于疮中，复戒曰："有实自青皮时，必摽②之，十去八九，则树活。"如其言，树益茂盛矣。又云："尝见《栽植经》三卷，言木有病醋心者。"

◎葳蕤草

女草　葳蕤草别名叫丽草，还称为女草，江浙一带称其为娃草，当地人把美女称作娃，所以人们也管它叫娃草。

女草　葳蕤③草一名丽草，亦呼为女草，江湖中呼为娃草，美女曰娃，故以为名。

◎山茶花

山茶花　山茶，其叶子跟普通的茶树叶相似相近，山茶树高的有一丈多。花朵大小都超过了一寸，呈红色，在十二月份开花。

山茶花　山茶，叶似茶树，高者丈余。花大盈寸，色如绯，十二月开。

◎异木花

异木花　卫公曾得到一株奇异的树木，它在春天开紫

---

① 蝠：通"蝮"。这里泛指蛇。
② 摽（biào）：落。
③ 葳蕤（wēi ruí）：草名。

色的花。我寻思着各种花木里面一年开花的，也就只有木兰了。

异木花　卫公尝获异木一株，春花紫。予思木中一岁发花，唯木兰。

◎西王母桃

王母桃　在洛阳华林园里有一株王母桃。每年十月份的时候果实才成熟，果实的形状非常像括萎。俗话说："王母甜桃，吃了解劳。"也叫西王母桃。

王母桃　洛阳华林园内有之。十月始熟，形如括萎。俗语曰："王母甘桃，食之解劳。"亦名西王母桃。

◎阿月

胡榛子　阿月出产地是在西域各国，西域人说阿月和胡榛子是在同一棵树上结出的两种果子，一年结榛子，一年结阿月。

胡榛子　阿月生西国，蕃人言与胡榛子同树，一年榛子，二年阿月。

◎橄榄子

橄榄子　它是独根树，朝向向东的树枝叫木威，朝向向南的树枝叫橄榄。

橄榄子　独根树，东向枝曰木威，南向枝曰橄榄。

◎东荒栗

东荒栗　在东方大荒中生长着一种树，名字叫栗。果实的外壳直径三尺二寸，壳外的尖刺长达一丈多长。果实直径三尺，外壳也是黄色的。果味特别甜，吃了会让人气短口渴。

东荒栗　东方荒中有木，名曰栗。有壳径三尺二寸，壳刺长丈余。实径三尺，壳亦黄。其味甜，食之令人短气而渴。

◎猴栗

猴栗　李卫公有一天晚上在甘子园宴请客人，盘中盛有猴栗，这猴栗吃着没什么味道。陈坚处士说："虔州南部有一种渐栗，外形如同枣核。"

猴栗①　李卫公一夕甘子园会客，盘中有猴栗，无味。陈坚处士云："虔州南有渐栗，形如枣核。"

◎儋崖芥

儋崖芥菜　这种芥菜高的有五六尺，果实如同鸡蛋般大小。

---

① 猴栗：茅栗。也称"柯栗"。

儋崖[1]芥　芥高者五六尺，子大如鸡卵。

◎儋崖瓠

儋崖葫芦　儋州和崖州都种植葫芦，结出的葫芦大都能装一石多东西。

儋崖瓠　儋崖种瓠，成实，率皆石余。

◎童子寺竹

童子寺竹　卫公说："在北都仅有童子寺里有一丛竹子，现在也才长几尺高。相传寺里的管事的僧人每天都要报告竹子的平安。"

童子寺竹　卫公言："北都惟童子寺有竹一窠，才长数尺。相传其寺纲维每日报竹平安。"

◎石桂芝

石桂芝　生长在山间的石穴里面，树根像桂树而实际上是石质的。它高大如绞尺，光滑明亮而味道辛辣。长有枝条。可以将这种石桂芝捣碎后来吃，吃上一斤的话，它可以起到延寿千年作用。

石桂芝　生山石穴中，似桂树而实石也。高大如绞尺，光

---

[1] 儋崖：儋州和崖州。今海南的海口、儋州。

明而味辛。有枝条。捣服之，一斤得千岁也。

◎ 石发

石发　张乘说："在南方的水底下生长着一种水草，像石头上长的头发。每月三四日开始生长，到八九日以后即可采摘，若到月底就会全都腐烂了，它好像是随着月相盈亏而由盛转衰。"

石发　张乘言："南中水底有草，如石发。每月三四日始生，至八九日以后可采，及月尽悉烂，似随月盛衰也。"

◎ 塞芦

席箕　别名叫塞芦，生长在北方的少数民族生活的地方。正如古诗上说："千里席箕草。"

席箕　一名塞芦，生北胡地。古诗云："千里席箕草。"

◎ 破冈山菌

在武宗会昌二年，泉州莆田县破冈山里的巨石上长出了一种菌子，有平常装土的竹筐那么大，菌茎和菌盖的颜色都是黄白色的，菌盖下面为浅红色，全被过往的僧人吃了，据说美味远远超过其他菌类。

泉州莆田县破冈山，武宗二年，巨石上生菌，大如合箦，茎及盖黄白色，其下浅红，尽为过僧所食，云美倍诸菌。

◎石榴

大食勿斯离国出产的石榴有的重达五六斤。

大食勿斯离国石榴,重五六斤。

◎南中桐花

南方的桐花的颜色有的是呈深红色的。

南中桐花,有深红色者。

◎桃枝竹

东官郡,汉顺帝时它隶属于南海郡,其西边与高凉郡接壤。又在其地设置司谏都尉,东边有荒芜地带,西边则邻近大海。在东官郡辖区里有一处长洲,在这个地方生长着很多桃枝竹,它们沿着海岸线而生长。

东官郡,汉顺帝时属南海,西接高凉郡。又以其地为司谏都尉,东有芜地,西邻大海。有长洲,多桃枝竹,缘岸而生。

◎枫树

枫树　果实大小跟鸡蛋差不多,二月份开花,花谢后则结果实,八月份、九月份果实成熟,果实晒干后用火烧,会散发出很浓的香气。

枫树　子大如鸡卵，二月华，已乃着实，八、九月熟，曝干，烧之香馥。

出版说明

在我国古代小说特别是笔记小说史上，《酉阳杂俎》以"奇书"著称，其内容包罗万象，志怪而兼记实，极富趣味性和文学性，具有重要的文学、艺术、科学、社会、历史等价值，是唐代笔记小说中的经典之作。

《酉阳杂俎》作者段成式（803—863），字柯古，临淄（今山东淄博）人，唐代文学家、小说家。他生于西蜀，幼居长安，随父宦游于西蜀、长安、荆州、扬州等地，后曾入浙西观察使李德裕幕，任过秘书省校书郎、尚书郎、集贤殿修撰、吉州刺史、处州刺史、江州刺史等职。他一生游历多地，见多识广，为其创作《酉阳杂俎》准备了条件。

段成式"博学精敏，文章冠于一时，著书甚众"（南唐刘崇远《金华子杂编》卷上），在唐代晚期文学家中，其文学成就是多方面的。他能诗善文，除名著《酉阳杂俎》传世之外，《全唐诗》还收录其诗30余首，另《全唐文》也收了其文章11篇。在诗坛上，他与李商隐、温庭筠齐名，因三人皆排行十六，故并称为"三十六"。

《酉阳杂俎》一书前集二十卷,续集十卷,内容涉及仙、佛、鬼、怪、道、妖、动物、植物、酒、食、梦、盗墓、预言、凶兆、雷、丧葬、刺青、珍宝、宫廷秘闻、奇闻趣谈、科技、民俗、医药、矿产、超自然现象、壁画、天文、地理等,门类齐全,内容广博,无所不载,堪称百科类书,知识性和趣味性兼而有之,具有很高的可读性。书中还辑录了南北朝和唐代的若干史料,如唐代统治阶级的秘闻轶事,南北朝使者的交往及外交仪礼,以及民间的婚丧嫁娶、风土习俗,旁及中外文化、物产交流,这些或得诸传闻,或采诸遗文秘籍,为我们提供了珍贵的资料。书中关于陨星、化石、矿藏的记载,以及动植物形态、特性的说明,也极具价值。

《酉阳杂俎》是一部上承六朝、下启宋明以及清初志怪小说的重要著作,其文学体裁和写作方法对后世影响特别大,如其志怪笔法就对后代文人尤其是清代蒲松龄创作《聊斋志异》产生了重要影响。《四库全书总目》说:"自唐以来,推为小说之翘楚,莫或废也。"鲁迅先生《中国小说史略》评价道:"所涉既广,遂多珍异,为世爱玩,与传奇并驱争先矣。"《酉阳杂俎》在国外也颇受重视,英国李约瑟《中国科学技术史》对其给予了高度评价,摘引了书中不少材料,如认为《酉阳杂俎》中所述叫"畔茶佉水"的物质是一种无机酸,这比欧洲的记载早近600年(《中国科学技术史》第一卷,科学出版社、上海古籍出版社1990年版,第220页)。当然,现在看来,书中仍有一些诡怪不经、荒诞无稽之谈,读者应科学对待,理性甄别。

《酉阳杂俎》流传久远,版本众多,主要有脉望馆本、《津逮秘书》本、《学津讨源》本、《稗海》本、《唐人说荟》

本、《唐代丛书》本、《龙威秘书》本、《艺苑捃华》本、《说库》本、《四库全书》本等。方南生于1981年点校的《酉阳杂俎》，以脉望馆本作底本，参校《学津》《津逮》《稗海》《太平广记》等，校勘精善。我们这次译注整理，亦以脉望馆本为底本，吸收方南生点校本和张仲裁译注本（中华书局2017年版）的成果，尽收原书所有篇目，共47篇。为便于读者从现代人认知习惯和视角去整体把握全书的内容，使之体系清晰，纲举目张，更具系统性和逻辑性，我们根据每篇主题和所涉内容对篇目予以重新整合，将全书分为"神异志怪"与"山海博物"上下两部，共9类，即上部"诸神纪、妖鬼奇谭、天人法师、古刹高僧、幽冥与灵异、江湖与异域传说"6类，下部"野史秘事、市井风华、草木鸟兽"3类。同时，为便于读者理解，我们邀请陈绪平副教授来主持对全书的译注工作，设置了主旨概括、译文、原文、脚注等版块，每条内容根据主旨或关键字词拟出小标题，希望能以这种"译文+原文"的形式，既方便阅读晓义，也保留其古文原貌，让读者能够亲切感受到唐代笔记小说的语言魅力。

此外，本书还根据书中相关故事细节或精彩片段，邀请专业画师绘制了精美插画，为全书增添文艺美感，更为生动形象地展现书中的内容，以满足读者多维度的审美需求。

由于我们水平有限，本书在译注整理出版过程中难免存在一些问题和瑕疵，恳请读者提出宝贵意见，以便再版或重印时进一步完善。

本书译注者陈绪平为文学博士，中国经学（《诗经》）方向博士后，江西科技师范大学文学院副教授、硕士生导师，江右文献研究中心主任、研究员。发表有《郑玄及其传注学新范式》等核心以上论文二十余篇，先后主持国家社科基金一般项目、博士后面上资助项目、省社科规划项目等多项。出版有专著《毛传郑笺补正》等三种，主要研究方向为：先秦经学文献、诗经小学、先秦思想史等。

巴蜀书社编辑部
2023年9月

图书在版编目（CIP）数据

酉阳杂俎/（唐）段成式著；陈绪平译注.—成都：巴蜀书社，2023.9（2024.9重印）

ISBN 978-7-5531-2060-7

Ⅰ.①酉… Ⅱ.①段… ②陈… Ⅲ.①笔记小说－小说集－中国－唐代 ②《酉阳杂俎》－注释 Ⅳ.① I242.1

中国国家版本馆 CIP 数据核字（2023）第 145255 号

YOUYANG ZAZU

酉阳杂俎

段成式 著　　陈绪平 译注

出品人	王祝英
策　划	远涉文化
项目统筹	罗婷婷　庄本婷
策划编辑	袁　艺
责任编辑	杨　波　沈泽如
责任印制	田东洋　谷雨婷
插画作者	也　斋
封面设计	蒋　晴
内文设计	孔　伟
出版发行	巴蜀书社
	四川省成都市锦江区三色路238号新华之星A座36楼
	邮编：610023
	总编室电话：（028）86361843
	发行科电话：（028）86361852
网　址	www.bsbook.com
印　刷	四川宏丰印务有限公司
	电话：（028）85726655　13689082673
版　次	2023年9月第1版
印　次	2024年9月第5次印刷
开　本	145mm×210mm
印　张	32.5
彩　插	11幅
字　数	500千
书　号	ISBN 978-7-5531-2060-7
定　价	120.00元（全2册）

本书若出现印装质量问题，请与工厂联系调换